新潮文庫

女副署長　緊急配備

松嶋智左著

新潮社版

11479

女副署長　緊急配備

【主要登場人物】

田添杏美（55）　佐紋署副署長　警視
重森敦也（50）　同総務課長　警部
小出正太郎（47）　同総務課総務係長　警部補
木崎亜津子（30）　同交通課交通規制係主任　巡査部長
甲斐祥吾（43）　同総務課総務係主任　巡査部長
野上麻希（28）　同刑安課生活安全係　巡査長
神田川秀（25）　同刑安課刑事係　巡査
周防康人（26）　同警備課　巡査
伴藤弘敏（60）　同地域課駐在員　巡査部長
花野司朗（52）　県警本部捜査一課三係班長　警部

久野部達吉（76）　自治会長
田中光興（40）　JA 職員
堀尾医師（65）　総合病院院長
伴藤克弥（31）　漁師

1

「それじゃ、小林主任、今から所確に行って来ます」

佐紋警察署警備課巡査の周防康人《すおうやすひと》は、そう言って席を立った。

所確――所在確認とはその名の通り、現時点で対象者が居る場所を把握し、状況を確認するものだ。追尾までは行わないので単独でも可能だ。怪しまれないよう服装を地元の青年らしい格好にし、キャップやサングラスをかけるなどの最低限の変装はしておく。

周防は黒のネルシャツの襟を立て、グレーのダウンベストのボタンをきっちり留め、ジーンズの尻《しり》ポケットに携帯電話を入れた。ベストの内側には、警察無線の受令機だけ忍ばせている。警察間の無線のやり取りを聞き取るだけのもので、こちらから発信することはできない。状況を把握するだけのものだから普段はスイッチを切っている。

一斉取締りやアジト突入時などは拳銃《けんじゅう》等の携行はするが、それ以外の通常任務では手錠すら持たない。

小林主任は顔を上げ、「無理するな。なんかあれば即一報だぞ、周防」と言う。はい、と返事すると、よろしく、とだけ言ってまた仕事に戻った。課長も係長も小さく頷《うなず》くだけで、すぐに手元の書類やパソコンに目を向ける。

裏口から外に出て、細い路地を選んで足早に歩く。

今日こそは、なんとしても尻尾《しっぽ》を摑《つか》みたいなと思いながら、身軽く縁石を飛び越えた。

今から周防は、所在確認だけでなく尾行も行うつもりだ。本来、二人以上で組んでするのが原則だが、周防が向かう相手はまだ小林主任はもちろん、課の誰もが把握していない人物だった。

対象者は仕事が終わると大抵、家に戻る。その日もまず、自宅前を通り過ぎて車の有無を確認し、窓から漏れる声に耳を澄ませ、対象者が在宅しているのを確かめた。そのあと、通りの向かいのコンビニで時間を潰《つぶ》す。雑誌をめくりながらちらちら見張っていると、しばらくして対象者が一人で外に出て来た。

上下ジャージ姿にサンダル履きのまま、こちらへ渡らずそのまま家の前の歩道を歩き、角を曲がった。周防は雑誌を戻し、何気ないふうにコンビニを出る。角まで来て、携帯電話を見る仕草をして対象者が歩いて行った方向を確かめる。ジャージ姿が足早になって点滅信号を渡るのが見えた。海の方へと向かっているのだろうか。

周防は走ることはせず、大股《おおまた》で進み、横断歩道の手前で俯《うつむ》きながら様子を窺《うかが》う。ジャージ姿はまた道に沿ってブラブラと歩き出す。周防は信号を渡らないまま、道を挟んだこちら側を少し遅れて歩いた。対象者はそんな周防に気づくことなく、一度も振り返らずに細い路地に入って行った。通りのこちら側から路地を見やる。

電信柱のところに別の人影があった。周防は目を見開いた。心臓がひとつ大きく跳ねた。慌《あわ》てて通りを渡ろうと左右を確認する。そのあいだにも、対象者と新たな影は近づき、顔を突き合わせて小声でなにかを話し始めた。車が通り過ぎたあとダッシュで渡り、路地の手前の角に身を潜めた。聞き取れないかと耳をそばだてるが、少し遠い。せめてもう一人の姿だけでも捉《とら》えられないかと、携帯電話をカメラにして構えようとした。慌てたせいか手が滑り、間抜けなことに落としてしまった。その音に路地に佇《たたず》む二人の影が動きを止め、こちらを振り向く気配がした。周防は瞬時に体を返し、角へと身を隠し、そして息を止めるようにして待つ。

ふいに大きな笑い声が上がった。そっと覗《のぞ》き見ると、先ほどの二人が肩を揺すって笑い合っていた。路地の少し奥に立ち飲み酒屋があって、ジャージ姿の対象者ともう一人の男は肩を組みながら暖簾《のれん》をくぐってなかに入って行った。

周防は少し時間を置いてから路地に身を滑らせた。ゆっくり歩いて店の前を通り過ぎる。暖簾の隙間《すきま》に視線を流すと、カウンターで先ほどの男と酒を酌《く》み交わしているのが見えた。そのまま通り抜けて周囲を見渡す。少し先のビルの上からなら路地が見えそうだと判断して向かった。三階の踊り場で二時間近く様子を見ていた。やがてジャージ姿が一人で出て来て、二時間前とは違う乱れた足取りで来た道を戻って行った。周防は、大回りになる道を選んで駆け抜け、先回りする。

信号を渡って、コンビニの前を通って自宅に戻る姿を確認した。しばらく様子を見ていたが出て来る気配がない。周防は時計を見、今日はこれまでかと諦《あきら》めた。がっかりする気持ちを堪《こら》え、奮起するように息を大きく吸い込み、鼻から吐き出す。

海岸の方から強い風が吹いて来た。そろそろ本格的な秋を迎える。十月の異動内示が出たが、警備課に動きはないらしい。四名がまた同じ面子《めんつ》で仕事に励むことになる。

「そういえば、新しい副署長が赴任するんだっけ」

県内で初の女性副署長だと聞いている。しばらくは、警備課のなかでもその話でもちきりとなったが、すぐに話題は別へと移った。前の副署長は周防が署員だとはわかっていても、警備課員であることは最後まで知らなかった気がする。女性でも大して変わらないだろう。周防はぼんやり鈍色《にびいろ》の空を見上げて思った。

2

最長部で東西約十五キロ、南北約二十五キロ、管内面積約二八〇平方キロメートルほどもある県北部に位置する佐紋町。

ここが田添杏美《たぞえあずみ》の次なる赴任地だ。

南を山に囲われ、北に海を持ち、そのあいだに田畑が広がる。ＪＡと漁協と学校と官公庁を別にすれば、住民のほとんどが第一次産業従事者だと言っていい。代々暮らす地元民で占められ、余所《よそ》からの流入組は少ない。むしろ年々、流出する数が増え、人口は減る一方。その分、犯罪も事故も少なく平穏といえば平穏。若い人には退屈な上に、狭小《きょうしょう》で居心地悪い町だ。土地が狭いというのではなく、誰もが顔見知りで、逃げ場のない閉鎖的な一面を抱えているということだ。

ただ、そんな事件の少ない平和な所轄《しょかつ》は、監察に睨《にら》まれたような職員に勤めてもらうにはちょうどいい。そんな風な暗黙のルールのようなものが、残念なことに警察内部にはあった。

もちろん、みながみなそんな警察官ばかりではない。それはごく一部の話で、ほとんどが普通の、真面目《まじめ》で熱心な警察官だ。とはいえ、県の中心から、普通の車なら三時間近くかかるこの地域に赴任してもいいというのだから、だいたいが土地に親しみを持つ人間になる。地元か近隣の出身者、またはここに住む誰かの縁故者が多い。駐在勤務に憧《あこが》れて、あえてこの佐紋を選ぶ警官もいる。

杏美の階級は警視。五十五歳で県内初の女性副署長となり、日見坂署に着任したのが今年の春。ところが半年も経《た》たない八月に、署内で前代未聞《ぜんだいみもん》の事件が勃発《ぼっぱつ》し、多くの警察官が処罰されることになった。

事件は杏美や日見坂署刑事課長の活躍で無事終息したが、余りにも酷《ひど》い、目も耳も覆《おお》いたくなるような不祥事であり、凶悪事件であったため、幹部はなにかしらの懲罰を受けることになった。警視のまま杏美は、僅《わず》か半年で日見坂署を出され、県内で唯《ゆい》一《いつ》海岸線を持つ佐紋署の副署長に異動となった。典型的な懲罰人事だ。本人にとっては納得し難いところだろうが、組織に属する人間でいる限りは従うほかはない。

もっとも赴任地がどういうところであるかは杏美には大した問題ではない。副署長としての務めを果たすだけだと決めている。

そしてつつがなく着任した、とは言えないことが早々に起きた。

佐紋署の署長が怪我《けが》をし、入院することになった。急なことで人事の手配が回らず、当面のあいだ杏美が署長代理を兼務することになったのだ。それで充分間に合うだろうと思われているところも、この佐紋ならではかもしれない。

杏美に否《いや》も応《おう》もない、言われたことをするまでだ。

副署長兼署長代理となって最初の仕事は挨拶《あいさつ》回りだ。関係各所に赴任の報告と今後の協力を頼み、名刺を渡して回る。随行するのは総務課の小出正太郎《こいでしょうたろう》係長で、大事な相手には課長である重森敦也《しげもりあつや》警部が同行した。

そんな仕事も一段落というころになって、重森課長が太鼓腹を揺すりながら、最後のお務めといわんばかりに重々しい口調で告げたのが、警察署協議会との会合だった。

警察署協議会というのは、警察署の業務運営に住民らの意思を反映させるために設置されたものだ。犯罪抑止、交通事故防止、青少年の育英、非行防止などあらゆる点について、市民の視点からの意見を集めて業務に役立たせる、そのための有志会なのだ。それゆえメンバーに署長は入っても、それ以外は警察とは関わりのない人々が県の公安委員会によって選出される。概《おおむ》ね地域を代表する信の置ける人物、団体役員、防犯協会長、自治会長、ＪＡ組合長、教授、医師、弁護士などで、公的機関に近しい存在ながらも、あくまで警察本官とは立場を異にする人が条件となる。

公安委員会という、警察組織にとっては絶対的な高位に位置する組織によって委嘱される会だから、警察内部では大きな存在となる。どこの所轄でも、メンバーに対しては慇懃《いんぎん》に下にも置かない扱いで接している。

杏美も当然承知のことなので、快諾とは言わないまでも黙って応ずる。

「え。今日ですか？」

「はあ。それがメンバーの方の予定が急遽《きゅうきょ》空いたということで、それならと他の皆さんに問い合わせたら、都合がいいということになりまして」

いつでも応じるとは言ったが、なにも今日の今夜っていうのは急過ぎる。予定が空いたからというが、佐紋署の代表である自分の予定は二の次ということか。辺境の所轄には、これまで杏美の経験したことのない思いも寄らないことが沢山ありそうだ。

「わかりました。会議は二階会議室で六時からね」

「はい。それで、そのあとですが」と小出が手をすり合わせるようにして、上目遣いで見つめる。

「あと？」

「その後、打ち上げということで、引き続きちょっとした宴会を行います。そちらもぜひご参加いただきたく」と言葉尻が弱くなる。杏美の顔が険しくなっているのに気づいたのだろう。

「それはどうしても参加しなくてはならないものなのですか？」

「え、ええ、と。できれば、まあ」

横から総務課長が太い声をかけてきた。

「警察署協議会との定例会議は決められた月に行いますが、今回は副署長が着任されたということもあって、ご紹介かたがた懇親を深める意味合いから特別に開いていただくものでして。まあ、そういった事情を汲《く》み取って、ぜひ」

重森課長は大きな腹が邪魔になるのか、胸を反らせるようにして言う。横に立つと小出係長が細く短く見えるが、小出は至って平均的な身長体重の持ち主だ。

「佐紋のことはおいおい知っていただくとしても、ここでは警察署協議会との繋《つな》がりが他署よりも遥《はる》かに濃厚であり重要なのです。取りあえず、それだけは認識していただいて、まずは先人のなさったことを踏襲していただくことから始められてはいかがでしょう」

そう言った重森の陰から、顔だけ出すように小出が付け足す。

「なにせ、田添副署長は署長代理でもある訳ですから」

これ以上押し問答していても時間の無駄のように思えた。先人を踏襲しろと言われれば、着任早々の身としては拒絶する言葉を持たない。杏美はため息を飲み込む代わりに承諾の言を吐く。

「それで打ち上げの場所はどこですか？」

小出が顎《あご》を引くようにしてなかなか口を開けない。なぜか隣に立つ重森までもが、押し黙ってなにかを飲み下すような風を見せる。再度尋ねて、ようやく小出が言った。

「だいたい、その、まあ、会議が終わって移動するのも面倒ということでいつからか」

杏美の目が大きく開く。小出が慌てて、「ときに長引くこともありまして、そうなるとこの辺りの店は軒並み閉まってしまいますので」と目を泳がせる。

「まさか、ここ？」

二人は黙ったまま、頷くでなく首を振るでなく、目だけを伏せる。

佐紋警察署は横長の二階建てで、汚れたコンクリート壁面を塗り直すこともせず、窓を塞《ふさ》いだような耐震補強の支柱も古いままの質素な建物だ。署長が暮らす官舎は、その庁舎の二階にあった。

署長官舎は大抵、所轄の敷地内にあって別個の建物になっていることが多い。稀《まれ》に、署の近くのマンションを借り上げ、住まいとすることがあるが、この県内においてはほとんどない。更に佐紋のような小さな所轄では、庁舎のなかに署長の住まいを置く。敷地内に家を建てるスペースはなく、お金もかけられないということだ。

部屋は二階の南の端にある。一応、生活の場だから、バス、トイレ、キッチンまでちゃんと揃《そろ》っている。寝室とリビングルームが一つずつでおよそ二十平方メートルもあるだろうか。子どもが一緒では窮屈だが、配偶者と二人なら充分暮らせるようにしている。杏美が当分のあいだ署長代理も兼務することになったことで、小出はまず、この署長官舎を使用してくれと言った。だが、さすがにそれは断った。官舎といえば署長の自宅も同然だし、自分の立場は、署長が復帰されるまでのあくまで臨時の職掌だ。入院しているとはいえ、今も人が暮らしている部屋に入る気にはなれない。だいたい、こちらへの異動内示が出るとすぐに警察署近くの賃貸マンションを見つけ、既に荷物も送っている。徒歩五、六分程度だから、署長代理としてすぐに出署することにも支障がない筈《はず》だ。

自宅は県中心部にある。時間がかかるから、どうしても単身赴任になる。気がかりは八十を超す母と二人暮らしだったことで、最初、他県に住む兄夫婦に託そうとしたのだが、母は認知症でも寝たきりでもないのだから問題ないと一人残ることを選んだのだった。多少気にはなるが、確かに身の回りのことくらいは自分でできるし、むしろ仕事で忙しくしている杏美の世話を焼くだけの家事能力も充分あった。しばらくは様子見しようと、1DKのマンションの一室を決めてここに来たのだ。小出はさも残念そうに、そうですか、と言って引き下がった。

その官舎で宴会をすると言う。これまではそれが慣例となっていたと言うのだ。署長の個人的な住まいではあるが庁舎のなかだ。杏美は、副署長席に座ったまま腕を組む。確かに、署長官舎で課長など上層部の職員を集め、署内では話せないようなことを話し合ったり、臨時の会議をすることがある。そのまま、酒が入り、懇親会の体をなすこともある。日ごろの苦労を労《ねぎら》う意味もあるし、なかには職務において目立った活躍をした係員を賞する意味で飲み会を行う署長もいる。だが、あくまでも署員相手だ。同じ所轄に働く仲間を呼んでのことなら、目くじらを立てる必要もないが、今回の話に出てくる警察署協議会は、確かに公安委員会の委嘱による集団ではあるが、あくまでも一般人だ。

重森課長なら、また先人の道を踏襲せよとでも言うだろうが、これぱかりは納得できないと杏美は目を向けた。

結局、舌鋒《ぜっぽう》を尽くしたお蔭《かげ》で、官舎の利用を撤回させ、代わりの店を探させることとなった。小出係長に言って、そのことをメンバーに周知させる。

そして勤務終了後、会議に出向いた。

本来は署長、副署長が出席するが、今回は杏美が兼務で一人になるから、重森が同席した。確かに、お披露目という程度の砕けた話に終始した。定例会議は先の九月に行われているから、あえて新しい議題もないということだ。三十分もしないうちにお開きとなる。

メンバーは五人で前畑前町長、久野部《くのべ》自治会長、桜庭《さくらば》JA組合長、柳生《やぎゅう》漁業組合長、堀尾医師。久野部達吉が最高齢の七十六歳だが、誰よりも声が大きく血色も良く、潑《はつ》溂《らつ》としている。ひと目で、この協議会を仕切っているのも久野部だとわかる。

事前情報として、小出係長からひと通りの人物像は聞いていた。

久野部は先祖代々、この佐紋で暮らす。土地を持ち、広大な田畑で農業を営むだけでなく、林業、漁業にも携わってきた、昔でいう大庄屋と網元を兼ねたような存在だ。さすがに時代の趨勢《すうせい》と共に規模も縮小され、林業を細々としながら小さな会社を経営するに留まっているが、今でも地主であることは変わらないし、地域で一目も二目も置かれる人物らしい。佐紋の町長も、この久野部の後押しがなければ当選することはないと言われている。

逆に言えば、この久野部さえなんとかうまく扱えれば、あとは自然とついてくるから、考えようによっては楽かもしれない。杏美はそう思うようにして、場所を替えての宴会の席でも久野部の隣に座って、笑顔を見せつつ、どうぞよろしく、と乾杯の音を鳴らした。

「いやあ、女性の署長さんというのもええもんですな」

久野部の次に高齢の堀尾医師が、赤い顔をしてビールジョッキを持ち上げる。管内最大かつ最先端の設備を持つ堀尾総合病院の院長だ。六十半ばで、骨ばった体軀《たいく》、馬のような長い顔と温和な目をしている。

「いえ、わたしは副署長です。署長代理は期間限定ですから」とやんわり訂正する。隣の久野部が、笑い顔のまま人形のように頷く。酒は余り強くないらしい。なのに、こういう宴会が好きで、必ず顔を出すと聞く。今日予定が変わって暇になったから、定例会をしようと言ったのもやはり久野部だった。他のメンバーは、わかりましたというだけだ。そんなことを疎《うと》ましいと思う者もいるだろうが、金払いはいいらしいから適当に持ち上げていればタダで飲めるとほくそ笑んでいるのかもしれない。ちらりと向かいの席を見やり、赤い目をしながらも次々にお替わりする重森を見て、それの最たるものが自分の部下ではないかと思った途端、鈍い疲労感がのしかかる。

一時間ほど経ったころ、ふいに大きな音が響いた。

目を向けると、堀尾の隣に座る柳生漁業組合長がジョッキをテーブルに置いて、向かいのＪＡ桜庭組合長を睨んでいた。桜庭は肩をすくめてお猪口《ちょこ》を啜《すす》り始める。柳生が腕を伸ばすのを堀尾が慌てて宥《なだ》めている。杏美の隣から久野部の舌打ちが聞こえた。柳生が堀尾の手を払い、呷《あお》るようにビールを飲むのを見て、久野部が立ち上がった。柳生の肩を叩《たた》いて目で合図を送ると、先に立って手洗いの方へ向かう。髭《ひげ》を生やした色黒の五十男が大人しくついて行くのを見る限り、久野部の力は伊達《だて》ではないようだ。

杏美は赤い顔の重森を押しのけ、前畑の隣へと身を寄せた。

「あの二人、どうかしましたか」

前畑は手洗いの方に向いていた目を慌てて杏美へと返した。

「え、いや。柳生さんは酒癖が悪うて」

「そのようですね。からみ酒ですか」

「そんなでもないですよ。普段は大人しい人で、相手による」

「なるほど。ＪＡの桜庭さんとは合わないんですね」

単刀直入な言いように前畑は苦笑いする。お猪口を取り、ひと口飲んで、ぽつんと置いた。

「まあ、色々ありましてね」

「ＪＡと漁協なんて、業種が違うんですから揉《も》めようもないと思いますけど」

あっさり切り捨てると、前畑は却《かえ》って向きになって否定する。

「そういうことやないんですわ。田添さんのような都会から来た人にはわからんでしょうが、地元では農業も漁業も同じ生産家です。地面か海かだけの違いで、地域と密着していることでは同じ。根の広がる場所が一緒なだけに、一旦《いったん》揉めるとね」

「なにかありました？　揉める原因」

「え。いやあ」

前畑は猪口を持ち上げ、徳利に手を伸ばす。杏美が先に取り、猪口に注ぐ。ぐいと飲み干すと、顔を赤くした前畑が胡坐《あぐら》の膝《ひざ》を何度も撫《な》でる。

「まあ、とっくに昔の話ですけどね。ＪＡが提案した新しい作物の作付けがうまくいかんかったと、怒った農家さんが川に廃油を捨ててね。港周辺の魚に影響が出たんですわ。港近くの魚を獲《と》る訳やないから別にいいやろうがってＪＡが言うたら、風評になって漁の魚全《すべ》てが悪く思われるんやぞと漁協が抗議した。その農家の親戚《しんせき》がＪＡに勤めておったことが余計争いに拍車をかけまして、双方嫌がらせ合戦のようなのが始まった」

「まあ。どんな」

徳利を持ち上げて、注ぐ。

「ＪＡのシャッターに落書きしたり、浜に干していた網を破ったりとか。最初は子どもじみた悪戯《いたずら》やったのがエスカレートして、しまいにＪＡの職員の女の子に妙な真似《まね》を」

「えっ」

「あ、いや、それはもう示談で済んだ話なんで。ともかく、そんなこんなも、誰が悪いっていう話になるとその農家さんなのにね」

「なるほど。それがＪＡ対漁協のような形になった理由ですか？」

「いや、まあ。それは切っかけみたいなもんで、ようは景気のいいのと悪いのとが顔を合わせて一緒に酒は飲みにくいってことですよ」

「地元に密着しているだけに」

「そうです」前畑は、猪口を宙で止めて、遠い目をする。「おわかりにならんでしょうけど、地元の人間が地元を思う気持ちは、都会ほど仕事や暮らしにバリエーションがない分、濃くも深くもなる訳ですわ。生き方がみな似てくるから、余計に自分の立場ひとつがここでの暮らしに大きく影響してしまう。誰しも表向きだけでも人並みで、問題ないんやと、笑顔で言いたい訳ですよ」

「それが漁業の景気悪化が隠しようもなくなってきたから、気もさくれるということですか」

前畑は遠慮のない杏美のいい様に、さすがに顔をしかめた。現役ではないとはいえ、農家も漁師も同じくらい大事な支援者だ。手酌のスピードが増してきたので、杏美は自分の席に戻る。間もなく、久野部と柳生が帰ってきて元の席に着いた。柳生は顔を背けたまま一人でビールのジョッキを上げ下げし始めた。

そんな様子を見つつ、腕時計に目を落とした。八時を過ぎているのを確認して、杏美は、ではそろそろ、と声をかける。みなきょとんとした顔をしたが、有無を言わせず、明日も仕事だからと席を立たせ、店員を呼んで精算させる。久野部が自分のツケで、と言うのを断り、重森の分と合わせて店員にお金を渡し、そのままさっさと店を出た。

最後の挨拶くらいはしなくてはいけない。ぞろぞろわいわいメンバーが出て来るのを、秋というよりは冬のそれとも思えるような、冷気漂う夜の街路で、足踏みをしながら待つ。

腕を組み、これではコートがいるな、と考えていると、通りのなかほどの店から酔客が転げ出て来るのが見えた。四十代くらいの男性二人組だ。楽しいことでもあったのか、肩を組み、歌を歌っている。

寒い地域にいると、逆に外出が増えると聞く。家で静かに暖をとるよりも、外で飲んで憂《う》さを晴らすほうが落ち着くのかもしれない。厳しい寒さと唸《うな》る風音、晴れ間の少ない空に囲まれ、遊興の少ない狭い街で働き、仕事終わりに酒を酌み交わす。そうして人間関係を築く。先ほどの前畑の話にしても、それがどういうことなのか、想像はできても実感は持てない。杏美が知ることのなかった様々なものがここには横たわっている気がした。奉職して三十三年、生まれて五十余年経ってもまだまだ未知のものはある。学んで知るべきことが、沢山あると気づく。

「あら」

二人組の酔客のうちの一人の顔に見覚えがあった。目を凝らしていると、真っ赤な顔をした男性がもう一人の体を支えながら、大通りの方へ行きかける。

重森課長が店から出て来たので訊《き》いてみた。

「あれ、うちの総務課の人間よね」

杏美が赤い顔をした男を指さすと、重森は目をすがめる。そして、ああ、という表情を浮かべて、「甲斐《かい》ですな。甲斐祥吾《しょうご》。総務主任です」と応《こた》えてすぐ、自分の部下であることを思い出したのか、飲み過ぎじゃないかしょうがないな、とふらつきながら言う。

甲斐という名を聞いて、杏美はパソコンで見た画面を思い出す。赴任してからずっと、署に残って署員の身上票を閲覧していた。一日でも早く署員の名前と顔を覚えねばならない。もっとも、駐在員も含め総勢合わせても六十六名しかいない佐紋署なのだ、そう難しくはない。特に総務課は、自分に近しい課だからすぐに覚えた。

甲斐祥吾、四十三歳。巡査部長。佐紋署総務課総務係主任。独身。老父と二人暮らし。趣味は囲碁、将棋、カラオケ、釣り。性格は温厚、真面目。警部補試験には四年前に最終までいって以後は一次止まり。

「一緒にいるのもうちの署員かしら」

見覚えがないと思いながらも、一応、訊く。応えたのは後ろから顔を出してきた、JA組合長の桜庭だ。確か杏美と同い年だが、頭はすっかり綺麗《きれい》になって、大きな耳とどんぐりのような眼が剽軽《ひょうきん》さを醸《かも》している。

「あれは、うちの田中ですね。甲斐さんとはよくカラオケに行くと言ってました。田中もバツイチで独り身なんで話が合うんでしょう」

いったい、どんな話が合うというのか。案外、警察と地元民との関係性は、協議会に限らず、もっと広く深いものではないのかと、ふと杏美は思った。

3

初め、周防康人は佐紋署に赴任したことを残念に思っていた。

警察官である限り、異動は一生ついて回るものだし、ほとんどの場合、本人の希望通りにいかないことも承知している。それでも、いつかは自分の望む部署や仕事に就けるという気持ちがなければ、日々の任務に張り合いがない。警察学校に入校したときから、いや入校する前から、周防はいつか警備課で働くことを願っていた。

警備部門を希望する警察官は割合に多い。諸外国や外国人にまつわる外事部門やテロなどから国家の治安を守る公安、他に災害警備など多岐に渡るが、なにはともあれ一国を守るという大義がこれほど明々白々とある部署は他にない。憧れて警察官になった周防のような人間には、とてつもなく偉大で尊い任務のように思えた。

そういう警備課へ、地域課勤務しか経験のない周防が異動するというのは、正に僥《ぎょう》倖《こう》といってもいい。異動先として警備課を打診されたときは、震える声でぜひにと即答したものだ。もっともそれが佐紋警察署だと言われて、膨らんだ期待は喜びと共に半減したが。

佐紋署警備課に外事、警備、公安などの区別はない。課長一名、係長一名、巡査部長一名、巡査が一名だ。総勢四名で全てを成り立たせている。課長や係長は警備経験がほとんどなく、佐紋署だからやっていられるのだと、自ら公言してはばからない。

とはいえ、そんな佐紋署管内にも、警備課がマークするような要注意人物や組織がそれなりに存在する。特に県内唯一の海岸線を持つ署だから、海の向こうからの脅威にも目を光らせねばならない。ただ、警備課がすることは、あくまでも予防だ。事件が起きてから動く刑事や生安とはそこが大きく異なる。事前に危険を察知し、犯罪が起こされる前に壊滅する。危険因子があれば、それが肥大したり凶悪化する前に封じ、消滅させる。そのための情報収集と監視が主な業務となる。

行動は常に秘密裡《り》になされる。管内における実態把握すべき者リストの内容は全て頭に入っている。

巡査部長の小林主任だけが警備畑の人で、およそ二十年以上、外事や公安に携わってきたベテランだった。周防はその小林主任の下につく。

辺境の地と言われる佐紋署へ異動させられ、大概腐る気持ちもあったが、それもベテランの小林主任がいたことで頭を切り替えることができた。ここで警備のイロハを学べばいい。むしろ、外事や公安だと変に区分けされて専門化するよりは、全てに通じるオールラウンダーとなれるかもしれない。それができるのも、大した事案のないこの小さな佐紋署だからと考え直した。小林主任の下で専門知識と技術、技能を身につけ、県中心部の警備課に戻るのだ。最終目標は県警本部の警備部で働くことだが、それには生半可な努力では無理なことも承知している。周防ができることは、とにかく常の職務に勤勉に打ち込むことだ。そうすれば自《おの》ずと希望への道は見えてくる。

そんな矢先、周防が小林主任も把握していない、新たな対象者を見つけたのは全くの偶然からだった。

たまたま代休として平日に休みをもらっていた。隣接署の管内にある三階建てのアパートで独り、ぶらぶらと一日を過ごしていた。

周防には学生時代から付き合っている恋人がいるが、仕事を持っているため平日には会えない。落ち着いたなら、いずれ結婚しようと決め、週末だけ彼女が訪れるという半同棲《はんどうせい》のような暮らしを始めた。職場には一応、小林主任にだけ打ち明けている。

彼女が少しずつ、周防の暮らすアパートに荷物を送り、休みのときには二人で荷物を解いたり、買い物をしたりして過ごす。平日の休みには、そういったことを周防が一人ですることになる。その日も一日中アパートにいて、日が暮れるころ夕食を摂《と》りに繁華街に出た。そこに佐紋の住民で見知った顔を見つけたのだ。

平日の午後にこんなところでなにをしているのだろうかと思った。警察官としてのアンテナが反応したと言えば聞こえはいいが、単に暇で尾行術の練習という気持ちの方が強かっただろう。

尾行で大事なのは周囲に溶け込むことだ。人が多い場所では視線を対象に向けず、歩行速度を変えない。人が少ない場所では、時折、姿や仕草に変化を与え、同じ人間と感じ取られないようにする。周防の尾行はうまくいっていた。しばらくして、その人物はそっと潜り込むように地下にある店に入って行った。ついて入る訳にはいかなかった。その店は閉店となっており、不動産会社管理の札がかけられていたからだ。一気に緊張感が高まった。

夜まで監視した。その顔見知りの人物が出て来たのは午後八時を回ったころだろうか。階段を駆け上がって、辺りを見回しながら路地を歩いて行くのを見送った。周防はその場で待機し、次に出て来る人物を待った。十時近くになって、数人が固まって出て来た。店に鍵《かぎ》をかけて、お喋《しゃべ》りしながら上がって来る。そのグループは日本語でなく、アジア圏の言葉を話した。容貌《ようぼう》も中国人や韓国人とは異なる、東南アジアから中近東にかけての人々のように見えた。

県内で唯一海岸線を持つ町に住む人間が、そういう人物らと密会していた。考えられるのは、薬の売買、密輸、密入出国から窃盗団、今なら不法滞在、不法就労も大いにあり得る。充分、警備課案件の可能性も出てくると思った。勇んでその外国人のグループを尾《つ》けてはみたが、夜の街で散会され、挙句に見失った。余所の管内で土地鑑がなかったのがいけなかったのかもしれない。そう思うことで自分の失態に目を瞑《つむ》り、その分、犯罪の端緒を摑んだかもしれないという興奮を堪能《たんのう》する。逸《はや》る気持ちのまま翌朝、佐紋署警備課へと出勤したのだった。

すぐに報告するつもりだった。だがその日、小林主任が午後出勤だったことで冷静に考える暇ができ、未《ま》だ情報としては余りに貧相で不確かだということに気づいた。よく見つけたなと言われるだけの確証を得ることが先決だと思った。いい加減なことで対象者にしていると思われたなら、叱責《しっせき》された上、手に入れた情報が活《い》かされずに、二度と俎上《そじょう》に載せてもらえなくなる。そのせいで危険因子を野放しにしてしまうことにもなりかねない。

しばらくは単独で行動確認しようと考えた。それなりの尾行術も身についている。周防が警察官だと知られていないという利点もある。警備課は署の二階の奥、署長室の近くにあるせいで一般人が近づくことはおろか、そんな部屋があることすら知られていない。警備課員自身、部屋から出ることがほとんどないし、同じ署員ですら課員と口を利《き》いたことのある者は少ないだろう。だから警備課員の顔を知る地元の人間は少ない、いやまずいない。

そのせいもあって尾行には自信があった。対象者を尾け回し、接触する人間、事物など全てを把握し尽くす。警備対象とするだけの物証を得、それを端緒に、国家の安全を揺るがす不穏な謀《はかりごと》を暴《あば》き出す。

今、佐紋署に来て以来とも言える、強い使命感と興奮に包まれていた。

4

佐紋署の日々は、安穏なものに思われた。

副署長及び署長がすべきルーティンワークは一週間で慣れたし、管内の概況も署員の顔もすぐに覚えられた。

時計を見て、杏美は机の上のパソコンを開ける。

朝の周知連絡のための会議だけは、奥にある署長室で全課長を集めて行うが、それ以外は、玄関カウンターの内側エリアにある副署長席で業務をこなす。小出係長は、決裁などの書類が多いので、署長室に入っていてくれと言うが、書類の確認をしてハンコを押すだけの作業に場所などさして必要ない。

課長らとの朝会議のあと全体朝礼を行う。それが終わると杏美は、署長業務である決裁書類に自席で目を通す。そして時折、顔を上げて署員の動きや、署を訪れる一般人の様子を眺めた。

杏美の周囲には、他に総務課の島があり、すぐ隣にパーティションで区切った会計係、相談係、車庫証明係などが並ぶ。カウンターの外に出て右手に行けば交通課の三つの係をまとめた部屋があって、隣に小さな食堂とパトカー乗務員待機室が並ぶ。そして左手の階段を上がった二階には、警備課、地域課、そして刑事課と生活安全課を合併させた刑安課と呼ばれる課がある。他に会議室、女性更衣室、シャワールームがあって、南の端には署長官舎となる部屋がある。

佐紋に来て二週間が過ぎた。

そろそろ、管内の巡視に出かけたい。重森課長を通じて小出係長に頼んでいるが、そのうちと言うだけでなぜか動こうとはしない。机の上に地図を広げ、パソコンの資料と照らし合わせる。

統計を見る限り、佐紋警察署内における交通事故数も刑法犯罪の件数も他署に比べてかなり少ない。これまで物損事故が三件、人身事故は一件、刑事事件も自転車盗、万引きが主で、今年の一月に空き巣が一件、夏にひったくりが一件発生したが、そのどちらも被疑者はすぐに逮捕されている。こういった地域では刑事案件よりも、生活安全課関連の事案の方が多いだろう。未成年による、夜間徘徊《はいかい》、喫煙行動、万引き、自転車盗、イジメ、ゲームセンターでの喧嘩《けんか》、器物損壊などなど。

刑安課にある刑事部門には、他署のような一係や二係の区別はなく、刑事係とひとくくりにして係長一名、主任四名、巡査二名が全てに対応する。しかも大体が、少年犯罪や防犯案件など生活安全係の手伝い仕事だ。これほど目立って大きな事件がないのも、重森課長の言を借りれば、警察署協議会の熱心な活動のお蔭ということになる。

確かに、これまでの活動状況を見ると、地域における防犯活動や青少年の非行防止について積極的に取り組んでいる。学校で問題が起きれば、防犯委員らが学区内をパトロールし、喧嘩やイジメなどが起きないよう見張る。コンビニ前で学生が深夜、屯《たむろ》すると聞くと、夜回り組を形成して注意する。

また交通安全週間ともなれば、久野部の指揮の下、大がかりな事故防止のための啓《けい》蒙《もう》活動がなされる。駅前でビラを配ったり、声かけ運動などのための人手が警察官よりも数多く集まる。道行く知り合いを見つけては直接、注意を呼びかけ説教するのだから、その効果も期待できるというものだ。

確かに、署員総数六十六名しかいない佐紋署が、面積約二八〇平方キロメートル、人口二万弱を見守るには限界がある。そのための警察署協議会であって、こと佐紋においては、それがうまく機能しているということだ。

「小出係長、このあとなにかありますか」

小出が立ち上がって、近づいて来る。すぐに返事をしないのは、杏美がなにを言うかで返答を変える気なのだろう。そんな見え見えの様子を無視し、「決裁関係の書類は済んだので、これから管内巡視に行きます」と立ち上がった。

「いや、今、総務課長が役場に出かけておられますので、せめて戻られるまで」と叫ぶように止めるが、杏美は素早く制服の上着を身につけると総務主任の甲斐に目を向けた。

「車、出せる?」

「は、はい」と甲斐祥吾が慌てて席を立つ。

これは駄目だと諦めたらしい小出が、自分も上着を取る。

「係長はいてください。甲斐主任だけ同行してくれれば問題ないでしょう。港から学校周辺までをひと通り回ってみるだけですから、昼までには戻ります」

困惑した表情の小出を残し、甲斐と共にカウンターの外に出て、廊下奥の通用口へ向かう。途中、交通課の部屋を覗く。ドアは常に開けっぱなしで、始終誰かが出入りするので、呼びかけられない限りは、いちいち目を向けたりしない。甲斐が気を利かせて知らせようとするのを止める。

交通課の部屋は、パーティションで三つに区切っている。ドアに一番近いところに交通規制係があり、書類棚の上に免許更新用の視力検査機器が置いてある。

隣は交通指導係で、立番、取り締まりが主な業務なので、今は係長以外誰もいない。

一番奥は交通事故捜査係で、事故の当事者らしい一般人がいて署員が対応していた。

交通課長はその事故係の窓際《まどぎわ》に席を取っているから、出入り口からでは姿は見えない。交通規制係の女性警官がふと顔を上げ、杏美を見つけて立ち上がった。それに気付いた他の係員も席を立って、室内の敬礼をする。

杏美は、ご苦労さまと言い、近づいて来ようとする規制係長を制止し、今から巡視に行くと告げた。学校近くに立番要点があったと思うが、どこかと訊くと、交通指導係長が寄って来て地図で示す。甲斐に向かって、昼前ごろになると思うが帰署の途中、ここを通ってみましょうと指示した。

指導係長は杏美が出たあと、配置予定の係員にそのことを知らせるだろう。事前に杏美が通ることを知らせておけば、立番に就く係員が慌てなくて済む。上司が巡回したとき、たまたまいなかったことで職務怠慢と思われるのでは、と案じる者もいる。実際、そんな狭量なことはしないが、真面目な人ほど気にするから、巡視もそれなりに気を遣わねばならない。

交通課の部屋を出て、食堂の前を曲がって、署の裏口から外へ出る。庁舎裏にある署の駐車場は狭く、日中だとパトカーは大概、正面玄関前の一般駐車場に置いている。不用心な気もするが、何度も切り返して入出庫する手間暇を考えれば、来庁者の少ない一般駐車場を使う方が効率的なのだろう。案の定というか、甲斐は苦労しながら総務係用のグレーの普通乗用車を車庫から出した。

「あ、署長代理は後ろの座席へ」

「そう？　その方がいいのなら」

助手席のドアを閉め、開けてくれているドアから後部座席へ体を入れる。日見坂にいるときは、後部座席に座るのが当たり前になっていたが、この佐紋に来てからはどうも調子が狂う。規模が小さいと人数が少ないだけでなく、やることなすこと全てがこぢんまりとしてしまい、そのせいでか自分の階級までもが軽くなった気がしていた。

車は署の前の通りから県道に入り、真っすぐ海へと向かう。

佐紋署管内には海岸線があり、小さいながらも漁港がある。ここに来てすぐに潮の香りを嗅《か》ぎ取った。これまで赴任したどこの署にもなかった匂《にお》いだった。地図を手に、杏美はこれから向かう駐在所を思う。

管内に交番は二つで、あとは駐在所で七箇所ある。駐在員は巡査部長が五名、巡査長が二名で、だいたいが家族と共に就いている。彼らは駐在所が自宅でもあるから、月に一度、業務報告などのため訪れる以外はめったに本署に来ることがない。それも受け持ちで仕事が入れば先送りになる。

それでも春と秋の異動日には駐在員のほとんどが来署し、新しく赴任した人間と顔合わせし、挨拶を交わす。都合で来られなかった者も暇を見つけて、杏美のところに地域係長と共に挨拶しに来てくれた。そんななかで、一人だけまだ会っていない駐在員がいた。

伴藤弘敏《ばんどうひろとし》。巡査部長。年齢は六十歳で、来年勇退となる。

噂《うわさ》では、巡査部長になったのが四十代後半で、五十になろうかというころに駐在勤務を願い出て、妻と子どもと共にこの佐紋にやって来た。それからおよそ、十年の勤務となる。

杏美が警察官となった当時、県では、女性警官は全て交通課への配属だった。その後、地域課へも配置されることになった。まずは試験的にということで、新人ではなく二十六歳の杏美が交番勤務員として就くことになった。そのとき、同じ交番でペアを組むことになったのが伴藤弘敏だ。それは僅か一年ほどの期間だったが、以降一度も顔を合わすことはなかった。

地図から窓の外へと目を向けた。

今日も空は厚い雲に覆われ、灰色に染まっている。伴藤との勤務からもう三十年が経つ。その間、大都会を抱える県でもないのだから、どこかの所轄で会いそうなものだが、すれ違うことすらなかった。それが意図して避けられていたのであれば、この面会も楽しいものにはならないだろう。

今では杏美の方が階級も上で上司になる。たとえどんなに嫌な相手でも、立場や職責を鑑《かんが》みれば、それなりの対応をするのが大人だろう。だが勇退を目前にした人間が、この際という気持ちで開き直ることもないとは言い切れない。

小さく息を吐く。あれこれ考えても仕方ない。むしろ避けていることで余計気になるのならと、いっそこちらから動くことにしたのだ。

「なにか、気になることでもありましたか？」

バックミラーに甲斐の目があった。地図を片手にため息を吐《つ》いたのを気にしたらしい。甲斐の両目に隈《くま》があるのを見ながら、杏美は、なんでもないわと応え、そのまま運転する彼の後頭部に目をやる。

四十三歳という年齢の割には老《ふ》けて見える。髪に白髪が混じっているし頭頂部も薄い。ぱっと見、杏美と大して変わらない感じだ。小出の話では母親が七年前に他界し、以後、血の繋がらない父親の面倒を看《み》ている。ヘルパーを頼んでいるので、勤務のある日中は問題ないが、二人きりの夜ともなれば気の塞ぐこともあるだろう。以前、協議会との宴会の帰りに見かけた姿は、単に気の合う友人と飲み歩いて仕事の憂さを晴らしていただけではなかったのかもしれない。

「ここが辰《たつ》ノ巳《み》駐在です」

そう言いながら、甲斐は総務の車を木造平屋建て家屋の前庭に停めた。出入り口こそガラスを嵌《は》めた引き戸になっているが、後ろに控える家は普通の住宅と変わらない。ただ、戸口の上には赤い丸ランプが、そして横の壁には『辰ノ巳駐在所』と書かれた看板がかけられている。看板の下に、伴藤弘敏在勤という白いプラスチックのカードがぶら下がっていた。

杏美が車を降りると、甲斐が足早に戸に駆け寄り、開けながら声をかけた。

「伴藤主任、おられますか。本署の甲斐です」

おう、と低い声で返事がある。引き続き甲斐が、田添署長代理の巡視です、と言うと気のせいか、奥で息を飲むような静けさが立った。杏美は、甲斐についてなかに入る。

四畳半ほどのコンクリート敷きで、事務机の他に固定電話、無線応答機、防犯灯、鉄柵《てっさく》、カラーコーンなどが乱雑に置かれている。その突き当たりに、小窓のついた木の片開き扉がある。その窓に影が差したと思ったら、ドアノブが回って、男が一人出てきた。

紺色の活動服姿に着帽、拳銃《けんじゅう》などを装備した帯革《たいかく》もしている。活動服は交番勤務など外勤で活動するための服装で、杏美や甲斐の着ている上下スーツタイプの制服とはまた形が違う。上着の丈も短く、身軽く動きやすいこの活動服の方が、今では警察官の制服として認知されているだろう。

「お疲れさまです。辰ノ巳駐在員の伴藤です」と挙手の敬礼をした。

「田添です。ご苦労さまです。突然、お邪魔してすみません」

いやいや、と言いながら、隅にあるパイプ椅子《いす》を広げる。甲斐も手伝う。杏美は、そんな伴藤の姿を見つめた。

三十年振りの再会になるが、言うまでもなく歳《とし》をとった。髪は薄くまばらで、白髪かどうかもわかり辛《づら》い。染《し》みも皺《しわ》も昔からあったように皮膚に馴染《なじ》んでいて、背も杏美より二十センチは高かったのに、なぜか大して変わらないように見える。

「伴藤さん、お久しぶりです」

立ったままそう言うと、伴藤はすいと顔を上げ、杏美の目を僅《わず》かのあいだ見つめて、破顔した。

「はい。××署の交番勤務以来ですね」

どうぞ、と椅子を示し、自分は隅にある棚に近づき、インスタントコーヒーの仕度をする。背を向けながら、落ち着いた声でゆっくりと喋る。

「ご挨拶に伺えなくてすみません。漁協でちょっとゴタゴタがありまして、すぐに片付いたんですが、その際、風邪をうつされましてね。大したことはなかったんですが、中途半端《はんぱ》に出かけてうつすのもよくないと籠《こも》っておりました。本復したようなので、明日辺り本署へ行くつもりにしていたんですが」

弁解の言葉だからか、ずい分と饒舌《じょうぜつ》だ。昔の伴藤は、自分の楽しい話は積極的にしたが、取り繕う言葉は苦手にしていた。そのせいでつっけんどんな印象があったが、歳と共にそういうのも変わるようだ。今の伴藤からはいかにも駐在さんらしい、柔らかな落ち着いた雰囲気だけが滲《にじ》み出ている。

杏美は腰を下ろし、コーヒーカップを受け取った。

「あれから一度もご一緒することなく、ここにきてようやくという感じですね。お元気だということは噂で聞いていましたが、こちらには奥さまとお二人だそうで」とちょっと奥を見やる風をする。

「ええそうなんですが。今、ちょっとスーパーに出かけていて失礼します」

「そうですか、奥さまとはまたいずれ。ここに来られて、十年ほどですか」

「ええ。家族で来てもう十一年目になりますが、なんとかやってこられました。お蔭で来年には無事勇退できそうです。そんなラスト一年をこの佐紋でご一緒できるというのは不思議なもんですな」

「本当に」

杏美は無難な話を続け、コーヒーを飲み干すと立ち上がった。港の辺りを歩いてみたいと言うと、伴藤も随行すると言った。

辰ノ巳漁港まで、駐在所からだと徒歩でも五、六分程度。三人前後しながら歩く。角を曲がった途端に荒々しいほどの潮の香りと魚の臭《にお》いが襲ってきた。眼前に雲の色を映したような海が、重たげな波音を轟《とどろ》かせ広がっている。

桟橋があり、岸壁にもやい止めがあって、漁船が幾艘《そう》も停泊している。海に向き合うようにコンクリート造りの二階建てほどの高さの横長の建物があり、一階部分は柱だけのオープンエリアになっている。水揚げされた魚を並べ、セリを行う市場だろう。その時間はとっくに過ぎており、人も魚もなく、どこかで片付けでもしているのか、水を打つような音だけが聞こえる。

「水揚げのときは賑《にぎ》やかでしょうね」

伴藤は後ろで手を組み、背を曲げ、ぺたぺたと歩いていたのを止め、辺りを見回した。

「そうですね。まあ、昔ほどではなくなりましたが」

辰ノ巳漁港での漁獲量は、一時に比べて格段に落ちている。量だけでなく魚の種類も減ったところに、輸入物に押されて値も思うように上がらない。そこに跡を継ぐ者のないまま代替わりなどがあって、漁師として生計を立てている者はずい分と少なくなったと聞いていた。このままでは漁業組合を形成する条件が維持できず、解散するしかないのではと危ぶまれているのが実情だ。

そう聞いているせいか、なんとなく水に濡《ぬ》れたコンクリートの市場がむなしい広さに感じられる。

「二階に漁協の事務所がありますから、覗《のぞ》きますか」

杏美は、組合長である柳生の顔を思い出す。臨時の協議会で会って以来だが、あのときは髭を蓄えた五十男が僅かの酒の勢いを借りてＪＡ組合長に険のある目を向けていた。組合の存続がかかっているのなら、宴席にいても心から楽しめなかっただろう。ましてや向かいにはＪＡの組合長が座っていたのだ。

「いえ、また今度にします。ところで、こちらでなにか揉め事があったとかいう話でしたけど」

は？　という顔をする。単なる方便だったかと思い、すいと視線を逸《そ》らした。だが伴藤は、ああと言うと、「いや、喧嘩ですよ。漁師の一人が、ＪＡのヤツと揉めて。つまらんことで最近はすぐにゴタゴタしよって」と倦《う》んだような声を上げる。

甲斐がしょ気《げ》たように目を伏せるのを見て、ＪＡの職員と親しいことを思い出した。

「漁協とＪＡは、仲悪いらしいですね」

伴藤も甲斐も、ぎょっと振り返る。そんな単刀直入なという顔だが、はっきりしたことを聞かないで憶測だけ知っても意味がない。そんな杏美の性格を思い出したのか、伴藤は勢いを得たように鼻息を荒くする。

「まあ、そのようですな。漁師連中は気が荒いとこありますんで。なにせ、船に乗って海に出張る命懸けの仕事で、一方の農協さんは苗やら種やらの世話をして、作物の取次やら金を貸したりで、地面でちまちまする仕事ですからね」

「いや、伴藤さん、そういう言い方はちょっと」

甲斐がさすがに顔色を変えた。杏美は黙っている。昔の伴藤もこんな感じだった。人を誹《そし》ることには熱心で、そのくせ打開するための努力も世話も面倒臭がる。結局、風に波頭を見せる海を眺めただけで、誰にも会わずに港を通り抜けた。駐在に戻って伴藤と別れる。

バックミラーから辰ノ巳駐在が見えなくなるのを待って、肩の力を抜いた。長い年月を経て、変わったところも変わらないところもある。伴藤が今、杏美に対してどういう気持ちでいるのか、久しぶりの短い対面では推し量ることもできない。少なくとも、嫌悪《けんお》を露《あら》わにした態度で接するつもりはないようだ。それは勇退を無事に迎えたいという、意志の強さの表れでもあろう。親しく打ち解けるということはないだろうが、それならそれで構わないという気もある。駐在員とはめったに顔を合わすことがない。

黙り込んでいる杏美に、甲斐が気を回し、なにか言わなくてはと思ったらしい。

「伴藤さんはちょっと極端で。それも息子さんが漁師だから仕方ないとは思うんですが」

「あら、漁師さんなの」

「ええ。一家でこっちに来たときは、まだ二十歳くらいだったんですが、大学を中退していたから働くつもりだったんでしょう。でも、こういうところだから仕事なんてありませんから。結局、浜が近かったから漁師になったって感じですね。今では漁業組合員の中堅ですよ。子どもさんと奥さんの三人暮らしだったと思います」

「そう。伴藤さん、お孫さんがいるのね」

そういう話題はしなかったな、と思う。そして、伴藤が最後まで、杏美のことを副署長、若《も》しくは署長代理と呼ぶことは一度もなかったと気づき、背をシートに深くもたれさせた。

5

三十年前。

杏美は、新しい体制の一環として地域課に配属され、交番勤務に就いた。それまで、女性警官が交番員として働くことはほとんどなかった。そのため、先駆者たらんと新人警官並みの意気込みを抱いて任務に当たったものだった。

杏美にとってはなにもかも初めての経験で、することなすこと全て習い覚えることばかりだった。街角という最前線の職場で、腰に拳銃を携行しての勤務だから緊張感も半端なかった。それでも、市民と直接触れ合えることで得るものは多く、やりがいを感じる毎日だった。そんな自分を指導してくれるのが、当時、三十歳の伴藤弘敏巡査長だった。

だが、一緒に仕事を始めて、すぐに伴藤が余り職務に熱心でなく、それでいて上司の評価や受けを気にする警察官であることに気づいた。少し萎《な》える気持ちが湧《わ》いた。それでも人はそれぞれだからと気持ちを切り替え、自分が同じようにならなければいいだけの話だと思うようにした。今から思えば、新しい任務を与えられたことで血気と責任感だけが膨れ上がり、それがため傲慢《ごうまん》さを熱意と勘違いしていることに気づかなかったのだ。そして、そのことに気づく前に問題が起きたのだった。

伴藤は、一般人に対しても人によって対応を変えた。年配のいかにも会社の管理職風の人間には懇切丁寧に、外を歩くにも割烹着《かっぽうぎ》を外さないようなおばさん連中は適当にあしらい、若い独身の女性には気味悪がられるほど親切に声をかけた。

体を半分に折ったような老女が助けを求めてきた。大事な財布を落としたらしいと言う。杏美はすぐに探しに出ようとしたが、伴藤は間もなく上司が巡回に来るからと止めた。杏美はむっとしながらも、すぐに戻るからと言って老女と共に心当たりを探して回った。結局、見つけられず、家に戻るよう促したのだった。

夜、その老女が事故に遭ったことを知った。どうやら、失《な》くしたものが気になって、夕食後に家族に内緒で歩き回ったらしい。下ばかりを見ていて、信号を見落としたのだ。そのことを聞いた杏美は、悄然《しょうぜん》としたまま交番勤務を続け、翌朝、勤務明けを迎えた。本署へ帰る仕度をしているとき何気なく机の引き出しを開けて、そこに財布があるのを見つけた。伴藤に問うと、あっ、と狼狽《ろうばい》した顔を見せた。

どうやら、杏美が老女と共に探し回っているとき、落とし物を見つけたと届け出があったようだ。だが、そのすぐあとに上司が来たから、伴藤はそのまま引き出しに放り入れて失念してしまった。届け出た人が、拾得の書類などいらないとすぐに帰ったのもよくなかった。財布のなかには、老女の氏名や連絡先を書いたメモがあったから、すぐに処理をしていたなら夜に外を歩き回ることはなかったのだ。

忘れてしまったというミスは誰にでもある。仕方ないことだし、運が悪かったと言えばそういうことかもしれない。だが、ケアレスミスならケアレスミスで、そのことをちゃんと認め、責任の所在を明らかにすべきではないか。当時の杏美は愚直にそう思った。

だから、頭を下げて黙っていてくれと言った伴藤の懇願の言葉に背き、上司に報告した。大した処分にはならなかったが、評価を落としたと感じた伴藤は、一転して杏美に冷たい態度を取るようになった。あからさまに酷《ひど》いもので、今ならイジメと言われて問題になるようなものだ。さすがに同僚が憐《あわ》れんで、上と相談して配置変えしてもらうことになった。翌年、伴藤は異動し、二年後、杏美も別の署の交通課へと異動した。それから、この佐紋に来るまで会うことはなかった。

そのときのことが原因とは思えなかったが、上昇志向の強かった伴藤の昇任が遅れていると知ったときは、さすがにいい気持ちはしなかった。三十前後で巡査部長にならなければ、その後の警部補、警部試験もすんなりとはいかないだろう。警察官にとって、設問に応えるだけのペーパー試験も大事だが、勤務評定もかなりのウエイトを占める。ひとつケチがつくと、まるで磁石に砂鉄が吸いつくように良くない心証が次々くっ付いて来ると言われていた。

伴藤は杏美を恨んでいた。そうはっきりと意識したのは、杏美が三十を間近にして結婚を控えていたときだった。

突然、破談になった。相手からの一方的なもので、杏美には心当たりがなかった。諦《あきら》め切れず、その理由を探しているうち、杏美の男性関係について根も葉もない噂が一人歩きしていることを知った。その噂の出所を追っているなかに伴藤弘敏の存在があることに気づいた。ふいにあのときの意趣返しなのかという思いが湧き上がり、鉄の蓋《ふた》を被《かぶ》せられたように気持ちが暗く塞《ふさ》いだ。確固とした証拠のある話ではなかったし、個人的な問題だったから、それ以上どうすることもできなかった。

もう昔の話だと言い聞かせる。今や杏美は、佐紋の副署長であり署長代理だ。するべきことは昔を思い返すことでなく、佐紋署管内と署員のことだ。杏美は背を伸ばし、バックミラーに目を当てながら言う。

「甲斐主任、あと二つくらい駐在回れるかしら」

「そうですね。安在と豊津西ならそう離れていませんから」

「じゃあ、その二つを訪ねて、そのあと北の地区を通って小学校に向かいましょう」

「了解しました」

6

午後、木崎亜津子《きざきあつこ》は一人で署の食堂にいて、持参の弁当を広げていた。

署員専用の場所で、一階の廊下の突き当たり、交通課の部屋の並びにある。そこに警察署協議会のメンバーである堀尾院長が細長い顔を出した。しばらく他の署員と話をしていたが、署員が食事を終えて出て行くと、亜津子だけが残るのを待っていたかのように、自販機でコーヒーを二つ買って席にやって来た。

「やあ、木崎さん、ご苦労さん。食後のコーヒー、どうぞ。お、手作りのお弁当、うまそうだねぇ。未亜ちゃんも同じものを持って行ってるの？」

「いえ、お昼は園で出してもらえますので」

「ああ、そうか。それはいいね」

前にも何度かした話だったが、堀尾にしてみれば、それがちょうどいい話の取っかかりなのだろう。食堂であればお弁当、食堂以外の署内なら仕事の具合、私服のときであれば亜津子の服装や持ち物、だいたい決まったパターンだった。

六十五歳になる総合病院院長は、馬のような大きな目をいつもにこやかに細める。この辺りでは一番大きな病院なので、誰もが見かければ挨拶《あいさつ》をする。

「それでね、木崎さんに折り入っての頼みなんだけど」

箸《はし》が止まる。止まったことを見て見ぬ振りして堀尾は、目を細めたまま顎《あご》に手をやる。そして反対の手でポケットから折り畳んだ薄青い紙を引き出すと、そのままテーブルの上を滑らせて亜津子の弁当袋の下に差し挟んだ。

亜津子は俯《うつむ》いたまま、半分ほどなくなった弁当を見つめた。

「いやあ、全く運が悪いときは悪いことが起きるんだよ。うちの親戚《しんせき》のじいさんがね、公民館で囲碁やっているときに具合が悪くなったって、その娘が呼び出されてね。平たく言えば、うちの家内の叔父と従姉妹《いとこ》になるんだが、その娘、車で駆けつけたのはいいが、駐車場がわからなくてつい路駐したって言うんだよ。すぐ出てくりゃ良かったんだろうが、じいさんを病院に連れて行く行かないで揉めて、そうしたら、間の悪いことに駐禁に引っかかっちゃって。全く、なんでもいいからうちに連れてくりゃ良かったのに、なにやってんだか。家内もそう叱《しか》ったらしいんだけど、その娘がさ、違反が溜《た》まっているらしくて免停になったら困るって泣きついてきて」

そこから先はよく覚えていない。違反切符をなんとかしてくれという話に続く弁解は、どういう事情があろうと似たり寄ったりだ。運転手が悪い、タイミングが悪い、車が悪い、運が悪い、そう言いながら駐車禁止や一時不停止、信号無視なんか大したことじゃないだろうと心のうちでは思っている。飲酒運転やスピード違反なら事故に繋《つな》がるから仕方ないけど、と自分なりの基準で測って、罪の意識のなさを隠そうともしない。

弁当の蓋を閉じ、布巾《ふきん》で包みながら、紙をそっと手前に引き寄せる。堀尾はそれを見て、満足した笑みを広げる。

「いつのことですか」と乾いた声で問う。喉《のど》が渇いていたが、もらったコーヒーを飲む気にはなれない。

「えっと、確か一昨日《おととい》の夕方だったかな」

「切ったのは交通指導係ですか?」

「いや、駅前の交番のお巡《まわ》りさん。全く、暇だからってそういう余計なことされると」

堀尾の声を耳の奥で遮断し、弁当を鞄《かばん》にしまいながら考える。一昨日の地域課の反則切符なら今日辺り、送致係に回ってくるだろう。念のため、既に処理していないか確認しないといけない。

一応、礼を言ってコーヒーを持ち、席を立つ。

堀尾は笑い顔のまま、「未亜ちゃん、保育園楽しんでいるかい。なんかあったら、いつでも言ってよ。木崎さんにになら大概のことはしてあげられるし。これ、他のお母さん方には内緒ね」と念を押す。

軽く頭を下げて食堂を出た。入れ替わりに入ってきた署員に、堀尾が機嫌良く話しかけるのが聞こえた。

夕方五時過ぎ。

交通課では、それぞれ帰り支度が始まっている。戸口に一番近いところにあるのが、亜津子のいる交通規制係だ。その名の通り、標識などの規制関係を扱い、他に免許の更新手続き、安全教室の実施、そして交通・反則切符の送致を受け持つ。

机は三つで、係長、巡査の男性警官が一人、そして巡査部長である木崎亜津子の三人になる。パーティションで仕切った隣は、交通指導係で違反の取締り、立番に従事している。その更に奥のスペースには、交通事故捜査係がある。

亜津子が担当するのは、免許の更新手続きと安全教育と送致。送致は、警察官が取り締まった交通違反の切符を回収し、点検し、補完し、県本部にある交通反則センターへと引き渡す役だ。だから、佐紋署内で切られた切符は全《すべ》て、亜津子の元に集まる。

今日の当直当番は交通事故係の主任だから、それ以外は全員帰宅する。通常、各係から一名ずつ当直するものだが、佐紋のような小さな署ではそんなに出せない。だいたい当直したとしてもする仕事がない。

「木崎主任、帰らないんですか」

二十代の男性巡査が携帯電話を片手に声をかけてきた。それを聞いて係長も目を向ける。

「ちょっと保育園に出す書類を書くのを忘れたので、ここで書いてから帰るわ」

亜津子が未亜を保育園に預けていることは周知のことで、園が六時までだということも、終業と同時に署を出ないとぎりぎりになるということまで知っている。だから気を遣って、時間が迫ると声をかけてくれるのは有難いが、ときにこちらの勝手な気分で煩《わずら》わしく感じてしまうこともある。決して口にはしないけれど。

係長が得心したように頷《うなず》き、お先にと言って出て行くのを見て、亜津子は自席の引き出しを開け、書類を取り出した。

午後になって地域課の係長が持って来てくれた反則切符だ。

交番や駐在所で切符を切ることは少ない。専門にする交通指導係があるのだからというのもあるが、違反者がだいたい地元の人間なので色々言われる。特に駐在だと、今後の付き合いまで絡《から》んでくるから、余程酷いのでないと切らない。だから、駐禁の反則切符が出るとすれば、管内に二つある交番のどちらかになる。

やはり、駅前交番の巡査が駐車禁止を切っていた。違反場所も堀尾が言ったように公民館近くの路上だ。駐車時間は、四十分になっている。実際は一時間以上いたのだろう。余りの長さに業《ごう》を煮やして切ったのだろうが、余計なことをしてくれるとつい舌打ちが出た。公民館の近くなら近在の住民の車の可能性が高い。切符を切る前にひと言、公民館に行って声をかければ良かったのだ。巡査の名前を見て、まだ赴任一年の男性だと知る。

亜津子は交通課の部屋に誰もいないのを確認し、辺りを窺《うかが》いつつ、報告書を作成する。

切符を切ったが、その後、成立要件に瑕疵《かし》が判明して、この切符を回収の上、無効にするという文面をパソコンで打ち込み、プリントアウトする。そこに、巡査の署名を真似《まね》て書き入れる。自筆だと印鑑を押さなくてもいいからだが、さすがにペンを持つ指に力が入ってしまう。その下に亜津子の名前と、送致係の確認の印、それに、堀尾が持って来た、違反者に渡した反則切符と納付書を重ねて閉じた。それを他の反則切符と一緒にまとめてファイルに入れる。あとは、席の後ろにある小さな鍵付き金庫に入れれば終わりだ。

ファイルの上に両手を置いて、軽く目を瞑った。そのまま机に肘《ひじ》を突き、両手で頭を抱えるように俯いた。

息を詰め、悔悟《かいご》の嵐《あらし》と露呈したら免職になるという恐れが身を駆け巡るのをじっと耐え忍ぶ。少し待てば通り過ぎる。これまでも経験してきたことだから大丈夫と、言い聞かせる。時計に目をやり、迎えに行かなくてはと思いながらも、立ち上がるどころか指一本動かせない。まるで両肩を誰かに押さえつけられているかのようだった。

「どうかしましたか?」

いきなり女性の声がして、心臓が破裂するほど驚いた。跳ねるようにして顔を起こしながら手だけは必死で動かし、ファイルを引き出しに押し込んだ。

戸口から、制服を着た五十代の小柄な女性が亜津子を見ていた。

「具合でも悪いの?」

相手を認めるなり、反射的にぱっと直立する。

「い、いえ。大丈夫です。なんでもありません」

そう口早に言いつつ、顔色はまともではないだろうと、こめかみに汗が滲むのを感じる。

「そう?」

田添杏美署長代理は、そのままひょいと入って来て、「木崎主任には、小さいお子さんがおられるのよね」と周囲を窺いながら言う。

亜津子は固まった体をほぐすように揺らし、「はい」と応《こた》える。

「保育園?」

「はい」

「お迎えは大丈夫なんですか?」

「あ、いえ、これから。今日は、少し遅くなると伝えてありますので」

「そう。なんていうお名前？」

「未亜、木崎未亜です。三つになります」

「ふふ。可愛《かわい》いでしょうね。今度、会ってみたいわ。家は、隣町にある警察住宅よね」

「はい」

杏美が口を閉じて、亜津子を見つめた。会話が途切れただけなのかもしれないのに、なにか勘繰られているように感じられて、亜津子は思わず視線を落とした。それが余計な仕草だとわかっていてもどうしようもない。たった今、文書を偽造したばかりでその罪悪感がペンを握った指先にまだ残っている。震えを抑えるのが精一杯だ。

「なにかあるなら」と杏美が言いかけたことに、「えっ」と過剰に反応してしまう。

署長代理はにこっと笑う。

「お子さんを無事に育てることが一番大切なことよ。そのために手助けが必要なら遠慮なく言って欲しい。同じ女性だから言うのではないの。警察官として、管理職にいる者として言っている。子育てをしながらも、警察官としても更にステップアップすることを目指して欲しい。活躍を期待しているわ」

それじゃ、ご苦労さま、と杏美は身軽く背を返し、部屋を出て行った。

亜津子は体中の酸素を一気に抜いて椅子に座り込んだ。そして時計を見て、慌《あわ》てて引き出しのファイルを金庫に入れる。すぐに着替えて、荷物を持って飛び出した。


間に合うかな、と思いながら木崎亜津子は駆けた。

角を曲がり、園の門が目に入ったところで更にスピードを上げる。

「こんばんは。遅くなってすみません」

開いたままの戸口に顔を入れて呼びかけると、保育園の先生が娘の未亜を抱いてなかから出てきた。分厚い腕のなかで眠りこけている。

「あ、寝ちゃいました？」

「未亜ちゃん、今日、午後にお遊戯してはしゃいだせいで疲れたみたい。ついさっきまでママを待ってるって戸口から離れなかったんですけど」

「そうですか。すみません、ありがとうございました」

そう言って脱力した娘の温かい体を受け取る。その重さに肩にかけたバッグがずれそうになって、上半身を揺らして抱き直した。うーん、と声が上がるが首を仰《の》け反《ぞ》らせてまた眠る。

「じゃあ、ここにサインだけ」と紙を差し出された。規定の時間を超えて預かることになったことに対しての確認書だ。職場でいうなら始末書に当たるのかもしれない。この枚数が増えると園長先生と面談した上で、善後策を講じるよう言われる。

もう一度、頭を下げ、園を出る。

まだ七時を過ぎたばかりなのに、まるで深更のようなねっとりした暗さが満ちている。亜津子は未亜を抱き、その重さに腕が痺《しび》れるまま細い水の流れに沿って歩いた。小さな用水路で、胸高以上の柵が設置されている。柵の足下には、鮮やかな色のプリムラを植えたプランターが並んでいた。その小さくも愛らしい姿に、首筋に当たる未亜の温《ぬく》もりが加わってほっと息を吐く。

7

用水路を見ながら、杏美の言葉を思い返していた。

今の亜津子にはなんの意味も持たないし、励まされているように思えない。彼女がなぜあんなことをわざわざ言ったのか、その理由がわかるだけにむしろ悔しさが増す。副署長、いや今は署長代理か、その立場なら、なにもかも承知している筈《はず》だ。署員の経歴、身上、過去の汚点までなにもかも。

偉くなったり、活躍しようとは思わないが、決して辞めることだけはしない。亜津子はそれだけは間違いないと、杏美に言いたい気持ちを強くした。

シングルマザーとして子どもを育てるのなら、働くのは当たり前のことだ。だが、亜津子にはもうひとつ大きな意味があった。

未亜が生まれてすぐに離婚した。その後、元夫は自堕落な暮らしを続け、挙句、人に乱暴を働き、重傷を負わせて逮捕された。感情に走った身勝手な凶行で、情状もなく実刑を受けた。今も刑務所のなかだ。離婚した理由もその粗暴さにあったのだから、予想できた結末だ。

取り調べの過程で亜津子の名が上がり、警察署に呼び出されて聴取を受けた。それはそのまま自分の上司にも知られるということでもあった。木崎亜津子巡査部長の身上書に新たな一行が加わった。本来なら離婚後のことなので、亜津子自身がどうこう言われることはない。けれど亜津子には未亜がいる。

未亜をあいだに挟んで、元夫との関係性は存在し続ける。未亜の血の繋がった父親である限り、永遠に消滅することがない。それが警察という組織のなかでどういう意味を持つのか、それが今後の警察官としての人生にどんな影響を及ぼすのか、まだ三十歳になったばかりの亜津子には想像すらできなかった。

元夫が受刑者となった年の秋、佐紋署への異動が決まった。懲罰人事で流される署であることは聞いていたから、悔しいというよりもこういうことかと合点する気持ちが素直に落ちた。そう扱ってもらった方が却《かえ》って気楽でいいとさえ思った。

それよりも心配なのは未亜だ。この子が犯罪者の娘となってしまったことに母として、後悔と申し訳なさでこの身が切り刻まれるようだった。成長する過程で、いつかそのことを知ることになるだろう。そのときを想像すると、不安よりも恐ろしさに体の芯《しん》が凍えそうになる。人と違うという些細《ささい》なことからイジメが起きたり、繊細ゆえの孤独に陥ることがある。父親が前科者という、自身の力ではどうしようもない荷を担《かつ》がされた娘が、この先どう生きていけばいいのか、どれほどの勇気と覚悟を持てばいいのか。そのために母親である自分はどうすればいいのか。結局、ひとつの選択肢しか思い浮かばなかった。

木崎亜津子は、警察官でいる。未亜の母親は法の執行者、悪い者を捕まえ、市民の命を守る正義の担《にな》い手。木崎未亜は、そんな警察官の娘だ。両親の一方が悪くても、もう一方は強く正しい人間なのだ。この子がいる限り、なにがあっても警察は辞めない、警察官として生きてゆく。だから、どこへ異動になろうと、どんな仕事に就かされようと、未亜のことを思えばやっていける。亜津子にとって一番大事なのは、ただ続けてゆくことだけなのだ。

「うーん、ママぁ」

「未亜、目、覚めた？　歩く？」

ふっくらとした頬が赤く染まっている。柔らかな髪を指先で撫《な》で上げ、目を擦《こす》ろうとした白くて小さな指を握った。

「お仕事、終わった？」

未亜の言葉に、亜津子は笑顔を見せて頷いた。娘を下ろして手を握る。そしていつものように園での話を聞く。お喋《しゃべ》りが好きな娘は、飽くことなく話し続ける。空いた方の手を宙に振り上げ、楽しさがシャボン玉を追うように広がってゆく。

「保育園、楽しいね」

「うん、楽しいー」

良かった。亜津子は笑顔のまま、せり上がってくる吐き気をまた堪《こら》える。

堀尾院長が経営する病院を母体とする保育園は、園長も保育士も優秀で評判がいい。細かに決められた規則を忠実に守り、衛生面においていい加減なことはせず、子どもらを単に預かるだけでなく、教育的な環境の充実にも取り組んでいる。総合病院の医療従事者の子どもが多く入所しているから、体調を崩しても優先して診てもらえる。未亜が入れたのはラッキーだった。だが、幸運はただの幸運では終わらない。良いことがあれば、別の形でそのツケを払わされる。

佐紋の土地柄なのか、ここの警察署協議会が警察と一体となって熱心に地域の発展と治安維持に取り組んでいることは、赴任してすぐにわかった。定例会議もその後の打ち上げも署内でするせいか、署員の誰もが協議会メンバーと親しく口を利《き》く。署長、副署長とも密な間柄だから、メンバーに良く思われなかったりすると、直《じか》に署長の耳に入ることになる。だからといって、メンバーの意のままにされる訳ではないだろうが、気をつけるに越したことはない。

堀尾から反則切符のもみ消しを頼まれたとき、すぐに拒絶できなかった。不祥事を起こせば警察を辞めさせられる可能性もあるのに、未亜にとって良い保育園を得られることや協議会メンバーに目をかけてもらうことの利点を秤《はかり》にかけたら、と逡巡《しゅんじゅん》してしまった。迷ったらもう駄目だ。そして、一度でも引き受けたらもう逃れられない。

亜津子は警察官として、してはならないことをしつつ、一方で、決して警察官を辞めないでいるという矛盾する命題を抱えることになった。矛盾していることからも目を逸らし、考えないようにした。そうすることしか今の木崎亜津子には術《すべ》がない。右手にある温もりを守り続けるための術が、他にはない。

「ママ。ママは、お仕事、楽しかった？」

「うん？」

声が震えないよう唾《つば》を飲み込む。逆流した胃液の苦さが口のなかに広がる。楽しかったわよ、と言ったあと、なぜか目の隅に田添杏美の力強い笑顔が過《よぎ》った。

あの人も、懲罰人事でここに来たと聞く。それなのに、初手から協議会メンバーとの飲み会を外でやると決めたり、署長代理なのに署長室に入らず、巡視に回ったり、暇を見つけてはああやって署内を歩き回って署員に声をかけたりしている。ずい分とやる気を見せているようだが、大方の署員は単なる空元気で、そのうち大人しくなるものと疑わない。そうでなければ、点数を稼いで、県の中心部に一刻も早く戻ろうという魂胆ありきなのだろう。ただ――。

『活躍を期待しているわ』

ハイトーンボイスの妙に響く声だったと、亜津子は思った。

そう思った途端、用水路の、夜の粘りのような暗い水の流れに誘われるように、胃から吐き気がせり上がってきた。屈《かが》み込んで胸に押し当てるよう未亜を強く抱き寄せた。そして苦いものを飲み込んだ。

8

事件が起きた。

この佐紋署管内ではなく、隣接する署管内でバイクによるひったくり事件が発生し、本部通信指令室から午後三時十分、緊急配備が発せられたのだ。

庁内アナウンスが流れると、一瞬にして署内が沸き立った。廊下を歩いていた署員がみな脱兎《だっと》の如《ごと》く駆けて部屋に戻り、準備を始める。

緊配《きんぱい》が発せられた場合の手順は決まっている。

指定されている箇所に検問所を設け、職質を行う。交通要所の各地点で立番をする。車両で事件発生の告知をしながら管内巡回をする。瞬時にして平生と違う態勢を取ることになる。

緊急配備とは被疑者の逃亡を防ぎ、追い詰め、確保するためのもので一刻を争う。できる限りの警察官を動員し、網の目のほころびをなくさねばならない。当然、地域課や刑安課だけでは手が足らず、全課から急ぎの職務がない者は仕事の手を止め、制服に着替えて指定された配置に就くことになる。パトカーは全車出動し、検問場所や巡回に向かう。

　庁内はざわつき、パトカーのけたたましいサイレンが次々と鳴り響いた。制服を整え、帯革の装備を確認し、制帽を被りながら二階から駆け下りてくる署員。普段私服の刑事も、このときばかりは制服に着替え、慣れない交差点立番をするのでネクタイは曲がったままだ。

「おい、受令機は」

「こちらです」

「交通事故係は大宇野の交差点、生安係は夕日が丘に向かってくれ」

「車は」

「総務のを出す」

「被疑者の面は」

「わからん」

「防犯カメラの映像から、こちらに送ってくれることになってます」

「届いたら携帯に入れてくれ」

「了解」

　受付のカウンターに来て配置の確認をしながら、逃走する被疑者の情報を頭に叩《たた》き込む。無線機や受令機を受け取り、イヤホンを耳に嵌めながら玄関扉を出て行く。走り回る警察官と飛び交う緊迫した声のせいで、訪れていた一般人はその剣幕に押されて足を止め、じっと佇《たたず》んでいる。

そんな騒然とした気配も、時間にしてみれば十分程度のものだ。出動が終われば人の少なくなった署内は嘘《うそ》のように静まり、却ってシンとなる。

杏美は奥からその様子をじっと眺めていた。やがて小出に促され、署長室に入って執務机に腰を下ろす。ここで待機しながら、事件の行方とそれに応じて署員らの動向や被疑者の追跡状況を把握するのだ。もっとも、他署のように無線応答機を置いている訳ではないので、連絡は随時、小出や指揮を取るものから直接受ける。受付には携帯無線機を置いているが、一般に聞こえてはいけないので音量を絞っていた。それでも途切れることなく、どこそこの交差点で配置完了、どこそこの検問所で車両チェック、その後、別の要警戒地点に向かうというやり取りがずっと聞こえる。

佐紋署の署長室は広くない。八畳ほどの部屋で、執務机と簡素な応接セット、書類棚。それだけでもういっぱいだ。ソファに刑安課長が座って、更に重森総務課長と小出総務係長が座ったら、もう息が詰まりそうになる。杏美は立ち上がって、壁に貼《は》った管内地図を見つつ、刑安課長から説明を受ける。緊配がかかったときの検問、立番要所地点。駐在員や交番員の監視箇所、そして警察署協議会長である久野部の一声で、防犯委員や自警団が見張り番に立つ地点。

「見張り番？」

「まあ、もちろん被疑者を見かけたからと捕まえる訳ではありませんので。その場合は、すぐに本署に連絡する手筈にはなっています」

「危険なことはされないでしょうね？」

「まあ、委員にしても自警団にしても中高年がほとんどで、当人らも無茶してもしようがないとわかっているでしょう」と刑安課長が苦笑しながら言う。

重森課長に目を向け、そうなの？　と問う。

「そうですね。まあ、基本、暇な人間で組織されているものではあります。ただ、自警団なんかは昨今、職にあぶれてフラフラしているのを野放しにしておくよりはと、久野部さんが若い連中を集めて、言い聞かせた上で活動させていたりはしますが」

「それもまあ、別の面から見れば若年層の犯罪抑止にも繋がる訳ですからね」

小出が一石二鳥と追従《ついしょう》笑いする。杏美は腕を組み、むうと口を結ぶ。

「一度、久野部さんからその防犯委員や自警団の面子《めんつ》について、詳細を伺ってみたいですね」

小出がはっとし、重森と刑安課長がちらりと視線を交わす。

「いや、まあ」と小出が慌てて口を挟む。「協議会の方々とは、常に良い関係を維持していくのも佐紋署長の役目のひとつでありまして。もちろん、そのためにも会議で意思疎通《そつう》を図っていただくことが必須ですが、これまで連綿と続けられ、問題のなかったことまで取り沙汰《ざた》されるのは協議会の方にとっても面白くない話でしょうし」

「面白い話をするために協議会がある訳ではないでしょう。これまで問題がなかったから大丈夫という考えもおかしい。むしろ常に問題提起し、楽しくない話題をいかに良い方向へと改善してゆくかを相談するもので」と言っている途中で、重森総務課長が咳《せき》をした。杏美が振り返ると、重森は大きな腹をひと撫でする。

「赴任されて間がないですから、お知りになりたいことも多々おありかと思いますが、既存のことごとはどれも、これまでの署長や副署長が充分協議の上で賛同、容認されたことでもある訳ですから。そこのところを」

杏美はすぐに、わかりましたと背筋を伸ばした。署長代理は、あくまで代理だ。軽率な発言を素直に認め、出しゃばったことを言いましたと頭を下げる。

「いずれ署長が戻られたら、ご相談してみます」と自ら話に終止符を打ち、すぐに頭を切り替える。「ともかく、今はまず、逃走している被疑者の確保です」

はい、と課長連中は安堵《あんど》したのか、学生のように声を揃《そろ》えて返事した。

9

周防はすぐに、いつもとは違う服だということに気づいた。ジャージでなく、暗い臙脂色《えんじいろ》のジャンパーにジーンズ、運動靴にニット帽を被っている。途中、ポケットからサングラスを取り出してかけた。

その様子を見て、周防の胸は高鳴った。なにかある、と直感した。一瞬、小林主任に連絡してみようかと思ったが、まだもう少しと我慢する。対象者が横断歩道を渡って、いつも通っている道を行く。だが、飲み屋のある細い路地を行き過ぎる。どこへ行くつもりだろう。この道の先にあるのは確か、と思ったとき、けたたましいサイレンの音が聞こえた。

周防は横断歩道を渡らず、ビルの出入り口に隠れるように素早く身を寄せた。そっと車道を窺うと、赤色灯を回したパトカーがスピードを上げてやって来るのが見えた。耳を澄ませると、あちこちからサイレンが聞こえる。なにかあったらしい。先を歩いている対象者に視線を戻すと、やはり気になったのかサングラスをかけた目をパトカーの方に向け、道の先を曲がるまでじっと見送っていた。

周防は受令機のイヤホンを付け、状況を把握し始める。

隣接管内におけるひったくり事件発生による緊急配備の発令がなされたことを知った。思わず舌打ちする。緊配がかかれば、あちこちに警察官が現れ、検問だけでなく警らも念入りに行われる。目の前の対象者がそのことに気づいて、今日する予定のなにかを諦めるのではないかと危惧《きぐ》した。

ビルの陰に潜んで固唾《かたず》を飲んで待っていると、対象者は道路のこちら側に戻ることなく、また歩き出した。歩きながら携帯電話を耳に当てる。これから合流する人物にパトカーの騒ぎを問うているのか、仲間にこれからすることの是非を確認しているのか。すぐ側までいって、耳をそばだてたい衝動にかられる。

そのまま追尾する。

無線の激しいやり取りから、佐紋署員らが捜索しているらしい様子が伝わってきた。音量を絞ってもイヤホンから音が漏れる気がして、耳から外した。そして携帯電話をカメラモードにし、対象者の様子を密《ひそ》かに撮る。周防の存在には全く気付いていないようだが、神経質なほど辺りを警戒しているのがわかる。いつも以上に人の目を気にし、苛立《いらだ》っているのが見て取れた。どうしてなのか、なにがあったのか、なにをしようとしているのか。

行動確認を始めてから、これまで一度も怪しい素振りも疑うべき態度も見受けられなかった。とにかく、新規警備対象者にするための根拠となるものが欲しいと、そう思って出てきたのだが、どうやらそれがようやくヒットしそうだ。

対象者は足音を立てずに歩き、執拗《しつよう》なくらい辺りを気にしている。やがて広々とした空間を持つコンクリートの建物に張りついたような外階段を上がり始めた。一瞬、ついて階段を上ろうかと思ったが、狭い上に隠れる場所も逃げ道もない。仕方なく下にあるトラックの側で様子を見ながら待つことにした。

まだ五時にもなっていないのに、佐紋の上空は厚い鈍色《にびいろ》の雲に覆《おお》われ、辺りはほの暗く、夜が迫っている気配が広がった。そろそろ警備課に所在報告をしなくてはならない。携帯電話には、小林主任からメッセージが入っていたが尾行中だったので開けることはしなかった。

やがて対象者がそっと出て来た。そのまま歩き出し、少しして携帯電話を耳に当て、誰かと小声で話を始めた。小さく頷く様子から、なにかの合意がなったのかもしれない。

周防はそのままついて歩く。街灯が少ないからうっかりすると砂利を踏んだり、躓《つまず》いたりしそうになる。前を行く影は道の縁《へり》を歩いたりわざわざ迂回《うかい》するような動きをしながら港へ向かう。防犯カメラに入らないようにしているらしいと気づいて、一気に頭のなかが沸騰《ふっとう》した。

対象者は港から少し離れたところにある突堤の方へと向きを変えた。周防は停泊している船に身を寄せながらあとを追うが、それも途切れればこの先はほとんど隠れる場所のないエリアになる。携帯電話を取り出し、小林主任に連絡しようか迷っているうち、気づくと対象者の姿が見えなくなっていた。ぎょっとして目を凝らし、すぐに周囲を見回す。

波が突堤やその付近に置かれたテトラポッドに当たる音がし、船が揺れてなにかが転がる音がする。気配をさぐるために五感を研ぎ澄ます。ゆっくり歩き出した。

波音が奇妙な静けさを生んでいる。磯《いそ》の香りがねっとりと漂い、得体のしれない不安が流れ出る。

これ以上は止《や》めた方がいい、と頭のどこかで警報が鳴る。周防は、あと一歩行っていなければ戻ろうと考える。そして一歩進み、あと一歩、あと一歩だけと進む。大きな波の音がしたと思ったとき、ざっと地面を擦る音が聞こえた。

激しい恐怖と共に回避すべきという感覚が同時にせり上がり、反転しようと全身に力を入れかけたとき、頭に凄《すさ》まじい衝撃を受けた。一瞬、体が電気を帯びたように跳ね、手を伸ばそうとしたが痺れたように動かない。足元がぐにゃりと崩れ、そのまま底のない暗闇《くらやみ》へと落下してゆくのを感じた。

10

結局、二時間近く経《た》っても、高齢者を突き飛ばして荷物を奪った犯人は捕らえられなかった。

杏美は署長室の壁にある時計を見、自身の腕時計をも確認した。逃走方向にある所《しょ》轄《かつ》なら緊急配備は続行されたままだが、そうでない署は、だいたいの目途をつけて配備を解除する。

二十分ほど前、佐紋とは発生署を挟んで反対側に位置する所轄から、ひったくり犯らしきバイクを目撃との報が入った。地図で逃走ルートを確認し、こちらに戻って来る可能性がないのを見て、部屋にいる課長らは力を抜いた。恐らく現在、本部からの応援や機動隊が追跡していることだろう。

そろそろ解除ですね、と刑安課長が言って、総務課長も席を立ちかける。杏美も腕を振って、緊張で固まった体をほぐそうとした。

そのとき、ドアを忙《せわ》しく叩く音がした。同時に、刑安課長の携帯電話が鳴った。

小出がドアに取りつき、応対する。刑安課長が携帯電話を耳に当てたまま杏美に視線を向ける。署長室に入って来たのは地域課長で、動揺した表情を浮かべていた。刑安課長は電話を耳から離し、杏美に向かって口を開いた。地域課長が小出を押しのけ、唾を飛ばす。

「署長代理、小牧の駐在から、女性が殺害されていると報告が」

「小牧山で、遺体が発見された模様です」

そしてその一報のおよそ一時間半後、辰ノ巳海岸の突堤付近で、重傷を負った男性が発見された。佐紋署警備課の男性警察官だった。

小牧山は管内の南東に位置する標高二〇〇メートル程の山だ。北にある港とはほぼ真反対の場所に位置し、裾野《すその》は田畑と地続きのようにして広がっていた。

午後四時四十五分ごろ、その小牧山山中で、女性が遺体で発見された。

五時二分、駆けつけた駐在員によって事件性ありとの一報が本署に入った。見つけたのは自警団の若者らで、すぐに本署に連れて来て聴取する。

自警団といっても彼らは、地区の年配者に言われて渋々やっている。だから緊急配備とかで街角に立たされたが、すぐに飽きて持ち場を離れることにしたらしい。ただ、防犯委員らに見つかると色々言われるから、小牧山に隠れてビールでも飲もうということになった。

地元の気心知れた仲間同士、酒の勢いもあってしばらく騒いで楽しんでいたが、やがて日も陰り、寒さが身に沁《し》みてきたので場所を替えようかと動き出した。グループの一人が、この近くの農家が以前、ＪＡの推奨でスダチの植栽を始めた際に、道具や肥料置き場として建てた大きな納屋《なや》が残っているのを思い出した。耐寒性が強いとされるスダチだったが、結局、大して実をつけることなく結構な赤字を弾《はじ》き出して断念された。納屋もそれ以来放っておかれたままで、持ち主さえ忘れるような有様だった。同じ農家の青年が覚えていて、丁度いいとそちらへとぞろぞろ歩き出したのだ。そしてその納屋の奥で遺体を発見した。

慌てて携帯電話で受け持ちの小牧駐在所に連絡を入れた。地元の人間は大概、自分の家の受け持ち駐在所の番号を知っているし、駐在員の携帯番号も教えられている。すぐに年配の駐在の警察官がバイクで駆けつけた。その後は、管内のパトカーが全車、緊急配備の場所から直行した。

撲殺遺体とわかったと同時に刑安課が総動員で現場に向かい、更に県警本部にも連絡を入れた。署長席に座ったまま、杏美は随時入ってくる情報を受け、重森課長、小出係長と共に整理していた。署長室に無線応答機を設置し、慌ただしいやり取りに耳を傾ける。

間もなく本部から捜査一課と鑑識が佐紋署に向かったと連絡が入ったが、赤色灯を回して走行しても二時間近くかかる。佐紋にも鑑識の教養を受けたものがいるから、取りあえず現場検証をさせた。その鑑識担当が言うには、死後まだそれほど時間が経っていないということだ。

被害者の女性は白髪のおかっぱ頭、推定年齢六十代から八十代までのあいだ。身長一五〇センチ、体重も四〇キロ程度の小柄でやせ型。服装はウールのブランドスーツを着て厚手のタイツ、山中には不似合いのブーツを履いている。左側後頭部に激しい損傷が見られ、鈍器による撲殺と思われた。更に、顔面にも殴打《おうだ》されたような傷や痣《あざ》が数か所見られたと言う。

現場保全のために、本署だけでなく他のエリアの駐在員も招集し、小牧山一帯を取り囲んだ。初動捜査として近辺の聞き込みに入ったと刑安課長から報告を聞き、ひとまずは所轄のできることは全てやったのではと、総務課長らと共に息を吐《つ》いたとき、ノックもせずに警備課長が入って来た。

小出は不躾《ぶしつけ》な行為になんだという顔をしたが、すぐにぎょっと目を剝《む》いた。警備課長の顔はなにかの色素が抜け落ちたのかと思えるほど妙な色に覆われていた。

杏美は大きな声で問う。

「どうしました、警備課長」

「その、実は先ほど、うちの課員が辰ノ巳海岸で重傷を負って倒れているのが発見されまして」

「怪我《けが》を？　受傷事故ですか。誰ですか」

「周防康人巡査、二十六歳です。頭を強打したらしくテトラポッドの上で昏倒《こんとう》しておったところを通りがかった近所の人間に発見されました。怪我の原因は不明ですが、現場に向かった小林主任は、事故というより事件性があるのではと言っておりまして」

「なんですって」

ソファに座っていた小出と重森が呆気《あっけ》に取られたように口を開けたまま固まる。杏美は署長席から離れ、戸口へ近づき叫ぶ。「どういうことですか。ちゃんと説明して」

重森課長が場所を空けて、警備課長を座らせる。

緊急配備が発令されてからのことだ。警備課も出動しなくてはならないだろうという話になり、対象者の所在確認に出ている周防康人に、小林主任が様子を窺うメッセージを送った。だが、終業時刻近くになっても返事がなく、メッセージの既読も付かないことに徐々に不安が募ってきた。

通常、課員が外に出ているときは携帯電話を鳴らさないが、この際はとかけてみたが応答がない。これは憂慮すべき事態ではと小林が考え、捜索すべきだと係長や課長に進言したのが午後五時半ごろ。

なにか事故でもあったのかも知れないと、課長は地域課長を通じて、交番員や駐在員に捜索に出てもらおうとしたと言う。だが、山中で遺体が発見されたことで、佐紋署員はそれどころでなくなっていた。刑安課や地域課は殺人事件に手を取られるから、直接関わりを持たない交通課に頼んで一緒に捜索に出てもらおうと考えた。

やがて交通課員が、海岸で若い男性が倒れているのが発見されて救急車で運ばれたという情報を、港近くの住民から聞き及んだ。着ている服装から地元の青年と思われたようだが、すぐに救急に問い合わせて、持ち物から周防康人であるらしいことを知った。係長が病院に確認に出向き、小林主任はその発見者から話を聞いて、現場を見に行ったと言う。

病院からと現場からと、ほとんど同時に連絡が入り、警備課長はそれを持って署長室にやって来たということだ。

「第三者によるものというのは間違いないのですか」

課長はぐっと口を結んで、微《かす》かに首を傾《かし》げた。

「小林主任が言うには、確かに周囲は暗く、うっかり足を滑らせたという可能性もあると。ただ、周防もここに来て二年は経ちますから港周辺も熟知しておりますし、また、なぜそのような場所にいたのかが、いまだわかっておりません。以上のことから、単なる事故でなく、事件性の両面から調べを行いたいと言っておるのです」

「課長も同意見なのですね」

「わたしは、まずは刑安課長の見立ても伺うべきかと思います」

「ですが」と小出が口を挟む。「その周防が目を覚ませば済む話ではないですか。事件だと騒いだところで、周防がいやうっかり足を滑らせただけですと言おうものなら」

「容態は？」と杏美は警備課長に顔を向ける。

「は。それがいまだ意識が戻らず、一日二日は予断を許さないと言っております」

「病院は堀尾総合病院ですね」

「はい」

「院長にはわたしが直接訊《き》いてみましょう。その小林主任は今どこに？」

「病院に様子を見に行っております」

「そう。戻ったなら報告に来るように言ってください」

「わかりました」

「小出係長」

「はい」

「すぐに刑安課長に連絡を取って、この件を知らせ、周防巡査の発見された現場も調べるよう伝えてください」

わかりましたと言って、小出が署長室を出る。それを見送ると重森課長が杏美へ顔を向けた。

「署長代理、この件も事件として調べるつもりですか。殺人事件が起きた上に、巡査の事故の原因を調べるなど、そこまでする余裕はうちには」

杏美は重森の顔を見つめながら口を閉じ、鼻で大きく呼吸して胸を上下させる。ちょっとの間目を瞑《つむ》って息を整えた。目を見開いて、はっきり言う。

「疑いがあるのですから、調べるべきです」

重森は俯《うつむ》くようにして肩を落とす。掌《てのひら》で大きな腹を撫でさすりながらぼそりと呟《つぶや》いた。

「佐紋で殺人事件が起きたのは、十八年振りです」

11

佐紋署刑安課生活安全係の野上麻希《のがみまき》巡査長は、刑事係長から十八年前に元夫が妻を殺害した事件以降、殺人事件は一度も起きていないと聞かされ、正直驚いた。

確かに、この田畑と漁港しかないような長閑《のどか》な町では凶悪な事件など想像できない。実際、麻希が赴任してから四年になるが、その間起きた刑事案件は、ほとんどが車上狙《ねら》いか自転車盗だ。そういう状況もあって佐紋のような所轄では、刑事課と生活安全課が合併した部署がひとつあれば充分とされていた。

ただ、刑事案件はそんな程度でも、生活安全係が扱う少年事件などに関しては、軽微なものから悪質なものまで都会と変わらないくらい起きている。未成年者による深夜徘徊《はいかい》、万引き、器物損壊、イジメに始まり、窃盗、恐喝、傷害まで種々ことかかなかった。青少年の非行に関しては、田舎であれ都会であれ、さほど差はないということかもしれない。むしろ、都会のように遊興場所が豊富にない分、気晴らしができないことで鬱憤《うっぷん》が溜《た》まるという図式が顕著とも言える。

麻希は同じ生安係の谷主任と共に、そういう未成年を相手に日々、攻防を繰り返していた。当然、二人だけでは間に合わないので、防犯部門を担当する同僚らにも協力してもらう。そして、万引きや部品盗に関しては、刑事係にも応援してもらい一緒に調べに当たる。逆に麻希ら生安係が、刑事係を応援することはめったに、いやまずない。そんな佐紋で、刑事係が生安係の倍ほどの人員を抱えていること自体、意味がない気がしていた。もちろん、声に出して言うことは決してないが、ぽとぽとと音を立てるように不満が溜まっていた。そういった思いが強くなるのは、刑事係の係員と組んで学校や子どもの自宅訪問するときなどだ。

刑事と生安が違うのは承知だが、人を相手にすることは同じだと思う。なのに、一部の捜査員などは、所詮《しょせん》、子どもの揉《も》め事という感覚があるせいか、常に上から目線で相手を押さえつけ、寄り添うという考え方を持とうとしない。その癖、逃げた子を追いかけても大概、取り逃がす。成長期で身軽な子どもらを追いかけ回すのは確かに至難だが、それなりの方法がある。それを犯罪者全般に対して行うのと同じように対処しようとするから無理がある。頭の切り替えができないのだ。それがまだ年配の刑事ならわかるが、麻希より三つ年下の二十五歳になる刑事係窃盗・薬対部門の神田川《かんだがわ》秀《しゅう》巡査が、そういう真似をすることに言いようのない苛立ちを覚えていた。

少し前に女子中学生から、別れた彼氏に付きまとわれているという訴えがあった。ストーキングであれば、すぐに対処しなくてはならない。麻希が佐紋に赴任してからそういった案件はひとつもなかったが、刑安課における女性係員は麻希一人なので、そういった案件に対しての教養訓練は受けていた。めったにない事件でもあったから、生安係は係長を含め、全員で当たってやろうというくらいの意気込みで受理したのだった。

麻希が直接、その中学生をガードし、周辺を他の係員で固める。そこに、刑事係も応援したらどうだと署長からの下命もあって、神田川が加わったのだった。

中学生のガードは、麻希と神田川で行うことになった。その一方で、他の係員がその元彼氏を見つけて聴取することになっていた。数日は何事もなく過ぎた。だが三日目、行方をくらましていた元彼氏が女子中学生の下校途中の路上に姿を現した。

麻希は緊張した。相手の出方次第では、強固な対応も取らねばならない。隣に立つ神田川は、怯《ひる》んでいるのか緊張しているのかわからないような飄々《ひょうひょう》とした様子で、身構えることなく相手と対峙《たいじ》していた。

麻希が相手に問いかける前に、女子中学生が怯《おび》えのせいか声を上げて逃げ出した。待って、と言う声も聞こえないのか走り続け、あろうことか道路に飛び出し、あやうく車に轢《ひ》かれそうになった。麻希は元より、離れてついていた同僚らもあわてふためく。そこに元彼氏までもが走り寄って来ようとしたから、神田川がいきなり怒鳴りつけ、そのまま羽交《はが》い締《じ》めにして地面に押し倒した。それを見た麻希は女子中学生を抱え起こしながら、『神田川さん、無茶をしないで』と叫んでも、相手が窃盗犯であるかのように引き絞る。そこへなんと、当の女子生徒が跳ね起き、麻希の手を振り払ってそのまま神田川に突進し、体当たりしたのだ。呆気なく転がった神田川の手を逃れた元彼氏は必死で駆け出す。それを同僚らがまた追い駆ける。麻希は走り出そうとした女子中学生の手をむんずと摑《つか》むと、打ちどころが悪かったのか伏したままの神田川に、大丈夫かと声をかけたのだった。

結局、ストーカー事件は狂言だった。彼氏にフラれた女子中学生が、なんとか戻ってきてもらおうとストーカーの濡《ぬ》れ衣《ぎぬ》をきせたのだ。そのことを携帯電話で知らされた元彼氏は泡を食って逃げ出し、なんとか撤回して欲しいとずっと頼んでいた。女子中学生はしまいに、二人がベッドで抱き合う写真や互いの裸の写真をネットに流すとまで脅した。女子中学生によるリベンジポルノだ。観念した彼氏は、警察に捕《とら》えられることを覚悟で現れた。だが、女子中学生は逆にそのことで望みがないのだと気づき、ショックの余り車道に飛び込んだのだった。

転んだ際に受けた手のかすり傷を舐《な》めながら、今どきの中学生は、と神田川は顔を歪《ゆが》める。麻希は、『被害者がいつでも正しい訳じゃないでしょう。あなただって捜査員なんだからその辺は』と言ってみるが、僕は、いつも窃盗犯相手ですから、被害者とは盗品の確認のときしか話すことはないですと言う。そして、女子中学生のことを最初から疑っていたのかと訊くので、麻希は首を左右に振った。

『助けを求めてきたのだから信じる。被害者だと信じなければ本気で守れないわ。でも元カレを見たときの彼女の顔に一瞬、光が射《さ》した。すぐに悲鳴を上げて逃げ出しはしたけど。その輝きが歓喜によるものだと気づいたら、全《すべ》てがおかしいとわかった』

ふうん、と神田川は納得できないような口のすぼめ方をする。ひと言弁解したかったのだろう。つい、『きっと同じ女性だからわかるんですね。さすが野上先輩です。女性も生安部門だけでなく、刑事として活躍してもらわないといけないですよね』と言った。

麻希の顔色が変わる前に、近くにいた生安の主任や係長がどやしつけた。

刑事になるには、上司の推薦を受けて刑事講習を受け、任用試験に合格しなくてはならない。佐紋のような人数の限られた署で、わざわざ女性刑事を作る必要もないからか、もう何年も推薦など出されていなかった。刑事になりたくともなれないのだ。谷主任が肩を叩きながら、どんな人間だって身の程を弁《わきま》えない時期があるんだからな、と慰めるように囁《ささや》いてきた。それが麻希自身のことであったのかもしれないと気づけたことで、なんとか気持ちを納めることもできたのだった。

そんな佐紋署管内で殺人事件が起きた。

殺人は刑事係案件となるが、ここではそんな分け隔てなどする余裕はない。自分もきっと刑事事件の捜査に当たることになるだろう。それがいかに貴重で重要な機会であるか、それを思うとまるで新人警官として初めて交番に立ったときのような高揚感に包まれた。と思ったら、すぐにその神田川と組むよう言われ、高ぶる気持ちも萎《な》えた。

間もなく、刑安課の隣にある会議室に捜査本部が設置されると決まった。

生安係の係長から会議室の準備を手伝うよう言われ、腕まくりをしてバケツや雑巾《ぞうきん》を抱えて階段を駆け上がる。神田川と組まされることに一抹の不安と大きな不満はあったが、十八年振りの殺人事件の捜査だ。心のなかが弦《つる》を張ったばかりの弓のように引き締まり、血流が徐々に勢いを増して全身を熱くしてゆく感覚があった。

事務テーブルやパイプ椅子《いす》を講義型に並べながらも、気負い過ぎてうっかり口元が弛《ゆる》みそうになる。慌《あわ》てて口角に力を入れ、雑巾でテーブルの上を力強く拭《ふ》く。

県警本部から捜査一課が来るのだ。その前に完璧《かんぺき》に設《しつら》えていなくてはならない。一課からはどの係が来るのだろう。本部と言っても地方県の捜査一課だから、抱える係は三つだけだ。県警本部内のことは噂《うわさ》ですら、この辺境の署には届かない。それでも優秀なことには違いないだろう、と麻希は思う。

そういえば、と雑巾の手を止める。少し前に起きた日見坂署事件では、その捜査一課が署に集結する前に事件が解決されたのではなかったか。日見坂の刑事課長は、県内の刑事達のあいだでは有名な人だと聞いたことがある。そういう人が捜査本部にいれば、この事件もすぐに解決できるだろうにと思っているとき、名を呼ばれた。

会議室の戸口で生安係長が手をひらひらさせて招いている。雑巾を片手に麻希が近づくと係長は、「お前はこっちはいい」といきなり言う。

「え。どういうことですか」

「野上は別件を当たってくれ」

「はい？　なんですか別件って」

「実は、うちの巡査が海岸で怪我を負い、意識不明になって発見された」

「海岸で？　事故ですか」すぐに夜釣りでもしていたのかと考えた。係長は、いやあ、と頭に手を置く。

「それがよくわからんのだ。ただ、警備課では事件性があると言っているらしくてな」

「その人、警備課の人なんですか。夜に海辺でなにをしていたんですか」

「それもわからん。わからんから、捜査したいと言っている」

「でも、それじゃあ、こっちの殺人事件は」

「ああ。こっちはどうせ、本部が主体となる、うちは応援だ。だから」

「いえ、係長、たとえ応援でも、こんな機会はめったにないんですから。十八年振りですよ」

「まあ、気持ちはわかる。だが、警備課の方も放ってはおけないと言われてな」

「誰にですか。警備課長ですか」

「いや、田添副署長、いや署長代理か。すぐに調べるようにってな」

「そんな」

「悪い。この埋め合わせはいつかするから、あ、それから」

「なんですか」

「神田川はそのままそっちについてもらうから。頼むな」

麻希はかっと目を開く。開くが、係長はとっくに背を向けて廊下を駆けていた。

12

思わず手を挙げていたのはなぜなのだろうと、木崎亜津子は今振り返ってもよくわからなかった。

午後三時過ぎに緊急配備がかかり、終業までには解除されないかもしれないと、早めに保育園に遅刻する旨《むね》の連絡を入れた。隣接署管内でのひったくり事件とはいえ、緊急配備が一旦《いったん》かかれば、署員総動員で検問・立哨《りっしょう》などに当たらねばならない。

交通課でも当直員を残し、シフトを組んで要点警備に当たる。亜津子は交通指導係の係員と共に交差点に立ち、それらしいバイクが通れば止めて職質を行った。二時間ほど立ちっぱなしで務め、間もなく解除だろうという話をしていたところに、いきなり携帯無線機ががなり出したのだ。小牧山山中で女性遺体が見つかったと叫ぶ声が聞こえた。

亜津子だけでなく、側にいた交通課員はみな申し合わせたように動きを止め、なんだろう、と互いの困惑顔を眺め合ったのだ。緊急配備が解除され、帰署せよとの命を受けて戻ると、それがどうやら殺人で捜査一課を待って捜査本部が開かれると聞かされた。

「うちで殺人など、何年振りかな」

交通課の古手の主任や係長らが、目を細くして感慨深げに呟く。

「もう十年以上ないんじゃないですか」

「凶悪事件なんてのは、よその所轄の話だと思っていた」

「ここ最近で一番凄《すご》い事案でも、三年前の玉突き衝突事故だよな。死者が二名も出た。あれは酷《ひど》かった」

「いや、刑事案件でも詐欺《さぎ》があったよ」

「あ、そうなんですか」と二年前に赴任してきた主任が思い出そうと宙を見る。すぐに、ああ、と言う。「確か、四、五年ほど前の事件ですよね」

「そうそう。こんな佐紋にまで全国区のマスコミが来て、ずい分、叩かれた。なにせＪＡ組合長の詐欺・横領だったから。しかも金額が大きかった」

「そうだ。確か、組合員に嘘の投資運用を持ちかけたもので金額が約六千万。その全てを遊興に費消したという」

「それが、ここ最近の佐紋署で随一の事件だ」

「そんな町で、殺人ですか」

「うむ、殺人事件だな」

「我々は交通だから、直に関わることもないでしょうけど、捜査本部を覗《のぞ》くくらいはしていいですかね。まだ、見たことないんですよ」

「本部の捜一に睨《にら》まれるぞ」

さて、そろそろ退庁しようかと話していると、警備課長と地域課長が揃って姿を現した。交通課長が課員を集めて言う。

「悪いが、このなかで特段の用向きのない者は、警備課に協力して捜索に出てもらいたい」

「どうしました、課長。まさか、例の殺人事件ですか」

「いや、違う」と地域課長が割り込む。「警備課員が一名、連絡が取れず行方がわからなくなった。捜索隊を出したいのだが、殺人事件でうちも刑安課も手いっぱいなんだ。それで、手の空《す》いている交通や総務に頼んで回っている」

隣で警備課長が小さく頭を下げる。

「周防康人巡査、二十六歳。午後、任務で街頭に出たきり連絡がない。服装は」こうこうでと説明する。なかには顔をよく知らないのですがと言う係員のために、写真を見せ、それぞれの携帯電話に取り込むように促した。

「それで、誰が出られる」

各係の係長が人員を把握する。当直員を除くほとんどの係員が手を挙げた。亜津子は隣に立つ上司が、君はいいからと囁く前に手を挙げていた。同僚の巡査が怪訝《けげん》そうに見やるが、視線を真っすぐに向けたまま、なにかを言い聞かせるかのように強く唇を結んだ。

終業時刻を回り、亜津子は同じ係の男性巡査と共に、制服姿にジャンパーを羽織って捜索に出た。十月とはいえ夕刻ともなれば、寒さが身に沁みてくる。まして自転車だと風をまともに受けるから、たちまち頰が強張《こわば》り口も開けられなくなる。

事件のせいか街角には普段より人の気配があった。小牧山周辺では恐らく、人だけでなく車やバイクなども群がっているだろう。いずれマスコミも集まって来る。普段は人気のない地域なのだ。山と言っても、一部が農家の私有地ともなっているので余り人は足を踏み入れない。もっと高さがあって休日を楽しむに持ってこいの山は、佐紋にはいくらでもある。

そんな小牧山方面は外して、他のエリアを駐在の受け持ち区域ごとに分けて散らばった。亜津子らは辰ノ巳駐在を受け持ち、港方面に向かった。途中、辰ノ巳駐在所をちらっと覗いたが、伴藤駐在員はおらず、恐らく小牧山へ向かったのだろうと思われた。

駐在所前に自転車を置いて徒歩で港へと向かうことにした。歩いてもしれているし、途中の空地や路地に明かりを当てて、陰になっているところまで確認できる。そんな話をしながら懐中電灯を確認していると、離れたところから救急車のサイレンが聞こえた。同僚が苦笑いする。

「ああいう音を聞くと、悪い予感しかしませんよね。まさかとは思いますけど」

「そんなことあって欲しくないけど、こればっかりはね。常に、最悪のことを想定しているのが警察でもあるし」

「よく考えたら、嫌な仕事ですよね」

「そうね」

「僕は、このまま内勤がいいですね。来年くらいには結婚して、どっかの小さな所轄の総務とか交通とか。ああ、でも交通事故捜査係も嫌かな」

「どうして」

「佐紋はめったにないけど、死亡事故とか、轢き逃げとか、大変じゃないですか。できれば遺体に接することのない職場がいいかなって。ちょっと軟弱ですか？」

街灯のある道路から外れて、住宅から漏れる明かりだけの生活道路へ入ると、途端に空気が色を変える。温度も下がったような気になるし、すぐ隣を歩く同僚の顔もぼやけた。

「そんなことは思わないけど。警察官である限り、異動からは逃れられないわよ」

「そうですよねぇ。木崎主任は、どこにいってもやっていけそうですか」

「……」亜津子は、忙しく懐中電灯を振り回し、路地や建物の陰を照らすようにして戸惑いを隠す。そして、「もちろんよ」と応《こた》えた。

どこにいってもやっていける、やっていくしかない、と思っている。警察の仕事のあれこれよりも、警察官でいることが大事なのだから。

細い道を通り抜け、港へと出る。

コンクリート舗装の広々とした空間が現れ、暗い海に寄り添うように大きな建造物が見えた。水揚げした魚を選別し、セリをする市場で、隅の階段を上がったところに漁協の組合事務所がある。手前の壁際《かべぎわ》には防犯灯があり、この時間ともなれば、さすがに水気はなくなって白々とした乾いた床面が横たわる。

その灯りの下に三、四人ほどの人が固まって、こちらを窺《うかが》っているのが見えた。亜津子と同僚は顔を見合わせ、足早に近づく。

四人のうちの二人は近所の主婦なのか、割烹着《かっぽうぎ》を着て寒そうに両手を組んでいる。もう二人は親子で、竿《さお》を持っているところから、夜釣りにでも来たのだろう。父親の方の顔に見覚えがあるから地元の人間だ。運転免許の更新手続きで、港で働く人間のほとんどとは顔を合わせている。

「こんばんは。こんなところでどうしました？」

「お巡《まわ》りさんだ」と子どもが父親の手を離し、笑顔を向ける。にこっと笑いかけたあと、父親と主婦の顔を交互に見やる。主婦の一人が顎《あご》に人差し指を当てながら言う。

「いえね、この先の突堤の下にあるテトラの上に人が落ちとったんよ。酷い怪我をしたらしくてね」

「えっ」亜津子と同僚は思わず声を上げる。

見つけたのはこちらさんだけど、と亜津子らの様子を見て、主婦はすぐに親子へと振った。父親が引き取るように頷《うなず》く。

「釣りをしにガキと一緒に突堤を歩いとったら、なんか呻《うめ》くような声が聞こえたんやわ。そんで懐中電灯で照らして捜したら、若い男が頭を血だらけにして倒れてた」

たぶん、この辺りの若いのだろうと、気楽な格好から推して言う。だが、その服装の詳細を聞くに至って亜津子らは顔色を変えた。

「それで？　その人は今？」

「え。そりゃ、救急車呼んだわ。ちょっと前に運んで行きよったけど」

サイレンを聞いて、近所の人間が出て様子見していたが、救急車が去るとほとんどが家に戻った。主婦二人と親子だけが残って、なんとなくお喋《しゃべ》りをしていたらしい。

亜津子は同僚の男性を振り返って、「本署に連絡して」と叫んだ。携帯電話を耳に当てるのを見て、「その現場を教えてもらえませんか」と父親に言った。そして、茫《ぼう》然《ぜん》としている主婦に向かって、あなた方も倒れているところを見たんですかと一応、訊いてみた。主婦はただごとでない様子に怖《お》じ気《け》たのか、首を勢いよく振る。

「い、いいえ、あたしらは救急車のサイレンを聞いて、そんで出て来たんやわ。ここに来たときは、もう救急車は走り出しとったけど。てっきり喧嘩《けんか》やと思ったんやけど、この人がテトラに落ちたらしいっていうから、あの突堤にも街灯を増やさんといかんねって話、しとったんよ」

そうですか、と頷きかけた首を止め、亜津子は主婦を振り返った。

「喧嘩だと思ったのはどうしてですか？　誰かの騒ぐ声でも聞こえていたということですか」

途端に、主婦はしまったという顔をして手で口を押える。亜津子がじっと見つめると、観念したらしく、あたしが言うたっていわんとってね、と子どものように口を突き出した。

「六時ごろかしらね、顔に怪我した伴藤くんが、お父さんに引っ張られるようにして歩いとるのとすれ違ったんよね。どうしたの、って訊いたら、ヘラって笑いながら、またやっちまった、って言ってボクシングするみたいな振りをしたから、あらまって。お父さんの駐在さんがバシって頭をはたきよって、いい加減にしろって怒鳴ってたわ。あの子、悪い子やないんやけど、気が短くて」

それでつい喧嘩って言ってしまったらしい。苦笑した主婦は、眉根《まゆね》を寄せる亜津子を見て慌てた。「こういうのって駐在さんの立場が悪くなるんやない？　だから聞かんかったことにしてあげてよ。もう十年、辰ノ巳駐在におって、この辺の人とは気心もしれとるし、あたしら奥さんとも仲ええしね。息子のちょっとした喧嘩なんかよくあることやから。そんなことで駐在さんが悪く思われるのは気の毒だわ」

「わかりました。喧嘩した双方がどうこう言わなければ問題にならないと思います」

良かった、と主婦は安堵し、それじゃあ、と二人揃って家に帰るわと駆け出した。同僚が、「すぐに病院に確認に行くということです」と言う。それを聞いて亜津子は親子と一緒に突堤の方へと歩き出す。同僚が慌てて声をかけてきた。

「木崎主任、どこに行くんですか」

「一応、現場を見ておこうと思って」

「え。なんで。事故でしょう」

「そうかもしれないけど、でも一応ね」

亜津子が有無を言わせない風に背を見せたのを見て、諦《あきら》めてついて来る。

「あそこ」と子どもが指さす。

突堤の上に立ち、亜津子は周囲を見回した。確かに、市場にある防犯灯の灯はここまで届かない。海も空も同じように暗く、突堤の縁も見分けにくい。

同僚も、真っ暗だなぁと不気味そうに言う。そろりそろりと際まで行って、テトラポッドが乱雑に並んでいるさまを見下ろした。ここからだと高さは一メートル以上ある。潮が満ちて来たのか、半分近くが海水に沈んでいる。もし誰にも見つけられずにいたら、満潮となって水に溺《おぼ》れただろう。波に洗われたのか、血痕《けっこん》らしきものはどこにも見えなかった。

顔を上げると子どもが飛び跳ねるようにはしゃいでいて、思わず危ない、と叫んだ。父親が笑いながら、「小さいころからここで遊んどるから、目を瞑ってても歩ける。暗がりに馴《な》れれば、ちゃんとコンクリの白いのが浮かんで見えるし」と言う。

確かに、と亜津子は先ほどとは違って、真っすぐ海へと延びる幅一メートルほどの白い道がぼんやり浮かんで見えているのに気づく。むしろ、黄昏《たそがれ》どきの闇《やみ》が落ちる前のころの方が見えにくいのかもしれない。

「その人は、なにか言ってましたか」

「いやあ、俺が声かけたときはぴくともせんで、もう息もしとらんように見えた。頭を酷く打ったみたいやから、こりゃ死んだな、て。救急の人がきよったから、死んどる？って訊いたら、脈はありますって応えてくれてホッとした。自分の庭みたいな港で、死人は出て欲しいないし」

「そうですか。ありがとうございました。お二人が見つけてくれなかったら、危なかったですね」

「いやあ。たまたまこいつが、飯食ったら新しい竿を試したいいうてごねよるもんやから、渋々出てきよったんやが。不幸中の幸いやったわ」と走り寄って来た子どもの頭を撫《な》でた。

まだ、怪我をした男性が警備課員の周防と決まった訳ではないが、亜津子は間違いないだろうと思った。

親子の名前と住所を聴き取り、最後に「そのとき、お二人以外、誰か見ませんでしたか」と訊いた。父親は精悍《せいかん》な顔つきに、ちらっと戸惑いをのせた。待っていると、小さく肩をすくめるようにして、あっちで、と市場の方を指さし、「漁協の組合長と久野部さんが歩いとるのを見かけた気ぃするけど。すぐ角を曲がって県道の方へ行きよったから。俺らはそのまんま突堤に向かったし」

「そうですか。久野部さんと柳生組合長ですか」

「なんか、今日、三時ごろだっけか、やけに騒がしかったやろ。そのせいで用事でもあったんかなって、ちらっと思うたな。あれ、なにがあったの?」

「隣の管内でひったくり事件があったんです」

「なーる。そんで二人がまた防犯委員やとか自警団とかの話でもしよったんやろ。あのオッサンらもマメやなぁ。だいたい柳生さんは組合のことでそんなことやっとる暇ないやろうに」

亜津子は無表情のまま、もう一度礼を言って親子と別れた。

緊急配備がかかったのは、午後三時十分だ。だが、親子が二人を見かけたのは、日も暮れた六時ごろのことだ。配備はとっくに解除され、殺人事件で騒然となっていた。

亜津子は同僚と共に、再び自転車を駆って本署へと戻った。駐在所をもう一度覗いたが、伴藤の姿はなかった。

交通課に戻ったころには、港で発見された男性が警備課員であることが確認されていた。すぐに、亜津子らがその情報を入手した経緯について報告書にまとめるよう言われる。自席でパソコンを打ち始めるが、どうしても壁の時計が気にかかる。

もう七時を大きく回っている。保育園には七時までには必ず迎えに行くと話していたが、その後、連絡をするのを失念していた。未亜がまた保育士の腕に抱かれて眠っている姿を想像する。いや、それより母親がなかなかやってこない寂しさに、泣いて困らせているかもしれない。迎えに行って、頭を下げながら未亜を受け取る。そんなことはなんでもないが、もし度重なることで、園から預かりを断られたらと思うと落ち着かない。亜津子の仕事のことは承知してもらっているし、堀尾の口利《くちき》きもあるだろうから、そう簡単には追い出されることはないとは思っている。けれど、そのことでまた堀尾に借りを作るような感じがして、どうにもやり切れない。

打ち出した書面を同僚にも見てもらい、間違いがないということで係長に提出する。落ち着かなげな様子を見て取ったのか、早く迎えに行ってあげろと言われる。警備課長には、同僚が係長と一緒に説明することになった。亜津子は素直に頭を下げる。

署を出てすぐに駆け出した。

園の門が見えるところまで来て、走りづめだった足をようやく止めた。荒い息のせいで過呼吸になりかけ、激しい鼓動を胸をさすって宥《なだ》める。全身が汗で濡《ぬ》れそぼつ。

こんな思いをするのなら捜索隊に加わらなければ良かったのに、どうしてあのとき手を挙げてしまったのだろう。口のなかがカラカラになっている。

鞄《かばん》を抱え直し、再び門に向かって走った。なかに入るとひとつの部屋だけを残して、灯りは全て落とされていた。そこに保育士に付き添われた未亜が一人でいると思うと胸がきゅっとなる。

目の離せない子どもを抱え、女一人でどうやって組織のなかで活躍できるというのだろうか。田添杏美は独身で、子どももいない。親はいるらしいが、まだ介護するほどではないと聞く。それなら女性でも活躍できるだろう。仕事に打ち込み、男性顔負けの働きだってできる。時間も気にせず、体力さえ続けばいくらだって動けるだろう。

わかっている。亜津子は掌で額の汗を拭《ぬぐ》う。

これは自分が選択した道なのだ。人前では愛想良く、家庭では小さな鬱憤も我慢できない、そんな男を夫にし、娘の父親にした。誰かのせいにするのは容易《たやす》いけれど、現実はもう取り返しようがない。愚痴を言っても、恨み言を吐いても、なにも変わらないし、むしろ、自分のなにが悪かったのかと責め苛《さいな》む気持ちが強まるばかりだ。

他人《ひと》を羨《うらや》む愚かさが余計に心を疲弊させるとわかっている。それでも、つい思ってしまうのだ。こんな風に、大きな事件が起きて本署が騒然となり、多くの署員が居残って働いている夜には特に。

亜津子は顔を上げて、奥へと声をかけた。

「こんばんはー。すみません、木崎です、遅くなりましたー」

13

署長室が途端に狭くなった。

ただでさえ狭いのに、熊《くま》が一頭紛れ込んだらもう部屋の半分の空気が減った気がする。

息苦しさに窓でも開けようかと立ち上がりかけると、気を利かしたつもりなのか小出が口を開いた。

「署長代理とは、日見坂でご一緒だったんですよね」

言葉をかけられた花野司朗《しろう》は、小出を見ることもなく顎を振る程度で、また書類を繰る。やがてその手を止めると、大きな背をソファに沈めて、嫌な目を向けてきた。

「で、これはなんでしょう」

杏美は、立ち上がりかけた体を椅子に戻し、その報告書の通りですと応える。

「そうじゃなく、これが今回の事件となにか関連でもあるのかと、訊いているんですがね。副、いや署長代理」

座っていても花野の方が大きいから、杏美はまた席を立つ。花野に渡したのと同じ書類を手元に引き寄せる。

警備課の課員が午後、行方がわからなくなって、六時半ごろ大怪我をした姿で発見された。そのことを報告書にまとめたもので、聴き込んだ交通課員によって作成されている。

午後七時過ぎ、県警本部から捜査一課三係がやって来た。

捜査一課が到着しましたと小出が知らせに来たので、杏美は署長室を出て迎えた。玄関扉に黒い大きな影が映り、一瞬嫌な予感が差したが、よもやと思いつつ笑みを広げかけたところに、先頭をきって現れた巨体を見て、さすがに口が開いたまま固まった。佐紋署、捜査本部班長として、花野司朗警部が派遣されて来たのだ。

花野はそのまま、出迎えた面々を無視し、部下を引き連れ現場に向かった。遺体の確認を終えて杏美のいる署長室に入って来たのが、九時前。九時半に捜査会議を開くと通達し、それまでのあいだ、事件の経緯や管内の概況などを話し終え、最後に渡したのがこの報告書だ。

「関連があるかどうかは、これからの捜査で調べるべきもので、現時点ではわからないわ。でも、同じ日に起きた事件ですから」

「事件ね。時間も距離も離れているが、いいでしょう。これも捜査会議に上げて検討事項とする。だが、こっちの捜査にうちの者は出せないかもしれない」

「ええ」と杏美は、ちらりと部屋の隅を見やる。刑安課長がはっと顔を起こし、体を前に出す。

「既にうちの課員を二名当たらせています。生安の野上巡査長と刑事の神田川巡査です。あと警備課が全面支援に回ります」

花野はようやく顔を上げて頷くと、「その二人に、少しでも妙だと気づいたことがあれば遠慮せず挙げるように言っといてください」と告げ、テーブルに広げていた書類を掻《か》き寄せた。立ち上がると、刑安課長や小出係長は弾《はじ》かれたように壁へと退く。小出係長はともかく、刑安課長も花野と同じ警部なのに本部というだけで腰が引けるらしい。

杏美は、戸口へと歩き出した花野の前に横入りするよう体を入れ、小出がドアを開けるのを待って先に出て行く。一瞬、花野の眉が上がったようだったが、誰もそれには気づかなかった。

小牧山女性撲殺事件の捜査会議は、午後九時半丁度に始まった。

捜査本部長である刑事部長は他県に出張中で、本部の若いキャリア管理官だけが出席する。副本部長は佐紋署の署長になるが、現在入院中のため、署長代理である田添杏美がその任に就く。

その旨、手短に説明がなされ、会議は始まった。

会議室の奥の壁際に並べた雛壇《ひなだん》テーブルの中央に管理官と杏美が並び、端に花野司朗が座る。

書類を繰りながら杏美は、花野から開口一番言われたことを思い出していた。

『まだひと月も経《た》っていないのに、殺人事件だそうで。しかもここでは十八年振りとか』

特に深い意味もなく、その通りのことを言っただけなのだろうが、それが花野の口から出たというだけで面罵《めんば》されたかのように感じる。

花野司朗は、杏美が副署長として初めて赴任した日見坂署の刑事課長であった。

そこで起きた事件の解決を見たのが八月、そしてその二か月後、杏美は管理者責任を問われて佐紋署へと異動となった。一方の花野は県警本部捜査一課へ異動、所轄《しょかつ》から本部へだから栄転になる。こういうところに、上層部の権謀術数が働く。

警察内部の不祥事に対する処分は処分として厳正に行う。だが同時に、事件が早期解決を見たという称賛すべき事柄も大々的に報じる。当然、事件解決に貢献した者は賞されねばならない。そうすることで初めて、悪いことだけではなかった、ちゃんと警察は警察の面目を施すだけの働きをしたと言える、と考える。その論法の証《あかし》として、花野司朗の捜査一課異動がなったのだ。本人もそんなことは承知の上で、さすがに手放しで喜んだ訳でもないだろうが、決定事項には唯々《いい》諾々《だくだく》として従う。組織の一員だし、なにより栄転なのだ。

だが、その異動したばかりの花野が、この佐紋の事件に当たるというのは、誰かの思惑があったからとしか思えない。花野は、県内刑事部門において名を知らぬ者のないほど、評価されている刑事だ。そうなるためには少なからず強引な手腕も振るっただろうし、歯に衣《きぬ》着せぬ言動もあっただろう。味方も多いが、敵も作り易《やす》い。県警本部刑事部への抜擢《ばってき》は、さもあらんと思う者もいるだろうが、どさくさに紛れてとやっかむ者もいただろう。

刑事部長も隣に座る管理官もキャリアで、内情などよくわからないだろうから、恐らく近くで面白がって注進する者がいたのだ。そこまで考えて、杏美は首を小さく振った。端に座っていても、まるでそこが中心かと思うほどの存在感と威圧を発する花野が、そんなことをいちいち気に病む訳がない。花野はただ事件が起きたから来ただけ、来たら解決するだけ。それしか考えていない。それは、捜査本部副本部長という立場にある杏美も同じだ。ただ赴任後、ひと月も経たないうちに事件が起きたことが、思っている以上に骨身に応えていることが、花野の言葉で気づかされた。

ふと、会議室の出入り口の隅に立つ、甲斐祥吾の姿が目に入った。

腕時計を見ると、十時近い。寝たり起きたりの高齢の父親を一人で家に残して大丈夫なのだろうか。杏美がこの場で思うことではないが、甲斐の全身から滲《にじ》み出る疲労感とその割には爛々《らんらん》と光る目と緊張した表情がちぐはぐに思えた。

ああ、そうかと合点する。

会議のあと、マスコミ対応をしなくてはならない。本来は副署長である杏美の仕事だが、今は署長代理ということで捜査本部副本部長の立場にある。どうしますかと重森課長に訊かれて気安く、やりますよと応えたが、さすがに気の毒と思ってくれたらしく、総務の人間が替わろうと言ってくれた。課長の重森か小出係長がするのだろうが、それには当然、総務主任が付き添うことになる。ことによれば、甲斐が主になって対応することになるかもしれない。

そんな役目を仰《おお》せつかっては、父親の世話がありますから家に戻るとも言いにくいだろう。とはいえ、渋々居残っている風にも見えない。会議の成り行きを見守る姿勢は普段以上に真摯《しんし》なものだし、ひっきりなしにメモを取って、準備に余念がない。日ごろの総務仕事とかけ離れた状況に、戸惑いつつも興奮を隠せない様子だ。

杏美は、甲斐に向けていた視線を目の前の署員らへと向ける。

長テーブルが講義型に二列で並び、列の右半分に所轄捜査員、左半分に席を占めるのが捜一だが、両者はほぼ同数。所轄なら、刑事課員だけが動員される案件だが、ここ佐紋では生活安全課に当たる人間も捜査員として加わる。それでようやく本部の人間と同じくらいの人数になる。

捜一のメンバーの顔つきと佐紋署の課員の表情は、真逆なほどに違う様相をしている。

右半分、みな降って湧いたような殺人事件の発生に、地に足の着いていない浮遊感を纏《まと》わせている。それはここにいる刑事らに限らず、佐紋のどの署員にも共通して言えることだろう。若い警官だけでなく中年の捜査員までもが、まるで子どもが先生の話に耳を傾けているかのように瞬《まばた》きのない視線を注いでいるのにはちょっと驚く。凶悪事件の起きない所轄というのはこういうものなのだろうか。

だが警察官である限り、誰もがひとしく異動を繰り返し、小さな署へ赴任することもあれば大きな所轄も経験する。それならば、なにも佐紋にいるからといって殺人事件だと狼狽《うろた》えることもないだろうと思うが、それが慣れというものの恐ろしさだ。

交番より駐在所の方が多い、海と山と田畑に囲まれた、警察署協議会だけで充分町の治安が守れる、そんな管内で働いていると、精神も警察官としての使命感も安穏とした日常に染まる。地域に馴れ親しもうとするため、周囲の雰囲気を受け入れて、そこに見合った感覚へと変化してゆく。

杏美は雛壇から、じっと佐紋の所轄員を見つめた。

まだ顔と名前の一致に不安を覚えるが、今は杏美の部下だ。たとえ平穏無事な所轄にいても、根底にある警察官としての本分は、捜査一課のものとなにひとつ変わらないと思っている。杏美は捜査本部副本部長として、この場所から事件の行方を見つめ、ときに指針を示し、激励し、捜査に支障を来《きた》すことのないよう配慮するのが務めだ。

そしてもうひとつ、ひたすら部下を信じて待つことだ。目の前にいる捜査員を信じることこそが今の田添杏美にとっての覚悟であり、もっとも大きな職責だと思う。そのことに一片の揺らぎも持ってはいけないと自身に言い聞かせた。

目を上げ、捜査員らからホワイトボードへと目を移す。

なにを置いても、犯人逮捕だ。

14

会議が終了し、割り当てられた役目を担《にな》って、捜査員らが部屋を出た。夜間だから聞き込みや目撃者捜しは難しいだろう。防犯カメラの探索に、鑑識を待って被害者の身元確認、それから鑑捜査。次の捜査会議は早めの午前零時となっている。それまでには鑑識からある程度の報告がなされるだろう。

本部に戻るという管理官に挨拶《あいさつ》をし、小出係長に見送りに出るよう頼む。その係長を追うように甲斐祥吾が動いたのを見て、声をかけた。

「これからマスコミへ第一報を発出するのね」

「はい」

「何時予定？」

「えっと、内容を精査して、これから原稿作りですから、およそ三、四十分後くらいかと」

「それじゃ、待ちきれないって連中ぐずるでしょう」

「え」と甲斐は顔色を変える。そんなことでいちいち動揺していては始まらないのだけどと思いながらも、穏やかな口調に変える。

「いいわ。副署長席で目ぼしいマスコミに、わたしが簡単な一報を投げとく。そのとき詳細は、三十分後って伝えておくから。それでいいでしょ？」

「あ、はっ。ありがとうございます」

「場所はどこで？」

再び、顔色を変える。まだそこまで考えていなかったようだ。

「食堂はどう？　他に使える部屋がないでしょう。まさか署長官舎でする訳にもいかないし」

「はい。そうします。三十分後、食堂で」

杏美は小さく頷き、念を押す。「いい？　マスコミに伝えてはいけないことだけは、きっちりチェックしてね。上にも確認するのよ。なんなら、あのグリズリーにも目を通してもらうといいわ」

「グ、グリズリー？」

杏美の視線を追って甲斐は花野を見、何度も小さく頷いた。

跳ねるように歩く小柄な背中を見送り、甲斐祥吾は小さく息を吐き出した。手にあるメモや書類が、力が入っていたせいで皺《しわ》になっている。慌てて広げ、ファイルに入れる。戸口で室内の敬礼をして廊下に出た。

さあ、これからが大変だ。

祥吾は捜査会議のあいだ、一度も家に残してきた父親のことを思い出さなかった。申し訳ないという気持ちはなかった。仕事なのだから。

そろそろ退庁しようかというころ、急遽《きゅうきょ》、小出係長からマスコミ対応の準備を手伝えるかと言われた。すぐに父親を思ったが、僅《わず》かの間をおいて、「わかりました」と返事していた。小出は、祥吾に父親のことを尋ねようかという素振りを一瞬見せたが、そのことで仕事ができないと言われると困ると考えたのだろう、黙って背を向けた。

祥吾は携帯電話を取り出し、日中、世話になっているヘルパーさんを呼び出した。急な対応となると断られることも多いが、三時間までならとなんとか引き受けてもらう。すぐにパソコンを開け、ネットの情報を確認し、これまでの事件における佐紋署の対応資料などを閲覧し、メモに取った。そして捜査会議の隅で、事件の詳細を聞き取っていた。

十八年前に起きて以来、ここ佐紋では殺人事件は起きていなかったそうだ。会議の開始の挨拶代わりに、県警本部刑事部の管理官がそう言った。隣にいた田添署長代理は、針で刺されたかのように口元をひくつかせていた。

今回の事件を主導するのは捜査一課三係で、通称花野班というそうだ。署長代理とは以前の所轄で一緒だったそうだが、互いに目を合わせることはしていない。杏美が言うように、まるで野山に君臨するグリズリーのような迫力ある体躯《たいく》と容姿だった。その目は、熊よりももっと獰猛《どうもう》な獣のものに見えた。

発する言葉も力強く、端的で要領のいい話し方で、すんなり耳に入って来る。そしてときに心臓が冷えそうになるほど辛辣《しんらつ》な口調で叱咤《しった》し、また掌《てのひら》を返したような温みのある言葉で、面前の係員に緊張感と使命感を促していた。

この班長が率いる本部刑事らなら、事件は容易に片付くように思えた。会議室の後ろにいた祥吾から見て、左半分に席を占める佐紋の所轄員も同じように思ったのではないか。誰一人無駄口を叩《たた》かず、じっと花野の話に集中していた。

祥吾は事件そのものの内容よりも、どこまでがマスコミに周知させるべきものか、それだけをひたすら書き留めた。

遺体が発見された日時場所に、発見者のこともいるだろうか。確か、自警団の若い連中と聞いている。ホワイトボードに目を向けると、ちゃんと第一通報者として数人の名前が羅列されていた。それを書き写し、次に、遺体の詳細へと目を移す。

写真が数葉貼《は》られていて、遠めだから細かな部分は祥吾には見えなかったが、それでも横たわる人の姿や衣服の色が見え、思わず眉根を寄せた。年配の女性という以外、まだ身元は判明していないらしい。

どうしてあんな山中にいたのだろう。誰もが思うことだったが、誰にもまだその理由はわかっていない。

祥吾は一階総務課の席に戻った。

パソコンを起動すると、会議で得た情報をまとめて原稿を作成する。横目で見ると、副署長席では杏美が数人のマスコミ関係者を相手に、身振り手振りでなにか説明をしていた。何人かが不服そうな声を上げたが、杏美は無視してさっさと署長室へと入って行った。マスコミは不貞腐《ふてくさ》れたような顔つきをしていたが、仕方ないと諦めたようにそれぞれ散って行く。これで三十分は時間を稼げる。それに勢いを得、原稿作りに集中した。

何度も読み直していると、携帯電話がポケットのなかでバイブしているのに気づいた。取り出して画面を見ると、頼んでいるヘルパーさんだった。時計を見て舌打ちする。とっくに約束の三時間は過ぎている。その場で応答し、掌で囲みながらすぐに謝罪の言葉を吐いた。

「でも、甲斐さん、もうこれ以上はわたしも無理なんで。今日は、ちょっと外せない予定があるから」

「すみません。父はどんな様子ですか」

「食事をされたあと、少し前にベッドに入られて、今は眠っておられますよ」更に、すぐに戻っていただけるのなら、このまま帰らせてもらいたいと言う。祥吾は、電話を握ったまま目を閉じる。苛立《いらだ》ったような、「いいですか、もう」と言う言葉を耳にして、反射的に、わかりました、と返事していた。

「すぐに戻りますから、帰ってください。急なことなのにすみませんでした」と電話を持ったまま頭を下げる。

携帯電話をパソコンの横に置き、少しだけ呼吸を整える。時計を見て、打ち終わった原稿の印刷ボタンを押した。それを小出係長と重森課長に確認してもらい、あの花野班長にも目を通してもらわねばならない。そして、課長がマスコミに説明しているあいだずっと側にいて、なにかあればフォローできるよう待機していなくてはならない。

どう見積もっても家に戻るのは二時間後くらいだ。祥吾は携帯電話をポケットにしまい、プリンターから出てきた書類を手に取る。文言や報道できない情報などないかチェックし、小出係長に連絡を取った。すぐに一階に戻ると返事があり、自席で待つ。どうしようかと考える。係長が来て、この原稿作りが終わったら家に帰してもらえないかと言おうか。父の介護があるから、係長も困った顔くらいはするだろうが、拒むことはしない筈《はず》だ。

これまでにも何度もあったことだ。他の署員が居残って仕事をするのに、自分一人、小さく頭を下げながら帰宅する。そういうことが嫌になり、なるべく居残りの少ない部署へ、事案の少ない所轄へと希望を出してきた。この佐紋に来て、つつがなくやってこられていると思った。ヘルパーさんは親切だし、多少の無理も聞いてくれる。総務の仕事自体、残業はめったになく、あっても誰かが替ってくれて充分こと足りることばかりだ。それもこれも佐紋が平和で穏やかな町だからだ。

そんな町で殺人事件が起きた。

署員の誰もが唖然《あぜん》とするような事件だ。もちろん警察官だから、どこかの所轄で殺人や放火や強盗などの凶悪事件を経験することもあるだろう。だけどこの佐紋署では、十八年もの永い時間をかけて凶悪事件を経験した職員はほとんどいなくなっていた。

署員らはみな家族的で温和、大きな事件がないから手柄を取り合ったり、揉《も》めたりすることがない。制服を着ていなければ一般会社の社員と変わらないくらいだ。

だから県警本部捜査一課がなだれ込むように現れたときは、誰もが度肝を抜かれた。一課の捜査員は、見るからに優秀で頭が切れそうなメンバーばかりだった。多くの遺体や殺伐とした現場を見慣れたような自信に溢《あふ》れた顔つきをしていた。そして誰よりも、そのメンバーを率いる花野司朗班長の醸《かも》し出す雰囲気が尋常でなかった。

これが県内の凶悪事件を根こそぎ解決してきた連中なのか、と納得する気持ちが湧いた。

「できたのか。どれ、見せてくれ」

いつの間にか小出係長が前に立っていた。祥吾ははっと顔を上げ、すぐに手にある用紙を渡した。小出は読みながら、重森課長の席へと向かう。そして二人で話し合って、再び、小出が祥吾のところに来て修正点を指示した。これでＯＫだと言われると、祥吾は一人二階に上がり、捜査本部の奥にいる巨体へと恐る恐る近づき、声をかけた。

花野司朗は、なんだと言って、威圧的な視線を向けてくる。祥吾は、蛇に睨まれた蛙《かえる》のような気分になった。署長代理に言われたからと説明しながら、完成原稿を差し出す。ふんと鼻で返事して椅子《いす》に座ると原稿を受け取った。

「ここの自警団は消せ。たまたま行き合わせた人間が見つけた、だけでいい」

「あ、はい」

躊躇《ためら》うような素振りを見逃さず、花野はすかさず訊《き》いてきた。

「なんだ。自警団がなんかあるのか」

「あ、いえ。うちの警察署協議会が熱心に取り組んで運用しているもので、その、うちの総務課長らは役に立っているという証にもなるから、入れた方がいいと」

「バカか」と吐き捨てるように言う。

祥吾はきゅっと肩をすくめて目を伏せた。

「役に立っているがどうした。捜査で役に立つというのは、犯人逮捕にこぎつけた者が言われることだ。事件をなんだと思ってるんだ。防犯運動で宣伝しながら道端を練り歩いているのと同じにするな」

「す、すみません。すぐに修正します」

祥吾が室内の敬礼をし、さっと背を向けるとまた声がかかった。すぐに振り返り、直立する。

「グダグダ言われたら、こう言え。ヘタに第一発見者が特定されるようなことを書けば、その人間に危険が及ぶかもしれない。そうなれば警察の責任になる」

「はい。ありがとうございます」

祥吾はまた頭を下げ、戸口へと向かった。

廊下からいきなり飛び込んできた人間とぶつかりそうになる。ひょいっと飛びのき、先に通す。

「班長っ」

捜査員の一人が血相を変えて、花野のテーブルに取りついた。

「身元が判明しました。指紋の前科がありました」

会議室にいた何人かが、的に向かう矢のように花野の周囲に集まる。祥吾は廊下に出て、そこからこっそり覗《のぞ》いてみた。

花野が差し出された書面を受け取るのに合わせ、捜査員が口早に説明する。

「遺体は四年前、ここ佐紋のJAで詐欺《さぎ》・横領事件を起こした組合長でした。氏名は衣笠鞠子《きぬがさまりこ》、六十二歳。裁判では五年の実刑を受けましたが、四年が過ぎて仮釈放で一月前に出所したばかりでした」

おー、という戸惑いというより、むしろ鬨《とき》の声のような響きが湧き上がった。すぐに当時の関係記録を取り寄せ、捜査員を招集しろと指示が出た。慌《あわ》ただしくなって、祥吾は叱《しか》られる前に離れようと踵《きびす》を返したところで、大きな声で呼ばれた。

「おい、そこの佐紋総務の人間」

すぐに自分のことだと気づき、出て行く捜査員を避《よ》けながら顔を入れた。花野が手招きするので近づくと、原稿を出せと言う。差し出すとペンで殴り書きを始めた。

「身元が判明した。衣笠鞠子、元佐紋ＪＡ組合長、六十二歳。これだけ教えてやろう」

「は。よろしいんですか」

「いい。そうすりゃ、マスコミもこぞって昔の事件をほじくり返し、あることないこと書き立てるだろう。それが、わしらにとってもいい資料になる」

なるほど。祥吾は原稿を受け取りながら、捜査には思いもかけない手法もあるのだと感心する。地域課や交通課などの経験はあったが、甲斐祥吾はこれまで捜査部門にはいたことがなかった。

原稿を持って階下に行き、小出係長に告げる。小出も身元が判明したことは知らなかったらしく、衣笠鞠子だと聞くと顔面を引きつらせた。すぐに署長室にいるらしい重森課長や田添署長代理に報告しに行った。見ている先で、署長室のドアが勢いよく開く。田添杏美が飛び出て来て、そのまま駆け出し、二階への階段を一段飛ばしで上って行った。そのあとから重森と小出が首を振りながら出て来る。そして祥吾に、廊下で屯《たむろ》しているマスコミ関係者を食堂に集めろと指示した。祥吾は頷き、制服の上着を着、ボタンを留めると、カウンターの向こうで首を並べて待っている面々に、警察発表をします、と大声で呼ばわった。

15

田添杏美はすぐに雛壇の席に座ると、衣笠鞠子に関する資料を見せるように言った。花野が背を向けたまま、まだだ、と言う。むっとしながらも、後ろから背伸びをしてホワイトボードに書き込まれて行く文字を追った。記されているのは前科前歴照会でわかる範囲のことばかりだ。

当時の写真が貼られた。衣笠鞠子が五十八歳のときのものだ。ショートカットの髪は白と黒の髪が半々で、丸い顔に大きな耳、切れ長の目に薄い唇。拘束されたときの写真なので化粧はしておらず、歳相応《としし》の皺と染みが散っている。真っすぐカメラを見つめる目には、怒りも後悔も不敵さもなく、鳥が遠くを眺めているような感じだ。

四年前の事件なので、杏美ももちろん承知している。逮捕時は組合長だった衣笠鞠子だが、JA佐紋には多少の異動を挟んでも通算二十年以上に渡って勤めていた。詐取金額が多かったのと、ＪＡの組合長による犯行ということで、一時は大層騒がれた。

　端緒は佐紋署刑安課だが、県警本部の捜査二課が出張って来て事件を収束させた。その際、ＪＡの当時の職員はおろか、佐紋に住んで鞠子と面識のあるものは全《すべ》て調べられた。農家のほとんどが対象だから、捜査書類は膨大な量となっただろうし、裁判記録もある。県警本部に保管しているものは取り寄せるのに暇がかかるから、熊が苛立ちながら、まだだというのも仕方がない。ふと思いついて携帯電話を取り出し、刑安課長を呼び出した。必要なことを聞いて、杏美が直接電話する。

　佐紋署刑安課刑事係の神田川巡査が応答した。

「はい、神田川ですが」

「今どこ？」

「は。えっとどなたですか」

「田添です。佐紋署の」

　少しの間があって、あ、と言う声がした。「はい、署長代理、今ですか。今は、辰ノ巳駐在に来ております」

「取り込んでいないようなら署に戻って」

「わかりました。直ちに戻ります」

それから二十分ほどして、神田川巡査ともう一人女性警官が二階の捜査本部に姿を現した。神田川より少し歳上で、しっかりした顔つきをしているのを見て、確か、生活安全係の女性警官だったことを思い出す。そして、二人が警備課の巡査が負傷した件を調べていることも思い出した。小牧山の件とは別件で調べている筈だが、こんな時間まで動いていたとは意外だった。なにか摑《つか》んだのだろうか。いや、それよりはまず。

「神田川刑事、あなた刑安課の捜査資料や証拠品の管理を任されているわね」

「はい。それがなにか」

「至急、四年前のＪＡ組合長詐欺・横領事件に関連するもの全て、ここに持って来て」

たとえ本部主導の事件でも、端緒は佐紋だ。佐紋署刑安課が調べた資料や証拠類がある程度ここに残っている。

「四年前、の？　あ、ああ、あの件ですか。どうしてまた」

「小牧山で見つかった遺体が、あの詐欺事件を起こした衣笠鞠子だと判明した」

「え」と声に出して驚いたのは生安係の女性警官だった。神田川は、きょとんとしたままだ。

「あなた、名前はなんだったかしら」

「はい。生活安全係の野上麻希巡査長です」

杏美は個人データを頭のなかに呼び起こす。確か、野上は四年前に佐紋署に異動して来た。事件が解決した直後だったが、まだ騒ぎの余韻は残っていただろうから、担当していなくとも記憶には刻まれているだろう。

「二人は警備課案件を調べていたのね」

「はい」と応《こた》え、さっと隣に立っている神田川を肘《ひじ》で押した。小声で、早く資料取って来て、と言っている。神田川が、慌てて部屋を飛び出した。

「野上巡査長、ずい分、遅い時間までいたようだけど、どうして？　辰ノ巳駐在にいたと言ってたわね」

「はい。伴藤駐在員と話をしていました」

「伴藤さんと？　どういうことか説明して」

麻希は左右に目を配り、ここにいていいのですかという顔をする。杏美が頷《うなず》き、隣の席に座れと言うのをさすがに遠慮し、近くのパイプ椅子を引き寄せ、体を寄せた。

「警備課と手分けして、管内の防犯カメラを精査しました。警備課のリストにある行動確認対象者の住まい近辺を調べたんですが、どれにも周防巡査の姿はありませんでした。それで発見された辰ノ巳海岸付近に絞ってカメラをチェックしました」

「そう、それで」

「辰ノ巳海岸から少し離れた横断歩道の側にある小さなビルの出入り口に、周防巡査が妙な動きで身を寄せている姿が捉《とら》えられていました」

「身を寄せて？」

「はい。誰かを追尾していたと思われます。小林主任は間違いないと言われました」

「なんですって。その対象者が誰かわかっているの？」

「いえ」と麻希は残念そうに首を振った。「対象者の姿はカメラにありませんでした」

ただ、と麻希は顔を明るくさせ、可能性はあると言った。

「港周辺に防犯カメラが少なく、目ぼしい映像はありませんでしたが、市場の天井隅に一台、カメラがあります。漁協に頼んで借り出す手筈を辰ノ巳駐在の伴藤さんにお願いしていました」

「警備課の小林主任の話では、海岸に行った理由がわからないということだったけど、周防巡査はその対象者を尾行して港まで行った、という可能性が出て来たのね」

「はい。そうなります」

「となると、事件性が出て来る？」

「はい」

「すぐに映像を押さえて」

「それが漁業組合長が捕まらず、携帯電話にも出られないものですから、伴藤さんに心当たりを当たってもらっていたんです」

「いない？」壁の時計を見ると、午前一時になろうとしていた。「こんな時間にいないのなら、飲みにでも行っているんでしょう」

「いえ、この佐紋で午前零時過ぎても営業している店はそうありません。念のため組合長行きつけの飲食店に電話で問い合わせましたが今日は見てないということでした」

　杏美は腕を組む。

「今日、午後に緊急配備がかかり、それから自警団が出たりして、あ」

　宙に視線を向けると、独り言のように呟《つぶや》いた。「どっかで、柳生組合長の名前を見たわ。今日、誰かと歩いているところを見たとか、なんとか。なにか、報告書のようなもので」

「あ」と今度は麻希が声を上げた。そしてショルダーバッグをかき回し、書類を取り出してテーブルの上で広げた。

周防巡査捜索の際、それらしい人物が救急車で搬送されたと交通課員が聞き及んだ。そのときの状況をまとめた報告書の写しだ。

「これです」麻希が指さすのを見て、杏美も頷く。

『漁協の組合長と久野部さんが歩いとるのを見かけた気ぃするけど。すぐ角を曲がって県道の方へ行きよったから。俺らはそのまんま突堤に向かったし』という、第一発見者の供述だ。述べたことをそのまま、忠実に書き込んでいる。杏美は作成者の名前を確認した。交通課交通規制係主任木崎亜津子巡査部長。

麻希は椅子を蹴倒《けたお》す勢いで立ち上がり、「久野部さんに確認してみます」と言って出て行った。入れ替わりのように、神田川巡査が段ボール箱や書類、ＵＳＢなどを抱えて入って来た。

目ざとく見つけた花野が、顎《あご》を振る。すぐさま、捜一の捜査員が荷物を剝《は》ぎ取るようにして全て奪っていった。

杏美は、茫然《ぼうぜん》とする神田川を睨《にら》むつもりもなく睨んだ。

16

甲斐祥吾は、時計を何度も見ながら駆けた。

佐紋署から一番近い警察住宅は隣町にあり、本署からだと電車やバスを乗り継いでも三十分はかかる。終電にはまだ時間があったが、九時を過ぎると極端に本数が減るので更に十分以上のロスとなる。県内にはいくつか職員用の宿舎があるが、ここのはかなりの古家にしても一応、二階建ての一軒家となっていた。

佐紋署を希望したのには、そのこともあった。

母親が七年前に死に、それから父と二人暮らしになったが、母の喪失から三年ほどして父の認知症が発症したのだった。

一階に和室とダイニングキッチンと風呂《ふろ》とトイレがあり、和室を父の部屋とし、リクライニングベッドや簡易トイレなどを置いて、介護しやすいようにした。二階は二部屋でひとつを物置にし、階段寄りの部屋を祥吾の自室にしていた。

本来、二人暮らしに一戸建ては必要ないが、通常の警察住宅ではなかなかこれだけのスペースは取れない。家族だけでなく自分さえも時どき見失う老父が、いつどんなことをするか、どんな声を上げて騒ぐか予測がつかないのだから、普通の警察宿舎ではは祥吾自身が落ち着かないのもこの署での勤務を望んだ理由だった。

鍵《かぎ》を開けて、引き戸を引いてそっと家に上がる。ヘルパーさんの話では眠っているということだったが、それも二時間ほど前の話だ。一番、心配なのは排泄《はいせつ》だった。だいたい夜間でも二時間置きに様子を見、嫌がっても介助してトイレをさせていた。

「父さん」

廊下からそっと障子戸を開けて奥を窺《うかが》う。灯りは枕元《まくらもと》にある電気スタンドだけだ。ベッドを見たが空だった。

慌てて捜し回る。認知症で介護を受けているが、全くの寝たきりではない。多少は動けるから、恐らく尿意を催したので自分で起きてトイレに行こうとしたのではないか。側に簡易トイレがあることなど記憶から抜け落ちているだろう。とにかく廊下の端にあるトイレを見、隣にある台所へも行く。どこにも姿はなかった。玄関の扉は閉まっていたから外へ出たという訳ではない。まさかと思いつつ二階への階段を上った。

「父さん？」

階段の途中で異臭がするのに気づいた。駆け上がると、すぐの祥吾の部屋の敷居の上で、パジャマ姿の父親がうつ伏せに横たわっているのが見えた。上半身はちゃんと着ているが、下のパジャマとパンツだけ下ろしている。倒れている周辺に便と尿らしい泥状のものが広がっていた。

父親の口元に手を当てて息を確かめた。瞼《まぶた》を痙攣《けいれん》させながらも、鼻息が穏やかな音を立てている。どうやら眠っているようだった。ふうと安堵《あんど》の息を吐いたと同時に、激しい糞尿臭《ふんにょうしゅう》が鼻のなかに飛び込んで来た。思わずむせ返り、腕で鼻と口を押えた。咳《せき》が止まらず、目から涙が出た。

父親を背負って風呂場に行き、お湯で下半身を洗い流して、新しい下着とパジャマを着せる。祥吾は服に茶色い染みを付けたまま、二階の部屋の雑巾《ぞうきん》がけを始めた。バケツが濁るのを見て立ち上がったら、その拍子に足を滑らせ廊下にひっくり返ってしまった。服だけでなく、腕や顔や頭まで濡れ、悪臭に思わず鼻を塞《ふさ》ごうとして、更に顔にまで茶色いものをくっ付けた。汚れた手や転がるバケツを見ているうち、力が抜けて手から雑巾が落ちた。軽く目を瞑《つむ》る。喉《のど》の奥からせり上がってくるものがあって、歯を食いしばったが堪《こら》え切れずに呻《うめ》いた。

「なんでこうなんだよ。俺がなんで」

短い叫びは尻《しり》切れトンボのようになって、黒く濡れた床面に吸い込まれていった。目の奥が熱くなり、鼻汁が出そうになって啜《すす》ると、また強い臭《にお》いが飛び込んで来る。

咳が出た。汚れていない方の袖《そで》を押しつけることで、こぼれ出そうになる悲鳴を咳と一緒に抑え込んだ。

どうして自分だけが。

今日参加した捜査会議やそのあとのマスコミ対応の場面を思い出す。

田添署長代理の素早い判断や花野捜査班長の的確で明解な決断と処理。捜査員らの緊張しながらも熱く躍動した表情、マスコミから矢継ぎ早に繰り出される質問の雨。どれもこれも初めての経験だった。これまでにない興奮を祥吾は感じた。時間の経つのも忘れるほど。

課長や係長はまだ署に残っている。恐らく、田添署長代理もまだいるだろう。けれど自分は——甲斐祥吾はいつまでもいられない。介護すべき父が待っているからだ。

祥吾はバケツと雑巾を持って階下に行き、丁寧に洗った。廊下を綺麗《きれい》にして消臭剤を一面に撒《ま》く。なんとか元の状態に戻したのを確認して、風呂を浴び、全身隈《くま》なく洗い流した。二階の自室に倒れ込んだとき、時刻は四時を過ぎていた。

お腹《なか》が酷《ひど》くすいているのに、なにかを食べようという気力が湧かない。畳の上に仰《あお》向《む》けになりながら、眠気の来ないまま、じっと天井を見つめた。

祥吾と父は血が繋《つな》がっていない。

早くに実父と死に別れ、その後、母が今の父と再婚したのだ。小さな子どもを抱え、大した仕事も持っていなかった母にしてみれば、誰かと結婚することが生活を維持する唯一《ゆいいつ》、最大の方法だったのだろう。勧める人の話をそのまま受けて、歳の離れた初婚の男と結婚した。

母が幸福だったかどうか。そんなことを一人前にしてもらった息子が考えても仕方がないことだったが、不幸というのでもなかったと思う。病気で早い死を迎えたが、離婚したいというような言葉は最後まで聞かなかった。

祥吾自身は、血の繋がらない父とはそれなりにうまくやってきたと思っている。ただ、新しい父は子どもが好きではなかったのだろうと今ならわかる。母と結婚してからも子どもに恵まれることはなく、かといって幼い祥吾のためになにかを買ったり、遊び相手になったり、自ら心を寄せて来ることはなかった。興味がないのか、どんな学校や大学に行っても、警察という仕事を選んでも、文句を言わない代わりに感想らしいこともなにひとつ言わなかった。祥吾にしてみれば、お世話になっているオジサンというスタンスだった気がする。

母が思いがけず先に逝《ゆ》き、残された父が自分の先行きをどんな風に考えたのか。老後の面倒は母が看《み》、穏やかな最期《さいご》を遂げることになることを信じて疑わなかっただろう。その予定が狂った。三十半ば過ぎの男との二人暮らし。息子と躊躇いなく言えるほどの濃い繋がりは持たなかった。それでも老後は祥吾が看る、そうしてもバチは当たらないだけの世話はしてきたという自負はあったのだろう。

母の死後、祥吾に縁談が持ち上がったとき、二人だけの食卓で父がいきなり切れたことがあった。それこそ茶碗《ちゃわん》や皿をひっくり返すような勢いで、顔を真っ赤にして怒鳴ったのだ。

『面倒を看てきてやったのに、自分だけ勝手なことをするのか』

勝手なこととはなんだろうと考えた。恐らく結婚して、家を出て、妻や子どもとの暮らしを始めるということなのだろう。父は一人で置き去りにされ、忍び寄る老いを寂しく耐えねばならない。そんな風に思ったのかもしれない。縁談を断ったら、途端に父の機嫌が良くなった。料理を覚えて仕事から戻る祥吾に夕飯を用意してくれるようになった。洗濯をし、掃除をし、花を育てるようになった。元々、人付き合いの下手な人で、遊びも知らず、仕事だけしてきた人だったから、暇な時間を祥吾へと向けることで、自分なりの生きがいを見つけようとしていたのだ。

正直なことを言えば、父の認知症がわかったとき、施設に預けようと真っ先に考えた。色々な資料を当たり、役所にも相談してみた。警察という仕事を持つ自分に、要介護者の面倒は看られない。そしてなにより、いい加減この父から離れたいという思いが強く湧いた。認知症という理由づけが、そんな気持ちを後押ししたのだ。

なぜそれを取り止《や》めたのか、今、思い返してもよくわからない。

ちょうどいい施設の空きが出たタイミングで、必要な書類を慌ただしく用意し始めたときだ。父はなにを思ったのか、そんな祥吾を見て言ったのだ。

『仕事、忙しいのか』

自分を入所させるための作業を、警察の仕事と勘違いしたのだ。黙っていると、忙しそうだから夕食はわしが作ろうと惚《ぼ》けたことを言い出した。台所で火を使ったり包丁を握ったりすることを止めて、もう二年は経っていた。なにが食べたいとしつこく聞いてくるのを無視していると、大変な仕事だからな、警察官は体が資本だからな、と呟くように繰り返した。書類に記入する手が止まった。父は、祥吾が警察官になったことを喜んでいたのかと初めて気づいた。ボールペンが、握る手からこぼれて落ちていた。

それからは開き直りを強さにして、できる限り今の暮らしを続けてみようと思い決めた。介護に差し障《さわ》りのない部署を希望し、そうして佐紋にやって来た。

それが、今回の事件が起きたことで、にわかに祥吾の心が波立った。後悔しているのだと気づかされた。そして、この先もこうしてなにかあるたび、あのとき入所させていれば良かったのにと悔やむことを繰り返すのだと思い知った。

　ぜんぜん眠くならない。

　携帯電話を手に取り、時刻が五時半になろうとしているのを見て、電話帳を繰った。少し長めの呼び出し音がして、眠そうな声の応答があった。

「なんや、甲斐さん、こんな朝早く」

「悪い、寝てたか」

「そりゃあ、あ、今何時？」

「五時半過ぎ」

「ああ。そんなら、そろそろ起きる時間や。なん、起こしてくれたんか」

田中光興《みつおき》は、朝早く起きてランニングすることを続けている。酒と脂《あぶら》っこいものが好きで、最近、目立って腹が膨れてきたと嘆いていたからだ。確かに、細身の祥吾と並ぶと田中の方が年長に見える。

「いや、昨夜、色々あって眠れなかったんだ。それでそのまま仕事に行くのも癪《しゃく》だから、起こしてやろうと思ってさ」

「なあん、酷いのぉ」と笑う声がふつりと落ちて、低く問うてきた。

「親父《おやじ》さん、なんかあったか」

　ＪＡに勤める田中は、電話口の向こうで体を起こすような音を立てた。

　佐紋に赴任してから間もなく知り合い、バツイチだが四十歳と年齢も近いことから、飲み友達として付き合うようになった。もう、かれこれ二年になるだろう。互いに独り身であることもあって、腹蔵なく話せるようになるのに大して時間はかからなかった。父親のことも、祥吾の屈託もそれなりに知っている。今では、こうして暇を見つけて連絡し合い、無駄口を叩ける数少ない友人だ。

「まあちょっと。後始末をしていたら、寝られなくなったんだ」

　仕事が急に立て込み、定時に戻れなくなってヘルパーを頼んだ話から、これまでのことを簡単に説明する。田中はちょっと怒った風に言う。

「そういうときは俺に連絡せいよ。俺が親父さんの面倒看てやるて、常から言うとるやろうが」

「そうだった。バタバタしてすっかり忘れてた。次から頼む」

「おお、頼め頼め。俺は絶対、定時には帰るしな。甲斐さんの家で酒でも飲んで待っているからどんだけ遅うなっても気にならん」

「ははは。まるで嫁さんだな」

「なん、嫁はこんなことはしてくれんわ」

田中は、共稼ぎの嫁にいいように使われ、挙句に浮気をされて離婚したのだった。

「そんでこのまま、仕事に行くのか」

「ああ。今は休めない」

「そういやあ、小牧で事件があったって聞いたが、そのせいか」

「うん。殺人事件だ」

「げっ、殺人事件？　本当か、それ。そりゃあ、珍しいわ。俺がここに戻って十三年やが、それまで一回もなかったぞ」

「だろうな。十八年振りらしい」

苦虫を噛《か》みつぶしたような表情を見せた、田添杏美を思い出す。ふと笑いがこぼれそうになって、田中に咎《とが》められた。

「笑いごっちゃないぞ。佐紋は大騒ぎだろう」

「ああ、確かに。だけど田中さん、なにも知らないんだな。夜のニュースやネットでは流れたと思うけど」

あー、と呟いたあと、言葉が不自然に切れる。すかさず問い質《ただ》してみると、渋々という風に打ち明けた。

「うーん、昨日、ちょっと腹の立つことがあってな。おまけにちぃと怪我《けが》したんで、早めに引き上げて夕方から酒飲んでふて寝しとった」

「喧嘩《けんか》か」

電話の向こうに肩をすくめる姿が見える。

「誰と」

黙っているから、祥吾が言う。「漁協の連中か」

えへへ、と頭を掻《か》いているかのような声を出した。「ま、それしかおらんけどな。三時過ぎによ、農家さんをいくつか回って、港近くまで来よったら、間の悪いことに伴藤に出くわしてな」

「ああ。伴藤さんの」

「そう、あの駐在の息子の克弥《かつや》。あのクソガキ、ふざけたこと言いよるから、こっちもつい」

「殴ったのか」

「手ぇ出したんは向こうが先や」

祥吾は、ふうとわざと大きく息を吐いた。それで田中は余計に向きになる。

「余所《よそ》もんがちょっと漁師になれたからっていい気になって、今じゃ漁協を背負っているような大きな面《つら》で」

「僕も余所ものだけどね」

「ああ、いや、甲斐さんは違う。佐紋のために働いている、親切なお巡《まわ》りさん」

「いいけど。怪我、酷いのか」

「おお、見る？　見る？」

「いや、いい」

　そう応えたのに、自撮りしたのを送ってきた。アップに引き延ばして見ると、その余りの酷さに思わず声を失った。顔全体が膨らんで見えるのは殴られたせいで腫《は》れているからだろう。額や頬だけでなく、顎や首にかけてあちこちに絆創膏《ばんそうこう》が貼られている。絆創膏から青あざがはみ出て、血の滲《にじ》みまでも見える。

「田中さん、酷い顔じゃないか。本当に大丈夫なのか」

　これでは職場に戻る訳にはいかなかっただろうし、家に辿《たど》り着けただけでも不思議なくらいだ。早退したのは、ヘタをすれば事件になると考え、田中も立場上、それはマズイと堪えたのだろうが、しかし酷い。

「まあ、向こうもそれなりの顔にはしてやったがな」と負け惜しみを言った。

　漁師をするくらいだから、伴藤克弥は体格がいい。日に焼け、スポーツ刈りの頭で腹にも腕にも筋肉がついている。冬も半袖を着ているような男だから、二十七歳でJA職員に転職して以来、どこに行くにも車かバイクを使う田中が相手をするには無理があった。歳も向こうが三十一と若い。

JAと漁協の仲が悪いのは昔からだが、ここ最近、更に悪化し、小さいながらも揉め事が頻繁に起きていた。地元出身でない伴藤克弥は、今では漁師仲間から一目置かれる立場で、田中は田中でJAでは一番の古株だから代表のようになって、そんな揉め事に首を突っ込むようになった。そのせいで、田中と伴藤は顔を合わせると大小問わずの小競《こぜ》り合いを繰り返している。十月に入ってすぐのころにも、港で喧嘩をして、駐在さんが止めに入ったと聞いていた。

克弥の父親である辰ノ巳駐在所の伴藤巡査部長は、そんな息子に手を焼きながらも、やはり親子だからか、なんとなく漁協寄りの態度を見せる。それはそれで問題なのだが、今のところ、桜庭JA組合長と柳生漁業組合長が表だって険悪な様相を呈していないから、大ごとにはならない。それも、自治会長である久野部達吉が睨みをきかせているからだ、ということは、みなわかっているし、そのことに甘えてもいる。

田中が走りに行くというので、そんな怪我で大丈夫なのかと聞くと、なんてことないと笑った。そして笑いを徐々に納めながら、逆に祥吾に労《いたわ》りの言葉をかけてくれた。

「仕事が忙しいときは遠慮せんと連絡してくれよな。俺はもう二親ともおらんから、甲斐さんの親父さんの世話をするの、ちっとも苦やないんやぞ。それだけは承知しとってくれな」

「うん。ありがとう」

「そんなら、走ってくるわ」

「ああ。気をつけて」

電話を切って、そうだ、被害者が衣笠鞠子であることを教えてやれば良かったと思った。正に当時、JAでの田中の上司だった人物なのだ。聞いたら、きっと飛び上がるほど驚いただろうに、と思いつつ、いや余計なことを言わないで良かったという気持ちも湧《わ》いた。

あの花野司朗なら、たとえ親友であっても、決して事件のことを口にすることはないのだろうなと思ったりもした。

17

翌朝、田添杏美は総務の車に乗って病院に向かった。

甲斐祥吾が運転をし、助手席には小出係長が乗る。

「先に署長の方を見舞われますか」

小出の言葉に、後部座席で書類を繰っていた杏美は顔を上げた。

「署長って？」

「え、だって、病院に行かれるということですから、それなら署長も同じ堀尾総合病院ですし」

ああ、と杏美はまた手元に目を戻す。「あとで行けるようなら行きます」

「はあ」と小出はちらりと後部を窺い、首を傾けるようにして前へ向き直った。祥吾はそんな様子を見ながら、堀尾総合病院の駐車場へと車を運ぶ。

「周防巡査の病室は三階のＩＣＵだそうです」

祥吾が受付から聞いて来て、杏美に知らせる。

「わかりました」と応えた杏美は、一瞬、祥吾の顔を見て、不審そうに目を細めた。昨夜、一睡もしていないから、疲れが見えるのかと焦《あせ》ったが、杏美はなにも言わずエレベータへ突進するように向かった。小出と祥吾も駆け込むと、すぐに自分で忙《せわ》しなくボタンを押す。廊下も走っているのと変わらぬスピードで小柄な体が進んでゆく。

そして、ＩＣＵのガラス窓の向こうに周防康人の姿を見つけると、杏美はしばらく黙って見つめ続けた。いつの間にか堀尾院長がやって来ていて、主治医と共に説明を始めた。聞いているのか聞いていないのかわからない様子だったが、やがて杏美はガラスから離れると、堀尾院長と主治医に、よろしくお願いしますと頭を下げた。廊下に出て、待合の椅子に男女が座ってこちらを見ているのに気づき、足を止めた。

男は警備課の小林主任で、すぐに立ち上がると杏美に室内の敬礼をし、若い女性を紹介した。まだ二十代前半くらいの綺麗な髪の女性で、周防巡査の婚約者だった。杏美は怒ったような顔つきで、赤く目を腫らした女性の顔を見つめる。

「ご心配でしょうが、どうぞお気持ちを強く持って。必ず、目を覚まし、元の元気な姿に戻られます」

女性は頷き、涙に鼻を詰まらせながらも問いかけてきた。

「彼は、事件に巻き込まれたのでしょうか。事故だとはわたしも思えないんです」

わたしも、と言ったことで、小林主任が余計なことを言ったようだとみな気づく。小出は眉間《みけん》に皺《しわ》を寄せるが、杏美は顔色を変えずに、わかりません、と断言した。

「今、調べております。もし、事件性があるのなら、必ず解明し、周防巡査に対する責任を間違いなく追及します。現時点では、そこまでしか申し上げられません」

ごめんなさいと杏美が言ったことに、婚約者の女性は驚いたように見返し、頭を下げながら、「どうぞお願いします」と応えた。

「小林主任」

呼びかけに応じ、小林は杳美と共に廊下の隅へと身を寄せた。

「港にある防犯カメラは確認できましたか」

「はい。野上らが漁業組合長の許可を取り、映像を確認してくれました」

黙って杳美は待つ。

「残念ながら映っていませんでした。周防が港に行ってなにをしていたのか、誰を追っていたのか、皆目わかりません」

「若《も》しくは、なにも追っていなかったか」

杳美の言葉に、小林は思わず反応しかけたが思い留まる。個人的な感情で事件を作ったり操作したりしてはいけない。

「周防巡査の携帯電話はまだ見つからない？」

「はい。付近の海底で受令機は発見できたのですが、携帯電話は見当たりませんでした。もしか、満潮時の波に流されたのかもしれません。持っていたのは間違いないんですが」

「そう。わかりました、引き続きお願いします」と言って杳美はまたエレベータに向かって駆け、さっさと玄関へ向かった。小出係長が、「署長の見舞いはいいんですか」と叫ぶのも聞こえないかのように、どんどん駐車場へと進む。祥吾も懸命に走り、なんとか車に着く前に追い越せた。

署に着くと、杏美は署長がなすべき通常の業務を行った。

書類に目を通し、決裁印を押してゆく。不明や不足な部分があれば、その都度、担当係員を呼び出し、署長室で確認する。そうしても、佐紋署の一日で起きる事案はしれているから、あっという間に片付いた。これまでやってきた業務から考えれば、相当楽な作業ではある。これらを署長や副署長は一日かけて行っているのだ。

それが怠慢であるとか、手抜きだとは思わない。署にはそれぞれのやり方があるし、それぞれの時間の流れがある。なにもかも早くに片付けて、余った時間を使って思いつくことをやっていては、他の署員の仕事に差し障りが起きる。自分一人がすればいいという話ではない。署長が動くということは、所轄《しょかつ》が動くということだ。

杏美は副署長という立場になって、そんなことにも気づくようになった。

署長室の執務机のなかに印鑑をしまうと、小出に断りを入れ、二階に上がることにする。

　そのとき、署の玄関が急に賑《にぎ》やかになった。数人の男性が固まりになって入って来、杏美が確認しようと目を凝らす前に小出が飛び出して行った。

「いやあ、署長代理、えらいことが起きましたなぁ」と久野部が大きな声で言う。側には前町長を除く協議会の面々が連なっていた。

「どうかされましたか」

　杏美の言葉に、久野部だけでなく小出までもが顔を曇らせる。

「どうかもないでしょう。殺人事件が起きたそうやないですか。しかも、殺されたのが、あの衣笠鞠子とか」

「申し訳ありませんが、こういう場所で騒がれても困りますので、お話があるのならどこか別の場所で」

　小出がそれなら会議室、と言いかけて今、捜査本部の場所になっていることを思い出し慌てる。当たり前のように署長室でとか言い出すので、さすがに杏美が、「食堂で」と冷たく口を挟んだ。

　久野部は口元をへの字に歪《ゆが》めながらも、仕方ありませんなぁと笑いをこぼす。

　協議会のメンバーが前畑以外、事件の翌日、早々に揃《そろ》って署にやって来る。ついさっきあとを頼みますと顔を合わせた堀尾院長の姿まであることに、杏美は渋面を作る。

事件が起きたからといって協議会のメンバーにあれこれ説明しなくてはならない義務はない。そういう顔つきをしていたので、小出に小声で注意された。なにか協力できないかと善意で来ておられるのだから、と。

小出は食堂にメンバーを案内すると、その足で重森総務課長を呼びに行った。総務課員にコーヒーを喫茶店から取り寄せるよう、頼むことも忘れない。

「それで」

杏美が丸い粗末な椅子に腰を下ろすと、他のメンバーも不承不承ながらもやって来て椅子を引く。薄汚れた食堂の六人掛けテーブルを挟んで、柳生漁業組合長、堀尾医師、桜庭ＪＡ組合長が並んで座り、向かいの杏美の隣、ひとつ席を置いて久野部が腰を下ろした。

「皆さんには、わざわざご足労をいただきすみません。事件は今、県警本部の捜査一課と共に鋭意、捜査中です。残念ながら現時点で、お話しできるようなことはなにもないのですが」

久野部が、そりゃ残念なことやとわざとらしく口を曲げ、他のメンバーと顔を見合わせる。杏美は、ひと通りメンバーの顔を見つめた。

それぞれ仕事を抱える人間だ。平日の午前に、警察署にやって来る暇があるとは思えない。久野部は自営業だから気にすることはないだろうが、堀尾院長も組合長らも長としてすることが山ほどあるだろうにと、少し気の毒に思う。思いながらも、せっかくだからと杏美は白いテーブルに身を乗り出した。

「そういえば、衣笠鞠子についてご存知の様子でしたが、あの事件のことも覚えておられますか」

久野部がまた口を大袈裟《おおげさ》に歪め、「当たり前だわ」と言う。JAの桜庭だけは、「わたしは、事件後、赴任したものですからリアルタイムという訳ではないですよ」と大きな目をぎょろっと回して付け足す。

「ですが、JAで起きた犯罪ですから、当然、事件の詳細については聞いておられますでしょう？」

「はあ、そりゃ、まあ」

「衣笠鞠子がJAの組合長をしていたとき、およそ六千万にも及ぶ大金を組合員らから詐取した。口座から勝手に払い出したり、架空口座に振り替えたり、うまい投資話を吹き込んで印鑑や現金を預かり、そのまま私したものでしたよね。他にもJAに保管していた資金を少しずつ抜き取っていた」

「ええ、ま、そうです」とここにきて、桜庭は汗を拭《ぬぐ》うように手を額に当て、そのまま丸坊主《まるぼうず》の頭もひと撫《な》でする。久野部に言われてのこのこやって来たのが、却《かえ》って藪《やぶ》蛇《へび》になったと今ごろ気づいたようだった。

「ＪＡでも監査はありますでしょう。衣笠の横領は数年に渡ってのものだったようですが、どうしてそこまで発覚しなかったのですか」

「えー、いや、それは、まあ組合長の立場であれば、なにかと」

「なにかと？　架空の口座開設も架空の振替伝票も思いのままってことですか」

「いやそんなことは」

そこでさすがに気の毒と思ったのか、久野部が口を挟む。

「まあ、桜庭さんを責めてもしようがありませんわな。あの事件以来、佐紋ＪＡは頻々と監査や収支確認をするようになったと聞いてます。な、そうやろ」

「ええ、もちろん、もちろんです。今では、組合長であれ、誰であれ勝手なことはできはしませんから」

「四年前まではできたんですね」

う、という顔で押し黙る。他のメンバーも余計なことを言うまいと口を重くし始めた。

杏美は、届いたコーヒーを勧め、自らもひと口飲んで落ち着いた笑みを向ける。

「ところで、その衣笠鞠子ってどんな人でした？　地元出身者でありながら、当時の警察署協議会のメンバーには入っておられませんでしたね」

「ええ、まあ」と柳生が久野部を見る。

「なにか理由でも？」

久野部がコーヒーソーサーを引き寄せ、押し黙ったままなのを見て、柳生が仕方ないように続けて話す。

「いや、あれはご本人が固辞されたと聞いとります」

隣の久野部はコーヒーカップを持ち上げ、飲む前から渋そうな表情をしている。

「あの人は、ちょっと癖のある人でね」と堀尾院長が続く。

「癖のある？　変わり者ってことですか」

「まあ、なんというか、女性で組合長しようというくらいやから、優秀なことは違いないんやろうが、愛想がないいうのか、きついいうのか、およそ人との協調性に欠けておりましたな」

「それで、町長や署長の推薦が受けられず、ま、ご本人もそういう面倒ごとはやりとうないと言うとりましたしね」

「なるほど。町では嫌われ者でしたか？」

ストレートな言いように、メンバーは目を瞬《しばた》かせる。いや、そうでもない、と言ったのは堀尾医師だった。

「衣笠さんは、我々やＪＡ職員には愛想のない、嫌味なオバハン」と言って、杏美の顔を見て、失礼と呟いて、言い直す。「嫌味な女性でしたが、地元の人にはなんや打ち解けた、親切な態度やったそうですよ。相談ごとにも乗ったり、独居老人宅にはちょくちょく顔を見せて様子窺いしたり、色々、手伝いのようなこともしてやってたそうで、今でも衣笠さんを親切な人やと言うとるのがおります」

「あら、そうなんですか」

鞠子は地元出身ということで、年配の農家とはみな顔見知りであったし、共通の思い出もあるから、誰よりも親しまれた。地元の人間に悪いヤツはいないの図式だ。女性だから、かゆいところに手の届くような気遣いもできるし、愚痴をいつまでも聞いてやるという根気もあった。そこに、他の人には内緒の特別扱いよと、年寄りらの喜ぶようなことを言ってやれば、それだけで鞠子は家族よりも近しい存在となる。だからか、鞠子を悪《あ》しく言えば、自分や自分の家族を貶《おとし》めるような気になるのかもしれない。

「まあ、ＪＡなら地元農家さんと親しくお付き合いするのは当たり前のことですけどね」と桜庭が力を込めて言う。

「けどそれがあの女の手でもあった訳でね」と堀尾が口を歪める。

「というと」

杏美は、明け方までかけて読み込んだ捜査資料に加えて、当時、捜査に当たった佐紋署刑安課の刑事らからも説明を受けていた。おおよその概要は摑んでいたが、そのことは顔に出さず、なにも知らないというように身を寄せた。

柳生がしたり顔で言う。

「親切ごかしに一人暮らしの年寄りに取り入り、信頼を得て、株を買《こ》うてやる、資産運用してやるなどと言って、通帳やら印鑑やらを預かり、虎《とら》の子の金を巻き上げた、ということですわ。久野部さんの知り合いにも、被害に遭《お》うた農家さんが大勢おった言うてましたね」

カップが乱暴にソーサーに戻され、甲高い音を立てた。

「知らん。もうそないな昔の話は覚えとらん」

柳生、桜庭、堀尾の三人が、はっと動きを止めた。久野部がそれに気づいて、取りなすように笑みを浮かべた。

「今さらそんな話を持ち出して、被害に遭《お》うた人らにあのときの腹立たしい悲しい気持ちを思い出させるのは忍びないやろうが。ショックで寝込んだ年寄りも少なくない」

「いやあ、確かに、確かにそうですな」と堀尾。

「本当に。なにせ、奪われた金もほとんど戻らんかった訳ですから。多くの人が泣き寝入りですわ」と柳生が言うのに、堀尾も加わる。

「年寄りが、先々の安心のためにと大事にしていた財産でしたからね。うちの病院にも気力を失《な》くした言うて、通院していた婆《ばあ》さんがおりました」

杏美は何度も頷きながら、カップに口をつけた。苦い味を飲み込み、そっと隣へ視線を流す。久野部の両手が拳《こぶし》となって膝《ひざ》の上に置かれたままであるのを見、すぐにカップをソーサーに戻し、今度は柳生を盗み見た。

今ここで、昨日の午後六時ごろ、港で二人、なにをしていたのか聞いてみようかと思ったが、止《よ》した。漁業組合長である柳生が組合の事務所近くにいるのは当たり前で、そこに久野部がいたからといってなんら特別なことでもない。余程の深夜のことならば別だが、ちょっと話をしていたと言われればそれまでのことだ。ただ、その時刻に、近くの突堤で周防康人巡査が怪我をして倒れていたという、その一点の偶然が杏美には気になるだけのことだった。

その後、柳生は久野部宅まで出向き、話し込んでいたらしい。生安係の野上麻希が、柳生を捜してようやく久野部宅で見つけたのが午前一時過ぎ。そんな遅くまで、二人でなにを話し合っていたのだろう。

佐紋に赴任して間もない杏美には、二人の関係性や他の協議会メンバーの抱える事情など、推し量れるだけの情報がまだない。とにかく今は野上らの調査を待つしかないと、杏美を見つめるメンバーに取ってつけた笑みを返して見せた。

重森総務課長が汗を拭《ふ》きながら、食堂にやって来た。

それを潮に、あとを任せて杏美は立ち上がる。重森と小出に、二階にいます、と言って久野部らにも会釈《えしゃく》する。小出が、あ、という顔をしたので振り返ると、大きな熊《くま》が自動販売機で飲み物を買おうとしている姿が目に入った。

杏美が見ていると、コーヒーでもどうですか、と珍しく声をかけてきた。

「今、飲んだところなので。どうも」

花野はそのまま太い指でボタンを押し、ちらりと奥にいるメンバーを見たあと、紙コップを手にして廊下に出た。あとに続くようにして杏美も食堂を出る。

大きな背を向けたまま、「佐紋ゲートボールクラブのメンバーと打ち合わせですか」と言う。杏美は狭い廊下の壁際《かべぎわ》を歩きながら、「警察署協議会」とだけ応《こた》える。

なるほど、という風に花野は顎を引き、なにも言わず階段を上がった。

「ところで花野さん、捜査本部の何人かを警備の件に回してもらえないかしら」

「備？」花野は口に持って行きかけたコップを止め、ああ、と思い出すとひと口飲んだ。

「進展が？」

杏美は視線を階段の蹴上げ部分に当てたまま、「行確《こうかく》していた可能性がある」と小さく呟いた。

「目撃証言でも出ましたか」

「いえ、防犯カメラの方。映像に一瞬だけ、本人の姿が映っていたのよ」

「対象者は」

「いえ。他には誰も映っていない」

それでも、警備課主任の勘が動いたのだと付け足した。ふん、という顔を花野は杏美へ振り向けた。杏美も、睨み返すようにして言う。

「映っていないから、余計気になるのよ」

花野は階段の三段上から杏美を見下ろしている。上背があるから、三段程度でもほとんど天井を覆《おお》い尽くしていて、電気を消したような暗さが落ちる。

「一度、その本人が映っている映像を見せてもらいましょうか」

「わかった。すぐ持って行かせる」

二階会議室のドアを開けて、二人続いてなかに入った。

18

まさか、殺人事件の被害者があの衣笠鞠子だとは、驚天動地とはこういうことだと伴藤弘敏は思った。

辰ノ巳駐在所のガラス戸越しに見える町内の景色はいつもと変わらず、雲の加減で明るくなったり薄暗くなったりするくらいで、昼が近いせいか猫一匹通らない。

めったに起きない殺人事件が起きただけでも瞠目《どうもく》ものなのに、その被害者があの元JA組合長とは。四年前のこの佐紋での騒ぎをまざまざと思い出す。

JAのある場所はここから五キロほど離れた山の手にあり、辰ノ巳駐在の受け持ちではなかったが、伴藤もマスコミや野次馬対策でずっと駆り出されていた。

衣笠鞠子の自宅は、佐紋では多少なりとも繁華な界隈《かいわい》にあるマンションで、捜査員に促され、顔を俯《うつむ》けながら車に乗り込む姿を伴藤は間近で見た。当時、五十八歳で小柄で短いパーマの髪の、どこにでもいるオバサンだった。佐紋の生まれで、県外の大学を出てJAに就職し、それから転勤なども経験したようだが、地元佐紋に戻ってから十数年ほど経って五十半ばで組合長にまで上り詰めた。男性よりはいく分ゆっくり目の昇進だったが、それでも組合長までいったのだから大したものだ。

何度か顔を合わせ、話もしたことはあるが、伴藤が駐在員ということだからか当たり障りのない話に終始した。印象ではごく普通の真面目《まじめ》な人柄のように見えた。聞いた話では地元出身者であり、JAひと筋であったこともあってか、農家の人々から深い信頼を得ていたということだった。それが営業スマイルだとわかっても、気を遣われ、労《いた》わられる方にしてみれば嬉《うれ》しくない筈《はず》はない。利害関係のない人間に対しては、粗雑な対応だったそうだが、それもまた農家の人々にしてみれば自分らは特別扱いをされているという自尊心をくすぐられる感覚だったのではないか。

結局、それが仇《あだ》となった。蓋《ふた》を開けてみれば、なんでそこまでと首を傾《かし》げたくなるほど鞠子の言葉を信じ込み、安易な金銭の受け渡しをしていたことが判明した。定期にした方がいいとか、資金を増やせるからなどの甘言に乗り、印鑑や通帳を渡して手続きを任せていた。悪質な詐欺《さぎ》であり、他にもJAの保管用資金を定期的に横領する真似《まね》までしていた。金額が六千万円にも上るということで、実刑判決が出た。返済できれば、執行猶予《ゆうよ》が付いたかもしれなかったが、鞠子はほとんど使ってしまったと法廷で淡々と述べたのだった。

衣笠鞠子は五十八になるまでずっと独り身だった。

一度も結婚せず、事件の前後にも深い付き合いの男性がいた気配はなかった。早くに病気で両親を亡《な》くし、兄弟姉妹もなく、一緒に旅行するような友人もいなかった。ひたすら仕事だけをし、農家の人々のために尽くし、毎日を平凡に生きていた。そんな鞠子にどんな魔が差したのかと、最初は不思議に思われた。だが、検察が明らかにしたのは、意外な鞠子の一面だった。

佐紋にある風俗営業の店など、せいぜいがパチンコ、キャバクラ程度だ。鞠子は、金曜日の夜に県の中心まで出向き、ホストクラブで遊んでいた。気に入ったホストがいたらしく、毎週、ほとんど欠かさず店に行き、大声で騒ぎ、愚痴をいい、金を使って、酒を呷《あお》って、煙草《たばこ》を喫して憂《う》さを晴らしていたのだった。

平日はJAの愛想のない部屋の奥の壁際にひっそり座って書類を繰り、ハンコを押していた。知った農家が来れば、満面に笑みをたたえてお喋《しゃべ》りし、時間があれば車で近隣を回った。農作業にかかる機材投資の相談から、新たな作付けの情報や提案、果ては個々の家の嫁姑《よめしゅうとめ》問題まで相談に乗っていた。ホスト遊びなど想像できないと、多くの知る人間が戸惑うように口にした。

判決が出たのちもしばらくはそんな噂《うわさ》があちこちで囁《ささや》かれ、佐紋の人々の記憶に刻まれた一方で、少しでも早く忘れたいという、強い願望のような薄い膜が町を覆ったのも事実だった。

今回の事件によってその膜が破られ、なにかがまた表に出ようとしているのだろうか。

伴藤弘敏はそんなことを思いながら、ガラス戸から外を眺めて短い息を何度も吐いた。

佐紋は小さな町だ。

これまでに色々あるにはあったが、一貫して平和な町だった。ここでの勤めもあと僅《わず》かとなった今になって、とんでもないことが起きた。思いがけない事態になぜか、言いようのない不安が胸を圧する。息苦しさを緩和させようと、手を当て上下に撫でさすった。

五十に手が届こうかというころ、伴藤弘敏は昇任を諦《あきら》めることにした。

そうなると偉くなった同期や若い同僚、年下の上司に囲まれていることが疎《うと》ましくなり、半ば自棄《やけ》のような思いで駐在希望を出した。駐在勤務なら地域住民としか顔を合わさないから、気が楽ではないかと考えたのだ。のんびり暮らしたいという妻の気持ちに叶《かな》うものにもなると思った。

若いころは、定年を迎えるときには、できれば警視、せめて警部にまでは昇っていたいと思っていた。そのために上司の機嫌を取ることもしたし、役に立たない部下や同僚らがいれば、とばっちりを受けないよう距離を置き、難しい案件には常に誰かと一緒に当たることでその責任を分散させた。そんなことは、組織で生きようとする人間なら当たり前のことだ。

それが巡査部長止まりで定年を迎える。どこでどう踏み誤ったのか。どうしてこうなったのか。折に触れてそんな詮無《せんな》いことを自問し続けていた気がする。これまでの警察官人生はなんだったのだろうという空虚感が潮のように満ちてきたが、反面、駐在員になることで、様々な重荷も下ろせて身軽になれるのだという解放感も生まれた。

だが、いざ駐在の仕事に就いてみれば、案外と大変な仕事だと知った。地域に根を下ろし、住民との関係では適切な距離を保ちながら、警察官としての職務を果たさなくてはならない。その加減が難しい。なんでもかんでも杓子定規《しゃくしじょうぎ》にしていては信頼関係は結べない。同じ地域に暮らすということで、ある程度の個人的な事情は知ることができるし、またそうでなければ信用ならないという風潮もある。最初のころは苦労したが、年数を重ねたことで仕事に慣れ、地域とも親しむようになって、駐在さんと呼ばれることにも自然な笑顔で応えられるようになった。そして警察官としてのラスト一年。このまま無事に定年を迎えられそうだと思いかけたときに、あの女がやって来たのだ。

田添杏美。

あの女の顔を見た途端、いや、その胸に付いている階級章を見た途端、色んなことがまざまざと蘇《よみがえ》ってきた。ようやく自分の人生に折り合いをつけることができたと思っていたのが、一瞬であのときの忌々《いまいま》しさがぶり返すのを感じた。そのことに伴藤自身が戸惑うほどで、同時に胃の奥から不快感が噴き上がってきた。

どうして、警察官としての最後の年を、この女の下で迎えることになるのだろう。これは自分の生き方になにか異見を示すものなのか。偶然とは言い切れない、その巡り合わせに空恐ろしいものすら感じた。

見た目こそ相応の老いはあったが、昔と変わらない気の強そうな目をしていた。自分は正しいことしかしないというように胸を張って、遠慮なく人の前を歩こうとする雰囲気もそのままだった。

交番で一緒になって以来、ずっと会うことはなかった。あのとき、些細《ささい》なしくじりを上司に告げ口され、それがために勤務評定が下がり、巡査部長の昇任が遅れた。ひとつ遅れれば、それは次へのステップに大いに障る。希望する部署への異動が叶わなかったり、昇任試験に失敗したりすると、そのたび、田添杏美にされたことが尾を引いているのだと深読みし、苛立《いらだ》ちを新たにしていた。

そんなときだった。杏美が結婚するという話を聞き及んだ。相手は同じ警察官で、噂では優秀で気の優しい男だということだった。最初はちょっとした悪戯《いたずら》のつもりだったのだ。

杏美の婚約者が勤める所轄の知り合いに耳打ちをした。田添杏美という女が、同じ部署の上司と不倫をしている、それがバレて処分をくらいそうだと。相手が目を剝《む》いて驚くのに味をしめ、それからも、他のルートを使ってそれらしい噂を広げた。

しばらくしてから、結婚が取り止めになったらしいと聞き、胸のなかでほくそ笑んだ。そんなことも長い年月を経ていくうち、過去の話のひとつとして昇華され、跡形もなく消えてゆくものと思っていた。

それが今になって、再び――。

「あなた、お昼ですよ」

奥から伴藤の妻が声をかけてきた。白髪を染めて、長い黒髪を後ろにまとめて年齢には不似合いな派手な色のエプロンを身に着けている。嫁から還暦の祝いにもらったものだ。

伴藤は目を背け、わかったとだけ返事をする。

駐在の奥のドアの先に短い廊下があって、伴藤と妻が暮らす住まいへと続く。廊下を戻る古女房の背を見ながら、定年後は、息子の克弥の近くで孫の成長を見ながらのんびり暮らすのだと言ったことを思い返す。克弥との平凡な暮らしなど、来るのだろうか。

駐在員を希望した理由のひとつに、一人息子の克弥のことがあった。

中高生のころは勉強よりも遊ぶことに必死で、そのうちまともになるだろうと思っていたのが悪い仲間とつるみ始めて、事件を起こすのではと冷や冷やした。三流どころではあるが大学に入ったことでホッとしたのもつかの間、アルバイトや遊びに耽《ふけ》り、それがため留年することになって、さすがに伴藤も声を荒げて叱《しか》った。普段から伴藤や妻になにを言われようと無視を決め込むばかりの克弥だったが、そのときはなにか気に入らないことがあったのか、逆切れして暴れたのには正直狼狽《うろた》えた。

その後、勝手に大学を辞めてぶらぶらし始めたのを見るにつけ、自分の息子ながら手に余る存在だと思うようになった。距離を取りたいと考えた。それが駐在員勤務を決めた理由とまで言わなくとも、後押ししたのは間違いない。

ところが、いざ佐紋に異動するとなったとき、克弥が嫌々ながらもついてきたのだ。心配した妻が熱心に声をかけたこともあるだろうが、まさか本当に来るとは思っていなかった。よく考えれば、大学も出ず、就職もしていない成人した男が生きて暮らすには、親と一緒にいるしかないのもまた現実だった。

とはいえ田舎で仕事が見つかるとは思えない。また親のすねをかじりながらぶらぶらするのかと暗澹《あんたん》たる気持ちでいたら、船に乗って網をたぐることに興味を覚え、あっさり漁師になると言い出したので驚いた。たまたま伴藤が就いたのが、海岸線を受け持つ辰ノ巳駐在だったこともあっただろう。一人息子の将来を案じていた妻は、手放しの喜びようだった。

その後、男ばかりの厳しい辛《つら》い仕事にも拘《かかわ》らず、なにが気に入ったのか音《ね》を上げることもなく続けた。若い漁師の少ない漁港であったから大事にされたのか、良い指導者に巡り会えたからか、詳しく訊《き》くことはなかったが、みるみるうちに漁師らしい言動と筋肉が身につくようになった。ローンで中古の船を買ったのが佐紋に来て六年経《た》ったころで、克弥はようやく独り立ちした。同時に地元の女性と結婚し、子どもをもうけるまでになって、さすがに親の務めを無事終えられたと安堵《あんど》する気持ちが広がった。

けれど、人生は思う通りにはいかない。

佐紋の漁業はもう青息吐息だった。船を手放し、漁師を辞める人間が増えていった。息子の克弥は、今や漁師という仕事を天職のようにも思っているから、組合存続のために懸命に頑張ろうとした。辞めようとする同業者を必死で説得し、なんとか続けてもらおうとあれこれ骨折りもした。そんな姿を間近で見ているから、伴藤なりに克弥を応援したし、誇らしいとも思ったが、問題は簡単には済まなかった。魚は一定量獲《と》れなければならない、また獲れても高く売れなければ暮らしは豊かにならないし、成り立ちもしない。それでなくとも、若い人はどんどん都会へと流出していく。三十過ぎの克弥が、今や最年少だ。

一時は漁協のためにと働いた克弥だったが、いかんともしがたい現実に押され続け、己の無力さを意識するほどに、ささくれ立つ気持ちが表出するようになった。そうなると若いころの自堕落と短気が顔を出すのか、漁が終わると浴びるように酒を飲んだり、夜遅くまで店で管を巻いて誰彼なく喧嘩をふっかけたりするようになった。伴藤の息子だということは知られているから、親切心から連絡してくれる者がいて、そういうときは自ら出向いて引き取ったりした。そんなことが続いて、妻共々説教をしたりしたが、家庭を持ついい年をした大人に、今さらなにをいっても素直に届く筈がない。

　そんな息子に、妻は今もまだ自分の老後を委《ゆだ》ねようとしている。楽観的な性格というよりは、物事を深く見極められない愚昧《ぐまい》さゆえだと呆《あき》れる気持ちがあった。揉《も》める元だからそんなことは口にしないが、やはり気になるのはこのごろの克弥のことだ。

　十月の初めに港でＪＡの人間と喧嘩をした。原因は、漁師に大卒はいないと言われたことに腹が立ったということだ。実際その通りだったし、克弥自身も三流大学を中退している。漁師はバカばかりと侮辱されたように思ったらしい。聞けば聞くほど克弥の言いがかりにしか思えなかった。どうでもいい話なのだ。聞き流せなかったのは、それを言ったのがＪＡの人間だったからだ。

　克弥がキレてＪＡの若い者に突っかかった。止めに入った田中光興が代わりに殴られ、あわや集団乱闘という騒ぎになりかけた。田中は普段、真面目でどちらかといえば温厚な人間だが、今では組合長を除けばＪＡでは一番の古株だから、なにかがあれば必ず出てくる。このときも、責められた若いのを庇《かば》うつもりで口を挟んだのが裏目に出た。説教じみた仲裁になったのが余計に克弥の癇《かん》に障《さわ》ったのだろう。組合の隆盛の差は歴然としているから、仕事の話でなく、個人的なことで克弥は反撃した。

田中はバツイチで、子どももいない。曲がりなりにも家庭を持つ克弥が唯一《ゆいいつ》自慢できるのが、妻と子どもなのだ。佐紋のような町で新たな伴侶《はんりょ》を得るのは難しい。田中自身、それはわかっていて諦めているような節もあるが、それを人から言われるのはまた別の話だ。余計なことだ、バカにするなと田中光興には珍しいほどの怒りようだった。なんとか宥《なだ》めて大ごとにはさせないで済んだが、帰り間際、克弥を許さないといった形相は尋常でなく、伴藤は暗澹とさせられた。そのことで克弥に反省を促すと、親を親とも思わない悪態を吐《つ》いた。

克弥とはそれきりだった。向こうも家族を持つ大人だ。孫と気楽に会えないのは辛いが、疎遠《そえん》になるのも仕方ないと諦めた。それなのにまた。

昨日、緊急配備がかかったときだ。

駐在所に電話があり、克弥がまた港で喧嘩《けんか》をしていると知らせて来た。伴藤自身は要点警戒で県道の交差点に駆り出されていたが、電話を受けた妻がすぐに携帯電話に連絡を入れて来たのだ。そろそろ緊急配備も解除になるだろうというころあいだったので、現場を離れても誰にも見咎《みとが》められることはなかった。

ただ途中、遺体発見の報を無線で耳にし、身内の喧嘩より現場に向かわないとマズイと考え、一旦《いったん》は小牧山へ方向転換した。けれど、このあいだの喧嘩の際の田中の怒りようを思い出した。今度こそ大変なことになるのではという不安が拭《ぬぐ》えず、同僚と行き合わないよう道を選びながら港へ向かった。そのせいで駐在所に着いたのが遅くなったが、すぐにバイクを置いて、克弥を捜しに走った。途中の生活道路で、運良く缶ビールを片手に寝転がっている克弥を見つけ、叩《たた》き起こした。首を摘《つ》まむようにして連れ帰ったが、体軀《たいく》のいい克弥が怪我をしたくらいだから、事務仕事しかしていない田中はさぞかし酷い怪我を負ったのではと心配になった。

「わたし、あの人嫌いだったわ」

六畳の和室で食事をしながら、ケーブルテレビのニュースを見ていた妻がいきなり言う。箸《はし》を止めて、「お前、衣笠鞠子と親しかったのか」と伴藤は戸惑いながら訊いた。

まさか、と嫌そうに顔を歪めた。

「わたしらみたいな人間には用はないと言わんばかりのつっけんどんな態度だったわ。まるで多重人格みたいに、人によって人間性までもが変わる人だった」

「ふうん」

箸を動かし、汁を啜《すす》る。佐紋の住民は大概、ＪＡに口座を持つ。だが、警察職員である伴藤らは警察共済組合があるから、定期などの大きなものはそちらに預けている。

つまり、衣笠鞠子にとっては少しも利にならない人間だったということだ。話は終わったのかと思っていたが、妻は忙しく口を動かしながら、まだ鞠子のことをあれこれ続ける。

「いつだったか、ずい分、失礼な言いようをされたわ。お宅は、息子さんもお嫁さんも、できた人だから老後もご安心ですわね、ご主人の退職金があれば、みなさん、それなりのお暮しはできますものね、ですって。人の財布のなかを数えるようなことして、ほんと、卑《いや》しい人だったわ」

「おい、死んだ人間のことをあれこれ言っても」

「なに言ってんの、死んだから言うのよ」

またバカなことを言っている、という顔をすると、妻はさっと嘲《あざけ》るような目を向けた。

「あなた知らないの。いまだに衣笠鞠子がいい人だって言っているお百姓さんが少なくないのよ。江本さんのところのおばあちゃん、惚《ぼ》けてきたのか、今でも鞠子さんが来たら貯金通帳に記帳してもらうから用意しとけってお嫁さんに言うらしいわよ。あの女、刑務所から出て来たら、そのうちの誰かに面倒でも看《み》てもらおうと思っていたんじゃないのかしら。バッカみたい」

「え、そうなのか。衣笠が戻って来るのを待っていた人間がいるっていうのか」

「そうなんじゃない？　もっとも、半分、惚けたような人達だと思うけど」

伴藤は箸を宙に止めたまま考える。

もし、本当にそういう人間がいたのなら、衣笠鞠子が佐紋に戻って来た理由はそれかもしれない。なぜ、出所して間もなく、この佐紋で遺体となって発見されたのか、大きな疑問があった。それが氷解する。

ＪＡの組合員とは余り付き合いがないが、それでも、この辰ノ巳駐在の受け持ちにも農家の人間はいる。聞き込みで、衣笠鞠子とことのほか親しくしていて、出所後も頼られていそうな人間を見つけることができたなら。しかもそのことで事件が大きく動き、万が一にでも犯人逮捕にこぎつけることができたなら。それは定年前の大層な花道になるのではないか。あと一年では昇任は無理だが、部長賞くらいはもらえるかもしれない。胃の重さが消え、胸の奥が愉快げに弾み出す気がした。とうの昔に忘れていた感覚が蘇ってくる。そのなかに浮かび上がる顔があった。

駐在員が手柄を挙げたとなれば、当然、佐紋の署長からも褒賞《ほうしょう》が与えられ、労《ねぎら》いの言葉がかけられる。今なら、田添杏美から渡されることになる訳だ。一介の巡査部長で終わる自分だが、最後にそんな風にして杏美の前に立つことができたなら、多少とも憂さが晴れる気がする。

よし、と茶碗《ちゃわん》を置いて妻に向きかけたとき、表の方で女性の声がした。

駐在所が自宅の玄関でもあるから、妻が立ち上がって短い廊下を辿《たど》る。すぐにぱっと賑やかな気配が立ち、なんだろうと思っていたら、小刻みな足音がして伴藤のいる部屋の戸がいきなり開いた。

「じいじ」

孫の伴藤翔真《しょうま》が、後ろ手に妻を引きながら飛び込んで来た。その後ろに嫁がいて、克弥までも立っているのにさすがに目を剝いた。昨日、再び田中と喧嘩をしたことで、もう二度と庇うことはしない、顔も見せるなと怒鳴りつけたのに、どういうことだろうと飛びつく翔真を抱えながら克弥を横目で窺《うかが》う。

嫁が畳に膝をつき、お義父《とう》さん、昨夜《ゆうべ》はうちの人がお世話をおかけして、スミマセンと謝ってきた。どうやら、喧嘩をしたことで夫婦までもが揉めたらしい。嫁の取り成しで、見せられない顔を見せに来たという訳か。

伴藤が黙っていると、少し離れたところで胡坐《あぐら》を組んだ克弥が、まだ怪我の治らない横顔を見せ、小さく詫《わ》びの言葉を吐く。妻があいだに入って、「克弥、もう喧嘩なんかしないって、お父さんに約束なさいよ」と言い、嫁も加わる。渋々のように首を振るのを見て、妻はもうすっかり終わったと言わんばかりに、今度は怪我の具合を心配する。

「ＪＡの田中さんも大人げないわよね。これ見て。殴ったっていうよりは引っかいたみたいな傷よね。あの人、体力では克弥に負けるからって、女みたいに爪《つめ》を出していやらしい。ばい菌でも入って変な病気になったら大変だわよ」

伴藤はちらりと嫁を見、嫁は克弥へと視線を流して不安そうに身をよじる。恐らく、克弥よりもずっと酷い怪我を負った田中を見たか聞いたかしたのだろう。それで万が一にでも、向こうが被害届けを出したり、訴えを起こすようなことがあれば、伴藤に力になってもらわなくてはならない。今日やって来たのは、大方その辺りの打算があってのことと伴藤は考えた。膝の上で、孫が飛び跳ねる。

それでも。たとえそうであっても、この孫を見れば、自分の怒りを追いやってでもなんとかしてやらねばならないとは思う。父親がろくでなしなら、せめて孫だけは守ってやらねばならない。伴藤は仕方ないという風に息を吐き、息を吸う反動で一気に、昼飯は食ったのか、と声をかけた。克弥は、食べた、とだけ応え、それを引き取るように嫁がシュークリームの箱を差し出した。おやつを一緒に食べようと買って来たと言う。伴藤は苦笑する。克弥がバカでも、嫁さえしっかりしていれば、なんとかなるだろうと思った。

翔真を膝から下ろして立ち上がる。妻や克弥が見上げるのに、「ちょっと用事を済ませてからいただこう」と言った。どこかに行くの？　と尋ねる妻に、ついさっき本署から来た電話のことだと告げた。

「ああ、野上さんていう女性の？」

「ちょっと漁協まで行ってくる。すぐ戻る」

克弥が怪訝《けげん》そうな顔をこちらに向けた。「漁協へ？　なにしに？」

「防犯カメラの映像をもう一度確認したいそうだ」

「カメラ？」

「なんですか？　もしかしてあの小牧山の事件のことですか」と嫁が、興味深そうに尋ねてくる。

「いや、そっちじゃないだろう。本署の警官が港で怪我をしたんで、その件だろう」

約束の時間を見ながら、賢《さか》しらで押しの強そうな顔を思い出す。昨夜、いきなりやって来て漁業組合長の居場所を知らないか、なんとか捜せないかと夜遅くまで粘った女性警官だ。結局、柳生は久野部の自宅にいるのがわかり、それから一緒に防犯カメラの映像を確認しに出かけたらしい。伴藤は、小牧山の件で他の駐在員と交代で一晩中、現場保全の立哨《りっしょう》に就くことになっていたから、映像自体は見ていなかった。市場の付近を捉《とら》える程度の簡単なものらしいが、なにか映っていたのだろうか。

伴藤は立ち上がり、身支度を整えると、活動帽を片手に廊下を辿っていった。後ろから翔真の明るい笑い声が聞こえてきた。

19

「それが死亡推定時刻なの？」

「はい」

捜査本部の会議で鑑識報告がなされた。初動で佐紋の鑑識が調べた通り、衣笠鞠子は発見されたとき、死亡からさほど時間は経過していなかったと言う。

発見が午後四時四十五分。死亡推定時刻はおよそ発見時の一時間程度前。つまり、午後三時半前後の犯行になるということだ。緊急配備がかかったのが午後三時十分だ。それから二時間は緊急配備中だったから、正に、犯行時刻がすっぽり納まることになる。その間、目ぼしい道には警官が立っていた。

他にも協議会推薦の自警団や防犯委員もうろうろしていた。遺体を発見したのもその自警団だ。普段よりもずっと多くの目があった。いや、人気のない佐紋の町なかに、あの二時間だけはまるで祭りのように人が溢《あふ》れていたのだ。

そして、緊急配備が解除される直前に遺体が発見され、一報が入った。佐紋中の警察官はそのまま引き続き市中に留まることになった。

そんななか、犯人は現場からどこへどうやって逃走したのだろう。鞠子を殺害してすぐに逃げたとしても、佐紋管内から怪しまれることなく出ることは難しい。

「幹線道路や目ぼしい県道市道の防犯カメラにはそれらしい車両は発見されていません。検問をかけていた数か所の地点でも同じ報告が上がっています」

車ではないということか。

「それ以外のいわゆる生活道路、大きな建物や遊興施設、小牧山の現場付近でも自警団や防犯委員が巡回をしていましたが、怪しむべき車両や不審な人物は目撃されていないということです」

「車でなく、徒歩か自転車なら、見咎められることなく逃走できるのでは？」

杏美が聞くと、捜査員は首を傾げる。

「殺人を犯した人間が徒歩や自転車で逃げるでしょうか」

「それしか逃走手段がなかったのなら」

犯人にとっても緊急配備がかかったことは思いがけない事態だったのではないか。現場に出向いたときは車だったとしても、犯行後、町の様子から車を置いて逃げるしかないと考えたかもしれない。そんな思考を破るように太い声が投げ入れられた。

「若《も》しくは誰もが見知った人間だったか」

杏美は唇を噛《か》んだまま、雛壇《ひなだん》の端に座る花野をさっと見やる。捜査会議の場が一瞬、静まり返った。特に、佐紋署員の顔色が目に見えて変わった。

「そうであれば、たとえ車であれ、徒歩であれ、誰かの目に留まったり、ここに取り上げられることはないだろう」と花野が言うのを聞いて杏美は、佐紋の人間が関わっているとでも言いたいのかと口を開けかけ、すんでのところで飲み込んだ。感情的に、根拠もなく否定することこそが問題なのだと戒め、腹に力を入れて落ち着いた声音を作った。

「もちろん、その可能性はあるでしょう。そういったことを含め、聞き込みに回る際には、捜一の捜査員も佐紋署員も、細心かつ思い込みに囚《とら》われない柔軟で広域な捜査をお願いします」

「そうしましょう」

花野がまとめて、更なる捜査の指針を示し、細かな段取りを伝えて捜査員を送り出した。

　杏美が席を立ちかけると、太い声がかかった。

「午後にでも県警本部の二課の人間がこちらに寄ることになっているが」

　あらっ、と目を瞠《みは》り、「もちろん、同席します。あの衣笠鞠子の業務上横領・詐欺事件の話ですね。わざわざ本部二課がうちの件のために出向いてくれるなんて、さすがは花野班長のご人望ね」とにっこり笑って言う。花野は無表情な顔で、「別件で近くまで来ているそうでね」と返す。

「別件？」

「隣の管内でちょっとした規模の違法賭博《とばく》が摘発された。ものは生安だが、関係者に振り込め詐欺などで手配されていた人間や反社組織の連中などが入り混じっていて、各課入り乱れての大層な賑《にぎ》わいらしい」

「なるほど。生安事案なら、二課もそうそう粘れないわね」

「目当ての人間に唾《つば》をつけたら、こっちに寄ってもいいと言ってる」

「わかりました。来られたら知らせてください」

　背を向ける花野を見て、杏美も署長室へと戻る。

　小出に言われ、また署長代理としての仕事を始める。副署長席と署長室を行ったり来たりするのが面倒になり、捜査本部があるあいだだけと決めて、杏美は署長席に着いた。副署長の席と違って、ひとつの部屋を与えられ、厚い扉で閉じられるから静かで仕事が捗《はかど》ることには違いない。こっそり、詐欺・横領事件の資料を取り出し、机の上で広げてみる。

四年前、佐紋署刑安課に相談が持ち込まれた。

発端は、農業を営む年老いた父と離れて暮らす息子が、借金をしに久々訪ねた際、父親の貯金残高がおかしな減り方をしているのに気づいたからだった。刑安課の人間が密《ひそ》かに調べ、他にも同じような被害を受けている人間を見つけ出した。そこから、JAの職員のなかに詐欺をしている人間がいるらしいと目星をつけ、捜査が始まった。めったにない刑事事件で、おまけに民間最大級の規模を持つ金融機関であるJAでのことだから、誰もが多少浮足だったのは仕方がない。資料を見る限り、被害者の特定にばらつきがあり、金額にも正確性が欠ける。事件の端緒について説明した刑安課の課長や捜査員は、さっきの捜査会議の席上、何度も汗を拭っていたのを思い出す。

それも県警本部の捜査二課が出張ってくることで、かなりフォローはされた。ただ、早い段階で佐紋署の刑安課が動いているという情報が漏れていたらしく、捜査が難航したことが書面からでも窺い知ることができた。そんななか、衣笠鞠子が逃亡しかけたのを二課が寸前で察知し、かろうじて逮捕できたのはなによりだった。

こういう地元との繫《つな》がりが強い地域だと、思いがけない過失によって隠密裏の捜査に支障が出る。警察官の本分は忘れてはいまいが、親しい人間と話をしていると、ひょいと口を滑らせることがある。相手が信頼できる人間だから言ったのではあろうが、その人間がまた別の人間に口を滑らせれば、もう秘密云々《うんぬん》の話ではなくなる。衣笠鞠子が逃亡しようとしたのは、恐らくそういった疎《そ》にして漏れてしまった、という話なのだろう。

戒めの言葉をかけておく必要があるかもしれないと杏美は一旦、思考を深くする。

捜査本部に参加する佐紋署員らのなかには、田舎の署だから、殺人や強盗事件に慣れていないから、という引け目を感じている者もいるだろう。熟達した捜査技術を持つ本部の人間と一緒に組まされての仕事だから、余計そう思わされるかもしれない。そんなところに杏美が戒めるような言葉を吐けば、その気持ちを更に強くさせてしまう虞《おそれ》もある。それだけはあってはならない。どこの誰であろうと、警察官として働く限りはみな同じなのだ。捜査技術が劣っていても、段取りが悪くても、経験が少なくとも、それだけが捜査員としての存在価値を測るものではない。

犯罪を認知したなら警察官は捜索し、被疑者を確保する。それだけがなすべきことなのだ。所轄《しょかつ》の長が捜査本部副本部長であるのは、その身を以《もっ》て、捜一も所轄員も同じ、警察官としての職務を果たせということを伝える役目もあるからだ。

杏美は壁の時計を見上げ、次の捜査会議までの時間を確認する。

発言すべき言葉をじっくり考えてみようと、書類を閉じた。

20

県警本部捜査二課の班長は、ずい分と砕けた男だった。

金融犯罪や企業、頭脳集団を相手にする捜査部門だからか、本部にいるのは大概、スーツやヘアスタイルにこだわる者が多い。杏美自身、本部にいたころは、証券会社の営業マンかと見間違うような刑事を何人も見かけた。

「あの事件なー」と花野と親しいという二課一係を率いる太田《おおた》警部は、スポーツシャツに紺のウールの上着を羽織り、目に被《かぶ》さる髪をかき上げて、苦笑いを浮かべた。

捜査本部のある会議室で、花野と杏美が並んで座っているのと向き合い、食堂の安いコーヒーをうまそうに啜る。

「こっちはやっぱり寒いなぁ。本部の方より二、三度は低い。もっと分厚いジャンパーを持ってくりゃ良かった。お前さんは脂肪があるから寒さは平気だろうが」と、花野に比べて半分ほどの体軀しかない太田は真顔で愚痴る。横を向いて花野の表情を見てみたい衝動を堪《こら》え、杏美は、それでと促す。

紙コップをテーブルに置いて、太田は両膝に手を置いて突っ張るように背を伸ばす。

「あれは、心残りの事件でしたね」

こういうこと言うと俺の昇進に関わるかもしれないけど、とちょっとしょげた顔をし、「消化不良の案件だった」と言った。

「どういうことだ」花野が嚙みつきそうな表情で太田を睨《にら》む。花野とは同じ階級で年齢も近いだけでなく、刑事課暮らしが長いのも同じで遠慮のない間柄らしい。杏美は、ここは黙って二人のやり取りを眺めようと決める。

「そう睨むな。弁解する訳じゃないが、さすがの俺も手こずったんだ。土地柄のせいにはしたくないが、やっぱり土地柄だろう。住民の連携が思ったより強かった」

「被害者か」

「そうだ。衣笠鞠子が詐取した金額は六四三六万ちょっと。一部は、ＪＡの金庫にあった金で、それ以外のほとんどの金は農家の年寄りらから騙《だま》し取ったり、勝手に引き出して盗んだものだ。その被害者を全員浚《さら》って、被害金額を特定しなくてはならない。

およそ、横領や詐欺なんてのは、その金額の多寡《たか》で量刑が決まったりする。佐紋署の刑安課員らと協力して、それこそ農家一軒一軒聞き込みをするつもりで調べた」

「それで」

「それでって。その結果があれだよ」

「他にもあったということか」

「わからんよ。言わないんだから、しようがあるまい」

なんだとぉ、と言って花野が歯を剝く。その体が空気を飲んだかのようにひと回り膨らんで見えたのは杏美だけではなかったらしく、近くにいた捜査員が驚いて距離を取るのが見えた。

「怒るなよ。どんだけ言葉を重ねても、うちは大丈夫です、鞠子さんに盗《と》られたものなんかありません、って言うのがいるんだ。しまいには、あれは鞠子さんにあげたんです、って言い出すのまでいて、俺はひっくり返りそうになったぞ」

だいたい、事件が公《おおやけ》になると、盗まれてもいないのに自分も被害に遭ったかのように出しゃばってくるのがいて当たり前なのに、ここでは逆なんだからな、とまたしょげた風に肩を落とす。

「だからといって真に受けて、放っておく訳にはいかないだろうが」

「そりゃそうだ。年老いた親がそんなでも、息子や娘は違うから、そっちから攻めてみたさ。なんとか通帳や証券やら土地の権利証まで出させて、家族で照らし合わせたり、調べさせたりもした。それでも出てこないのがあった、と俺は今も思っている」

「どれくらいだ」

「うん？　金額か？」

「被害者の数も」

「そうだなぁ。取りこぼした被害者は三、四人ってとこだろうが、金額の大きいのがあった気がする」

「大きい？」

「あくまでも、俺の個人的感触だぞ。ほら、こういう土地には大抵、地元有力者ってのがいるだろう。先祖代々、なんちゃらの家系で、とか」

杏美は跳ねるように背を引いた。そんな様子を花野がじろりと睨みつける。二課の太田警部が意味ありげに見つめ返すのを振り切って、後ろへ首を回して声をかけた。

「誰か、うちの刑安課長を呼んできて。それと重森課長も。今すぐっ」

21

野上麻希は港の突堤に立ち、現場であるテトラポッドを見下ろしていた。

潮が引いている時間帯なので、ほとんどが露出し、コンクリートの乾いた灰白色を見せている。こんなところに落ちたりしたなら、大怪我をする可能性は大いにある。だが、頭を打つというのはどうだろう。足を滑らせたのならまず、足か腰から落ちるのではないか。足をひねり、腰を打ち、両腕を怪我し、それから倒れた拍子に頭くらいは打つかもしれないが。

けれど周防康人巡査は、頭に大きな外傷を負っていた。腕や足腰の怪我はそれに比べて大したことはなかった。日暮れには潮が満ちるから、テトラポッドの半分以上は海中に沈んでいた。それなら余計に、衝撃は緩和されたのではないか。なのに、死んでもおかしくないほどの怪我を負った。

「野上さぁん、来られましたよー」

神田川巡査が呼ぶのに、麻希は慌《あわ》てて突堤から市場の方へと駆け戻った。

活動服に活動帽を着けた伴藤巡査部長が、早足で向かって来て片手を挙げる。

「待たせたか」

「いえ、こちらこそ何度もご足労いただいてすみません」

「いやいや。柳生さんには連絡しておいたからもう来ているだろう」

「ありがとうございます。それじゃあ、お願いします」

「はいはい」

伴藤が先に歩き出し、すぐ後ろを麻希と神田川が歩く。横顔を見せながら伴藤が言う。

「わしがおらんでも、二人で行ったって別に問題はないだろうに」

「ええ、まあ」麻希が頷きながら応《こた》える。「でも、やはり伴藤さんがご一緒だと、柳生さんの対応も違ってくるので。わたしらとはほとんど面識がありませんから。ご協力を惜しまれるということではないでしょうが、どうしても形ばかりの、という感じなんですよね。できれば、こちらが言う前に色々教えていただけるくらいの方が有難いですから」

「なるほどね。まあ、柳生さんとは、うちの息子が世話になっていることもあって親しくはしているけども。例の警官の受傷事件、ややこしい感じになりそうなのか？」

麻希は神田川と目線を交わし、今度は神田川が口を開いた。

「実はまだ、事件、事故のどちらとも言えないんで、僕らも困っているんです」

「そうか。だけどなんでまた市場の防犯カメラを？　昨日見て、なにも映ってなかったんだろう？」

「それが、上司が一応、その映像を借りてこいと言いまして。僕らが見ただけでは納得できないみたいです」

「あそこだけでなく、他の映像もみな集めて回っているんです」と麻希が言うのに、神田川も補足しようと続けた。

「ひとつだけ映っているのがあったんで、他にもないか」と言いかけたところ、麻希が口を歪《ゆが》めるのを見て慌てて閉じた。伴藤は気づかないようで、なるほどとだけ応える。

　階段を上って、漁業組合事務所のスチール製のドアをノックした。

　伴藤を先頭にしてぞろぞろなかに入り、およそ十畳あるかないかの事務室の奥の窓《まど》際《ぎわ》の席に柳生が腰かけているのを見つけて挨拶する。

　昼過ぎだから、事務員の女性がいるくらいで静かだ。柳生も水揚げが終わると一旦、自宅で休み、午後になって書類仕事をしに、ゆっくり事務所に来るのを日課にしていた。そこを伴藤に呼び出され、また映像がどうのと言われたから、案の定、余り機嫌の良い感じではなかった。伴藤もそうと気づいて愛想を振る。

「見せてあげて」と柳生が渋々のように女性事務員に指示する。用意していてくれたらしく、パソコンの画面に既に防犯カメラの過去映像が出ていた。

麻希と神田川が、昨日見たところをもう一度確認する。

周防康人が発見された六時過ぎから二時間程度遡ってみるが、本人もそれ以外の人間の姿も映っていない。小さな天井灯の光に照らされた、だだっ広い空間だけがある。隅には業務用の軽トラックらしい、丸みを帯びた鼻先が見えていた。麻希が、女性事務員に代わって画面を操作する神田川に、「もう少し戻してみて」と言った。神田川がマウスを握りながら、「でも」と言いかけたのをまた睨んで黙らせる。

周防はこの港に来る前、一度だけ防犯カメラの映像に捉えられていた。ここからおよそ徒歩で十分ほど離れた小さなビルの前だ。その時刻が午後四時前。だからそれ以前の時間帯で、ここの場所でのカメラ映像を見る意味がないと、そう言いたいのだ。そうとわかっていても、麻希は念のためと自分自身にも言い聞かせる。

肩をすくめる神田川と口をへの字に曲げる麻希の様子を伴藤は面白げに眺め、一緒に画面を見ようと後ろから近づく。

「あれ」

「うん？」

麻希と神田川が注視するのを見て、伴藤も覗き込み、思わず、あ、と声を漏らした。

二人がさっと振り返ったから、取り繕うこともできない。

画面の刻時を見ると、午後三時十六分だ。男性二人がなにやら揉めている様子が映っていた。柳生までもが気にして近づいて来た。

「なんだ、克弥じゃないか」

柳生がそう言って小さく息を吐いた。伴藤も思わず顔を歪める。

「喧嘩しているみたいですね」

神田川が言うのに麻希も頷き、相手は誰ですかと訊いた。伴藤と柳生が顔を見合わせている。やがて伴藤の方が折れるようにして硬い表情を向けてきた。

「JAの田中。田中光興だ。昨日、二人が喧嘩をしているって聞いて、わしが慌てて仲裁に向かった」

「そうだったんですか」と麻希は伴藤の顔をしばらく見つめた。

漁協のカメラを借り出す必要があって出張ってきたのは事実だが、麻希には他にも意図するところがあった。

交通課員の報告書に記載のあった、伴藤克弥が港で喧嘩をしたらしいという話だ。

その克弥を父親である伴藤が引き取ったということもわかっている。近くの主婦の又聞きらしいが、周防巡査が発見される以前に現場付近で起きたことだったから、そのことを確認する必要があると麻希は考えた。

ただ、伴藤にとっては身内のことだから、ストレートに訊くよりは映像を見て、自ら話してもらうように仕向けるのが一番だと思った。映像を見せてすぐに詰め寄れば、伴藤も正直に言わざるを得ないだろう。喧嘩の映像がちゃんと映っているかどうかはわからなかったが、まずは麻希にとっていい方に傾いたということだ。

思惑通り、伴藤駐在員は狼狽え、急に口数が増えた。それに柳生までもが加わる。伴藤克弥と田中光興は仲が悪く、顔を合わせれば揉め、そのことに父親である伴藤弘敏だけでなく組合長である柳生も手を焼いていた。その日の喧嘩は、柳生は知らなかったらしいが、克弥が今日の漁を休んでいることからも、こういうことだったのかと合点し、改めて困った顔をして見せる。伴藤の方は明らかに恐縮した態度で、麻希に対してか柳生に対してか、面目ないと繰り返した。

「見た感じ、大した揉めようですが、伴藤さん一人でよく喧嘩を納められましたね」と話を戻して言う。伴藤から返事はない。どうしたのかと振り返ると、はっと顔を上げ、「いや、実は駆けつけたときはもう終わっていて」と頭を掻《か》き始めた。

喧嘩は半時間ほどで片がつき、克弥は怪我の痛みと興奮した気持ちを納めるため、缶ビールを飲んで道端でうたた寝していた。そんなところに伴藤がやって来て、叱りながら連れ帰ったということらしい。

「それじゃあ、伴藤さん自身は港まで行っていない？」

「え。ああ、そうだな」

「喧嘩相手の田中さんの姿も見ていない？」

「ああ」

「克弥さんと会ったのは何時ごろですか」

「え—、と五時半、いや六時近かったかな。なんでそんなことを訊く？」

麻希は応えず、画面に目をやる。神田川も黙って見ているから、妙な沈黙が下りた。

柳生はわからず首を傾《かし》げるだけだが、伴藤はさすがに思い至って、徐々に顔色を赤くさせていった。

「おい、まさか、克弥があの警官をテトラに突き落としたとか言うんじゃないだろうな」

その言葉に、柳生や女性事務員までもが、ええっと顔色を変えた。

「なにも言っていません」

「いや、カメラの映像を持ち帰って確認するっていうのはそういうことじゃないのか。うちの克弥か若しくは田中がやったとでも言うんじゃなかろうな。ああ、そうか、二人が喧嘩している現場に、その怪我をしたとかいう警官が出くわして、止めに入ったのを逆にやられたとか、そういう風に考えているんだろう」

「伴藤さん、わたしも神田川巡査もなにも言ってませんし、上からもそんなことは聞かされていません。ただ、この映像を持ち帰るように言われただけですので」

「誰だ、その持ち帰って来いと言った上司は。このなにも映っていない映像が、どうして必要なのか、わしが直接訊いてみる」

「伴藤さん、落ち着いてください。だいたい、そのときの克弥さんにそんな風な様子が見えましたか？」

「なんだ、そんな風って」

「ですから、喧嘩の最中に、誰かを巻き添えにしたのなら、それなりに動揺したと思いますが、そんな様子があったのか」

　周防康人は、庁外における勤務の最中だったから砕けた服だった。外見だけ見れば近所の普通の若者にしか見えなかっただろう。だが周防なら、たとえ私服でも喧嘩をしているのを見かけたなら仲裁に入ったのではないか。麻希はそんな考えを微塵《みじん》も見せず、ひたすら伴藤の顔を冷静に見つめた。

伴藤は少し思案するかのように眉根《まゆね》を寄せ、すぐに激しく首を振った。

「まさか、いくらなんでも関係のない人間を怪我させたなら救急車を呼ぶ。田中だっていたんだ。第一、警官が見つかったのは突堤の先のテトラの上だろう？　二人が喧嘩しているのは市場だぞ。この映像を見てみろ。市場から突堤までは距離がある。鬼ごっこでもあるまいし、そんなところまで行く筈《はず》がない」

それに、と伴藤は考える。ついさっき親子で自宅を訪ねた息子からは、そんな大それたことをした様子は少しも窺えなかった。一日経って、港で怪我をした男が本署の警官だったことは知られている。そうとわかって、あんな落ち着いた態度など取れよう筈がない。そんな冷徹な人間でないことは親である自分が一番よくわかっている、といっそう気持ちを強くした。

「そうですね。伴藤さんがおっしゃったことは、わたしからも上に伝えておきます。それじゃあ」

伴藤は更に言おうと身を乗り出すが、麻希はさっさと映像のＤＶＤを受け取り、神田川巡査を促した。柳生への挨拶もそこそこに部屋を出る。

そんな二人の姿を見送った伴藤は、それまでの怒りがまるで水で流し落とされたかのような無表情となった。そして視線を静かに、先ほどまで映像の映し出されていたパソコンに向ける。

そんな様子を柳生組合長と女子事務員は不思議そうに眺めたのだった。

野上麻希は、手に入れた映像を鞄《かばん》に入れると足早に車へと向かった。すぐに本署に戻り、たった今聞いた伴藤駐在員の話を報告し、改めて色んな人間に聴取する必要があると進言しようと考えていた。

助手席に座って走り出してすぐ、運転する神田川がなにか言った。

「え。なんて」と聴き取れなかったので問い返す。神田川が説明するのを聞いて、「伴藤さんが？」と首を傾げた。

「ええ。気づかなかったですか。変な顔していましたよ」

「いつ」

「ほら、野上さんが訊いているのに、すぐに返事しなかったじゃないすか」

麻希は神田川から視線をフロントガラスへと向ける。

「あの映像を見ていたときか」と呟《つぶや》くと、隣で頷く気配がした。「伴藤さんの息子の克弥がＪＡの田中と喧嘩している映像ね」

「そう。三人一緒にそのシーンを見ていたとき」

「まあ、それは、息子のあんな醜態がばっちり映っていたんだから動揺もするでしょ」

「動揺とか、そんな感じじゃなかったけどな」

「どんな感じだったっていうの」麻希は、要領を得ない神田川の話に、少し苛《いら》つきながら鞄のなかのＤＶＤを上から押さえる。

「なんていうのか、不思議そうな感じ？」

「不思議？　なにそれ。息子の喧嘩を見て変だなって思うの？　あの二人は以前から揉めていたって話じゃないの」

「そうすよね。今更ですよね。だから余計に僕も妙だなって、気になったんですけど」

麻希は横目でちらりと神田川を見、すぐに視線を前方へと向ける。

まだまだ、神田川巡査には人の感情の揺らぎを的確に受け取り、正しく読み解くだけの技量がない。それは以前、一緒に対応した狂言ストーカー事件のときでも感じたことだ。そういうのは場数を踏んで、多くの人間と接することで得られるものだと思っている。麻希自身も未熟ではあるが、神田川よりは数年分マシであるつもりだ。

「ま、とにかく戻って報告よ。次は伴藤克弥の聴取をしてみる必要があるわね」

「やっぱり怪しいですか」

「わからない。でも確認する必要はある。少なくとも、周防巡査が港にいた時刻に、克弥が現場近くをうろうろしていた可能性があるのだから」

「だけど、喧嘩の仲裁をされたくらいであんな酷いことしますかね」

「……」

伴藤が言った『いくらなんでも関係のない人間を怪我させたなら救急車を呼ぶ』は、麻希もそう簡単に否定できないと思っている。

「第一、周防巡査は四時少し前に港から離れた場所にいた訳ですよね。それから港で、喧嘩をしている二人に遭遇するかな。克弥が言うには三時過ぎに始まって、半時間ほどで片がついたんでしょ。喧嘩はとっくに終わっていたんじゃないすか。二人が揃《そろ》って残っていたとも思えないし」

「すぐに終わったって言うのは、あくまでも本人の弁でしょ」

だけどなぁ、とハンドルを切りながら、首を傾げる。

「僕は二人とも知ってますけど、あの映像を見てもわかる通り、体格の差は歴然っすよ。克弥の圧勝でたちまち終了したと思うけどな」

「もしかすると、倒れている田中を周防巡査が見つけたのかも」

「？」

「暴行傷害の現行犯よ。すぐに伴藤克弥を追いかけ、連行しようとしたとか。それで抵抗され、逆襲された」

「だけど周防さんが見つかったのは突堤ですよ。克弥は酔ってはいたけど港から家の方へと向っていたんですよね。そのことは伴藤さんも言っているし、途中で見かけた主婦も証言している。市場から突堤までは百メートルくらいは離れていて、自宅へは市場を挟んで逆の方になりますよ」

「うーん」

「ちょっと無理があるよなぁー」と偉そうに言う。麻希自身もそう思うから、言い返せない。

「わかってる。それより、その田中ってどんな人？」

あー、と口を開けたまま、フロントガラスの少し上を見つめる。ちゃんと前見て、と麻希がすかさず言う。

「真面目《まじめ》な職員って感じかな。国立の大学を出ていて頭はいいし、卒業後は東京に出て、いい仕事に就いていたらしいっすけど、五、六年で辞めてこっちに戻って来て、それからはずっと佐紋。僕はあの、詐欺《さぎ》・横領事件のときはここにいなかったから事件がらみで話をしたことはないっすけど、顔を見たら立ち話くらいはしますね」

「そうか。あの事件のとき、田中も一応、取り調べを受けているわね」

「でしょうね。あのときいたＪＡ職員はみな聴取されていますよ。事件後、結婚退職した女性はいますが、それ以外は全員、あの事件のときのまま。ま、当然ながら組合長はそのあとに赴任して来た人ですけど」

「当時の記録を読んだの？」

「え。ああ、田添副、じゃない署長代理に捜査記録を出せと言われたあと、自分でも色々パソコンのデータを浚ってみたんすよ」

「ふうん。さすがは刑事係ね。小牧山の事件、気になる？」

「え。ま、そりゃ。なんせ、十八年振りの殺人すからね」

「なんで、衣笠鞠子はここに戻って来たのかしらね」

「それが捜査本部でも、大いなる疑問になってるみたいすよ」

署の刑安課に戻れば、同僚らが捜査会議での話をしてくれると言う。直接タッチしていなくても、同時進行で経過や情報を手に入れられるのだろう。一方、同じ刑安課でも、生活安全係の野上麻希は、端《はな》から関係がないという扱いだ。同僚や上司は捜査会議に出て、実際の捜査にも携わっているのに、そんな話をしてくれる様子はない。それが麻希が女だからか、刑事係でないからか、それ以外の理由なのか。好意的に考えれば、こっちの仕事に集中するよう気を遣われているのだろうが、本当のところはわからない。こういうときは、少し残念な気持ちが湧く。

「こっちには恨んでいる人ばかりだろうになぁ」

「え。ああ。衣笠鞠子ね」

麻希は大きく息を吐き出し、胸にかかりかけた靄《もや》を振るい落とす。力を入れて背筋を伸ばした。今は、与えられた任務を遂行するだけだ。少なくとも田添杏美なら、女だからという理由を振りかざしたりはしないだろう。そう信じたい。

「確かに、鞠子の口車に乗って虎《とら》の子を奪われた被害者がいるこの佐紋に、どうして戻って来たのかしらね」と話を続けた。

「なにかよっぽどの訳があるのか。ここには鞠子の庇護者《ひごしゃ》みたいなのがいるって話まで出ているみたいすよ」

「え、庇護者？」麻希は神田川の言葉にはっと顔を上げた。

「まあ、ファンっていうんすかね」

「詐欺師にファン？」

麻希の戸惑うような言葉がおかしかったのか、短い笑い声を上げる。更に調子に乗って、こういうの火中の栗《くり》を拾いに行くっていうんでしょ？　とあたかも麻希なら古いことわざを使った方がいいかのように、自信ありげに言う。無視してサイドウィンドウへと顔を向けた。

そのことわざは違うでしょと思いながら、窓の向こうに見えてきた本署へと視線を移す。二階建ての古い庁舎は、周囲に建物もなく、薄墨色の空を背景にして孤独に佇《ちょ》立《りつ》している。灰色のコンクリート壁面は、そんな空の色を映すかのように陰気さを濃くしていた。見慣れた建物なのに、なぜか息を詰めてなにかに耐えているように見える。麻希は、鞄を引き寄せＤＶＤの感触を確かめた。

栗か。この佐紋に栗があるとしたら、どんな栗なのだろう。

22

今回の捜査会議はこれまでと違うと、杏美は体内の血流が勢いを増すのを感じた。

ようやく、ホワイトボードに書き込まれるだけの名前が出てきたのだ。

花野は、捜査員らが説明するのをなぜか離れた窓際で腕を組んで眺めている。杏美ら幹部連中と向き合うような形だが、視線はずっとホワイトボードに張りついていた。刑事部長に替わって捜査本部長の任に就く、若い管理官が興奮したように問いかけた。

「動機があるというのなら、この久野部達吉をひとまず呼んでみてはどうでしょう」

それを聞いて、会議室の隅で小出係長が飛び上がるのが見えた。隣では重森課長も立ったまませり出した腹の上で腕を組み、左右の人差し指を忙《せわ》し気に動かしている。管理官もそれを見つけたらしく、手元の書類にさっと目を落とした。

「なるほど。警察署協議会のメンバーですか」と、どうしようという風に視線を杏美へと向けてくる。

「必要であればもちろん、誰であろうと聴取すべきかと思いますが、まさか逃走の虞もないでしょうし、ひとまず捜査員を派遣させて聴き取りをするというのはどうでしょう」

「そうですね。その方がいいかもしれません、花野班長の考えは？」

窓際に立ったまま、「周辺からまず攻めたいと思いますが」と言う。杏美も小さく頷き、首を回して後ろのホワイトボードを見つめた。

久野部達吉には、今年、九十九歳になる母親がいる。今は、専門の療養施設に入っているが、数年前まで元気に畑仕事をしていたらしい。久野部にとって唯一《ゆいいつ》、頭の上がらないのがこの母親で、久野部家を取り仕切り、盛り立て、地域の顔役としても永く貢献してきた。代替わりしてからは、本宅から離れた田畑に囲まれた静かでこぢんまりした家に移り、そこで余生を送るようになった。

久野部達吉の父親の死後は、財産の半分がその母親名義となったが、頭もしっかりしていたので、現金以外の資産のほとんどを手元に置いていた。

代々、庄屋で網元までなした家で、昭和の初めころまで、この佐紋一帯のほとんどの土地が久野部家のものだった。それもずい分減ったとはいえ、まだまだ町の資産家といえば久野部の名前が一番に上がった。誰が考えても、衣笠鞠子が真っ先に狙《ねら》う獲物だろう。

「四年前、衣笠鞠子による詐欺・横領事件が発覚し、捜査員は久野部達吉の母、久野部アズの資産についても問い合わせましたが、被害はなかったとの一点張りだったそうです。あれほどの資産家を衣笠が狙わなかったというのも妙な話で、捜査員らもしつこく問い詰めたようですが、結局、被害届は出されませんでした。その後、久野部アズが体調を崩し、聞くところによると認知症までも発症したらしいということです。すぐに施設を見つけて入所させたようで、そんな事情もあって本人には聴取どころか、面会もできない有様です」

報告を終えた捜査員が席に着き、替わって別の捜査員が久野部家の資産について簡単に説明をする。個人情報なのであくまで概算だが、総資産八億円以上となるらしい。そのうち、相続で半分近くを久野部アズ名義として持っていたとしたら、四億近いものを九十過ぎの老女が保管していたことになる。詳しいことは知らなくても、地元の人間ならだいたいの金額は予想できたのではないか。

もし、その大半を鞠子に奪われたとしたら、なぜ久野部は被害を申し立てなかったのか。いくら母親に頭が上がらないとはいえ、尋常な金額ではない。

杏美は、そんな疑惑を太田警部から聞くなり、すぐさま刑安課長や重森課長を呼びつけて問うたのだった。二人は揃って渋い顔をしてみせ、額を何度も撫《な》で擦《こす》った。

「署長代理、それはやはり久野部さんだからでしょう」

「どういうことですか」

「地域の指導者として君臨して来られた方ということです。署長代理も御存知の通り、協議会のメンバーとしても永く、この佐紋の治安を守られてきた。様々な事業を起こしては、町の発展のために働き、佐紋が過疎化《かそか》しないよう先頭に立って努力しておられる。佐紋を誰よりも大事にし、それだけの尽力を惜しまなかった方です。それゆえ、地元の人間も下にも置かない扱いをしている訳でして」

「なにを言ってるの。いつの時代の話ですか」

重森課長は大きな腹を撫でながら、「そういう町なのですよ、佐紋は」と突き放すように応えた。

隣で刑安課長が首を垂れる。「当時、久野部さんは、強固に被害はなかったと言われました。うちとしてもそんな筈はない、正直に言ってくれ、力になると散々言いました。ところが却《かえ》って怒り出す始末で、これ以上妙なことを言い張るなら今後、警察にはなにも協力せんとまで言われた。そうなるとこちらもさすがに引き下がるしかなかった訳でして」

「どうしてそこまで隠そうとしたのでしょう」

「正しいかどうかはわかりませんが」と重森についてやって来た小出係長が言う。

「久野部さんは、母親のアズさんを非常に大事にしておられる。そのアズさんが、あの事件が発覚してからおかしくなられたという噂《うわさ》が立ちました。もし、被害に遭ったと言えば、どうしても聴取を受けねばならない。ショックで精神だけでなく体調まで崩した母親にこれ以上辛《つら》い思いをさせたくない、なんとしてでも守ろうと思われたのではないでしょうか」

「それなら、なにか他のやり方があったでしょう。久野部さん自身が替わって証言されてもいい」

「そこに、久野部さんの立場とプライドが加わったのではないですか」

「なんですって？」

「地域の有力者として農家、漁師らから一目置かれ、町長すらも自分の匙《さじ》加減ひとつでどうにでもなる。そういう自負を持ち、権勢を掌中にしてきた人が、あんなＪＡの地味な女に手玉に取られ、まんまと財産を奪われたと世間に知られることが、家の恥になると感じたのではないでしょうか」

「そんなこと」

「おまけに警察の取り調べを受け、家内のあれこれを話さねばならない。年老いた母親がむざむざ騙されていたのも気づかず、放ったらかしにしていたとわかれば、人に笑われると思われたでしょう」

やり取りを聞いていた花野が最後に言った。

「そういう人間もいる。世の中には様々な人間がいるということだ。自分の知る常識こそが常識だと思い込んでいる人間に、人を理解することはおろか、社会で起きる現象の真実を突き止め、見極めることなどできんだろう」

頭に血が昇った。昇ったまま、周囲の目を気にして息を止めて堪えるから、顔だけでなく全身が赤く膨張した。杏美は、花野を睨みつけ、なにも言わず顔を背けたのだった。

23

花野司朗は窓際に立ったまま、捜査員の方へ体を向け、大声を張った。

「久野部の周辺関係者から聞き込みを始め、詐欺の被害を受けた事実を突き止めるんだ。その上で久野部を参考人として呼ぶ」

「早急に久野部のアリバイも確認してください」

管理官がわざわざ言うのに、一同、重々しく頷《うなず》いた。

杏美は身悶《みもだ》えする総務課長と係長から目を離し、新たに判明した衣笠鞠子の足取りについて教えてくれと言った。

「ひと月前に出所したのち、衣笠鞠子は刑務所暮らしの垢《あか》を落とすように、美容院やエステに行き、身支度を整え、おまけに久々のホスト遊びまで堪能《たんのう》しました。そして事件の数日前、隣の署管内までやって来て、そこのホテルに宿泊していることが確認されています」

別の捜査員が立ち上がる。

「隣町で衣笠と関係するものは見当たりません。ホテルの従業員の話でも、なにをするでもなく、ぶらぶらしていたようです。恐らく、そこで誰かからの連絡を待っていたのではないでしょうか。その人物は、出所してきた衣笠鞠子に身支度にかかった金やホテル代などを渡した人物と同一人とも考えられます」

「鞠子にそこまでしてあげるなんて、どういう繋がりなのかしら」

衣笠鞠子は血縁の薄い女だ。両親は既に亡《な》く、遠縁が佐紋に暮らすが付き合いはないらしい。事件が発覚してからはなおのこと、他人も同然だと言われていた。

大学は県外だったが、それまでの学生時代をこの佐紋で送っていた。どの時期にも、男女を問わず特別親しくしていた人間はいない。頭は悪くなかったようだが、小柄で引っ込み思案、なかには人を小馬鹿《こばか》にした態度だったと言う者もいて、積極的に親しくなりたい人間ではなかったようだ。そんな風に思われていることを鞠子自身、気づいていただろうが気に病む素振りは見せなかった。独りで生きてゆくことに恐れも怯《ひる》みもなかったようだ。

このことは前回の事件の際にも、二課らによって調べ尽くされている。改めて刑安課の刑事らが佐紋に住む衣笠鞠子と同じ高校、中学の同窓生に会いに行き、やはり同じ証言を得ていた。そんなことから、血縁や友人が味方しているとは考えにくい。いったい、どういう繋がりの人間なのだろう。

花野は雛壇《ひなだん》の席に着かず、またうろうろと室内を歩き始めた。側を通られるたび、捜一の刑事はともかく所轄の刑事らはびくびくと視線を揺らしている。

「地元農家の衣笠鞠子に対する信頼が未《いま》だに健在ならば、鞠子から頼まれて金を都合する人間はいるかもしれない。また、被害総額と実際に詐取した金額にズレがあるとするなら、表に出なかった金員の行方も考え合わせ、共犯者の可能性も視野に入れる必要がある」

「共犯者」

杏美は首を傾げる。当時の捜査で県警本部の捜査二課が、よもや共犯者を捕捉《ほそく》し得なかったとは考えられないし、思いたくもない。実際、カジュアルな格好で、花野の依頼に応えてやって来てくれた太田警部は、共犯の可能性については頑として認めなかった。衣笠鞠子が誰かと共謀して詐欺や横領をしていた形跡はなかった。鞠子が気を許していたような人間は、少なくともこの佐紋にはいなかった。遠く離れた歓楽街には、気に入りのホストはいても、所詮《しょせん》遊びの道具と割り切っていた。来れば楽しそうにはしていたが、いつもどこかでホストをバカにしていたと、散々、貢《みつ》いでもらった当のホストが崩れた笑みを浮かべてそう言ったのだそうだ。

太田警部は帰り際、あの女は簡単に他人を信用するタマじゃない、それだけは、間違いないと柔和な目を光らせた。

人を利用することになんの呵責《かしゃく》も感じない女。そういう女が、取りあえずの金をせびるとすれば、やはりここ佐紋にいる庇護者か。未だに鞠子を良い人だったと言う老人がいる。

その真逆に位置するのが、大切な金を奪われた被害者とその家族だ。そのなかでも特に捜査本部が注目しているのが、被害届も出さず、自身の立場を貶《おとし》めたくないがため、我慢の泥を飲み込んだ久野部達吉だ。その久野部が衣笠鞠子の帰郷を知ったなら、どうしただろうか。

久野部なら、犯行現場まで車ででも自転車ででも、人の目を気にせず自在に往復できただろうし、誰も疑うことはなかっただろう。もっと言えば、不審な行動を取っていると気づいたとしても、そのことをリークする人間はいないのではないか。

久野部の名を見ているうち、事件当日の午後六時ごろ、漁港の付近で柳生漁業組合長と一緒にいたことを思い出す。二人でなにをし、なんの話をしていたのだろう。漁協の存続が危ういとき、柳生が頼りにするのはやはり久野部ではないだろうか。

そういったことを含め、これから本格的に犯行時刻前後の行動やそれに遡《さかのぼ》っての居場所などが調べられる。衣笠鞠子に対し、動機を持つ者はみな調べ尽くされる筈だ。捜査は進んでいる。そう思いながらも、言い知れぬ不安が胸を覆《おお》うのを止められない。捜一や佐紋署員の力量に疑問を持つ訳ではないが、本当に真実が真実として明らかにされるだろうか。ため息を飲み込んだ。

赴任したての杏美に、この佐紋でのことは予想しなかったことばかりだ。重森や小出のように、ここで働き続けていれば自《おの》ずと知ることができて理解可能なことなのだろうか。海岸線を持ち、山や田畑に囲まれた町、過疎化を止められない田舎の町。根を張り、この土地以外のどこも知らず、長く暮らし続けてきた人々の思い。土地が人であり、人が土地なのだ。辞令ひとつで職場を変え、暮らしを変える杏美らにはどれほどの誠意と真摯《しんし》さを以《もっ》てしても所詮、理解できないことだろう。だが、佐紋に生まれ育った衣笠鞠子には理解できた。理解し合えた。少なくともそう信じさせることができたのだ。

花野が吼《ほ》えた。

「どれもこれも、噂や小さな疑惑から掘り起こした推測ばかりだ。物証を探せ。証言を手に入れろ。衣笠鞠子が佐紋に戻って来たことを知る人間、戻ることを手助けした人間。どうして衣笠鞠子が戻って来たのか、なぜ、小牧山の納屋《なや》に現れたのか。未だ、隣町からあの納屋に出向く鞠子の姿を見かけたという目撃者が出てこないのはどういうことだ。まだなにひとつ事件解決に繋《つな》がるものが出てきていない。佐紋の町中を駆けずり回って残らず洗い出せ。全《すべ》ての疑問の解答をここに持ち帰れ、いいな」

幾重にも合わさった声が、会議室の壁を這《は》うように響いた。捜一の刑事と並んで座る、佐紋の刑安課の刑事らも同じ声、同じ顔つきになってきていると杏美は思った。

全員が立ち上がり、出入り口へと向かう。

雛壇に戻って来た花野は、本部に戻る管理官に挨拶《あいさつ》し、その背を見送ったあと、ようやく大きな体を席に沈めた。

杏美は席を立って花野の側に行く。花野は手にある書類に目を落としたままだ。

「気に入らないみたいね」

「なにがでしょう」花野は視線を上げない。

「久野部さんを容疑者とするには、まだなにか足りないと思っているのじゃない？　そんな風に見えたけど」

杏美は会議のあいだ、歩きながらホワイトボードを睨む花野の顔を時折、見ていた。少しも興奮しているようには見えなかった。

花野は書類をテーブルに置き、ようやく顔を上げた。「足りないじゃない。端からないに等しい」

「ない？　疑いがないってこと？」

「七十六のじいさんが、いくら金を盗られて腹が立つからといって殴り殺すか？　衣笠鞠子には激しい暴力を受けた形跡がある」

「それこそ、人には測り知れないところがあるってことじゃないの。常識の通じない現実もある」

立っていても、座る花野の顔は杏美のほんの僅《わず》か下にあるだけだ。憎々し気に見つめ返されるかと思ったが、意外に落ち着いた表情だ。

「地元の有力者だかなんだか知らんが、だったらなおさら、自分の手を汚す真似《まね》はせんだろう」

「衝動的かもしれないわ。話し込んでいるうち、怒りが抑制不能になった」

「ふん。衣笠鞠子を呼び出して金を返せと詰め寄ったっていうのか」

「それか、騙《だま》し取られたことを公にすると脅されたとか」

「なるほど。プライドの高い人間なら、そういうのもありかもしれんが」

激しい殴打《おうだ》の痕跡《こんせき》は、犯人の感情の暴発の証《あかし》だ。衣笠鞠子を酷《ひど》く憎んでいたか、積年の恨みか、なにかで憤《いきどお》っていたか。

「気に入らないのね」

「そんな相手に人気のない小屋に呼び出され、むざむざ殺されるのがおかしい」

「共犯者」

「なに？」

「久野部に共犯者がいたら？」

「なるほど。久野部の忠臣が替わりに出向き、罰を与えたか。だが、そうなると」

わかってます、と杏美は手で制する。そんな人間が、激昂《げっこう》の末の殺人を行うとは考えにくい。

「なにかがズレている。そんな気がする。妙な事件だ」

花野は再び、手元の書類を繰り始めた。

細長い事務テーブルには、書類がうずたかく積まれている。手元には、久野部以外の衣笠鞠子に繋がる人間をピックアップしたリストがある。それら関係者の身上調査、事件当日のアリバイなどが徐々に集まって来ている。

当時、緊急配備がかかっていたことで、警戒に出ていた誰かによって目撃されているケースが多く、それをいちいち聴き取り、互いの証言を合致させた。そのため関係者らのアリバイは比較的簡単に証明され、多くの人間が既に排除されている。

花野は、それをもう一度確認し始めたのだ。側の書類ファイルのなかに、佐紋署交通課の木崎巡査部長による報告書も挟まれていた。

24

終業時間になり、食堂の自販機でコーヒーを買った。

木崎亜津子は、慌ただしく出て行く捜査の車を窓から見送り、温かい紙コップを手にする。これから保育園へ未亜を迎えに行くのだが、その前に、ひと息吐《つ》こうと思ったのだ。

陽の暮れるのが早くなり、その分、寒さも沁《し》みてくる。冬が近づくのを感じるほどに、憂鬱《ゆううつ》な気分も深さを増す。寒くなれば風邪が流行《はや》り、未亜は保育園でうつされるのか一冬に必ず一、二度は罹《かか》ってしまう。一緒にいるときならいいが、保育園で熱を出されると、慌てて引き取りに行かなくてはならないから困る。それから病院となると時間がかかるし、午後だと診療時間外に当たることも多い。だが、今いる保育園は堀尾病院の系列なので、保育士の先生が聞いてみましょうかとすかさず言ってくれる。

そのまま病院に向かえば、ほとんど待つことなく診察を受けさせてもらえる。亜津子に限らず、保育園に入所している子どもはみなそういう恩恵を受けられるのだ。園児のほとんどが、堀尾病院の医療従事者を身内に持っているからだ。そんななか、亜津子も同じ待遇で扱ってもらえるのは、やはり堀尾医師の口利《くちき》きに他ならない。

このあいだ、警備課員の捜索のため、酷く遅くなった。それまでの遅刻と合わせて、もしかすると注意されるかと思ったが呼び出されることはなかった。余りに時間にルーズだと、園長と面会した上で改善方法が見つからない場合は、転園も考えるよう迫られる。なんらお咎《とが》めがなかったことに、亜津子は心から安堵《あんど》したのだ。

それもやはり堀尾のお蔭《かげ》かもしれない。温《ぬる》くなったコーヒーを一気に飲み干し、紙コップをゴミ箱に入れた。

あれから、小牧山の事件の捜査本部が置かれ、佐紋署は全署挙げての事件対応となった。警察署協議会のメンバーである堀尾も、署に何度かやって来たのを見かけていた。協力を申し出るという建前で顔を出し、口を出すのだ。ちらりとでも目を合わせてしまったときは仕方なく挨拶はするが、堀尾は普段と同じように簡単な話を振って、必ず未亜のことを聞いた。常から、保育園には言い含めていると言いたいのかもしれない。

ふうと息を吐き、鞄を肩にかけ、ジャケットの衿《えり》を合わせる。

「今、帰り？」

食堂を出たところで、廊下の奥から田添杏美の声がかかった。慌《あわ》てて直立し、室内の敬礼をする。

「保育園にお迎えね」

「はい」

「このあいだはご苦労でした」

「え」

一瞬、なんのことかわからなかった。それが、警備課の周防巡査の捜索のことと知って戸惑う。もう、あれから時間も経《た》つし、今は小牧山の件が最重要案件になっている筈だ。

「あなたの報告書、とても役に立っている」

「え。あ、ありがとうございます」

杏美は大きな笑みを広げた。亜津子は鞄のストラップを握ったまま固まる。そんなことをわざわざ言われるとは思ってもみなかった。

「じゃあ」

さっと手を挙げてくるりと背を向け、すたすたと署長室の方へと歩いて行く。亜津子はすぐに上半身を折り、失礼します、と声を上げた。

庁舎の裏口から外へ出る。風が強く吹いて、髪が逆立ち、首筋に冷気が走った。なのに余り寒いという気がしなかった。むしろ頰が火照《ほて》るのを感じた。

「どうせなら、みんながいるところで褒めてくれたら良かったのに」

笑みながら、憎まれ口を叩《たた》いてみる。いや、そうじゃないかと亜津子は思い直した。もし、さっきのようなことを交通課の上司や同僚らの前で言われたなら、どうだろう。人より先んじて帰って行く亜津子に対し、素直に、へえ、と感嘆する者は少ないかもしれない。部下の若い巡査にしても、一緒に捜索に出て報告書の中身を読んでいるだけに、なんであれがと思うかもしれない。そのときは嬉《うれ》しくて同僚らと共に笑い合えても、そのあとなにか仕事を片付けるたび、労《いた》わりや褒める言葉を強くされるだろう。そして万が一、自分のやっている不正が明らかになったとき、いっそういたたまれなくなる。

そこまで考えて、はっと頰を硬くした。そんなことは起きない、絶対に起きない、そう強く念じる。祈るしかない。そう思いながら、歩くのを早めた。

保育園の門が見えたとき、そういえば田添署長代理は過去形で話さなかったな、と唐突に思い出した。

『役に立っている』

まるで今もそうであるかのように言った。たぶん、言い間違えたのだろう。木崎亜津子は保育園の門扉《もんぴ》を押し開けて、駆け出した。

「こんばんはー。木崎です」

25

「え。緊急配備？」

田添杏美は昼食を終え、署長室に戻りかけていた足を止め、重森課長を振り返る。

隣には小出係長も立っている。

「はい、今、隣の署から、被疑者がこちらへ逃走した可能性があると知らせてきましてね」

「指令室から配備指示が出たの？　聞いてないわ」

「いえ、まだ出てはおりませんが、その必要性があるかと」

「どういう事案？」

杏美は、重森課長らと一緒に署長室に入る。間もなく刑安課長もやって来た。詳細を訊《き》く。

すぐ隣の管内では、少し前に大がかりな違法賭博《とばく》が摘発された。その関係で、本部二課の太田も出張って来ていたのだが、二課に関係する身柄は確保したらしく、既に本部に戻っている筈だった。

ただ、その賭博の開帳者の一人と思われる人物が、摘発現場から逃走していた。所《しょ》轄《かつ》の捜査員、本部生安課が引き続き捜索していたところ、今日になってようやく立ち寄り先に現れた。すぐに確保しようとしたのだが、どういった手落ちか、また逃げられたという。どうやら薬物の所持もあり、他にも色々やっている前科のある常習者らしかった。執行猶予《ゆうよ》中でもあったから、今度捕まれば長くなるとわかって必死に逃げているのだろう。追い込まれた挙句、こちらへ逃げ込んだ可能性もあると一報があったのだ。

「緊急配備ですか」と刑安課長が首を傾げる。

事件が発生した場合は、被疑者確保のため、発生署管内を中心として隣接署が検問などを設けて逃走を阻止する。どんな被疑者かわからないし、どのような行動に出るか予測できないからだ。通常、本部通信指令室から、緊急配備を敷くよう一斉指令が発せられるのだが、必要に応じ所属長判断で、同様の態勢を取ることは可能だ。

だが、この場合は元々捜していた被疑者をいざ捕獲の段になって取り逃がし、追跡中となったものだ。捜査員らの態勢も、その被疑者目当てのもので充分な構えとなっている。逃げているとはいえ、被疑者の行動もある程度予測できるだろう。捜査員にしても、応援してもらうのに否《いな》はないだろうが、できれば自分達で捕捉したいと考えている筈だ。

もちろん佐紋のなかで、隣接署員や本部生安が捕物をするのは別に構わないし、協力も厭《いと》わない。その点の了承を得るための一報なのだ。同じ刑事部門の刑安課長が渋い顔をするのも、その辺の兼ね合いを知っていて、刑事同士通底しているものがあるからだろう。刑安課長は更に首をひねる。

「今は、うちには人手がありません。調べに走っている連中には、逃走犯のことはすぐに知らせましたが、そちらの応援はできかねます」

「だが、万が一、うちの管内でなにかあったらどうします」と、重森がむっとした表情で刑安課長を一瞥《いちべつ》する。重森には重森の心配がある。小出は二人のあいだで、どっちつかずのまま黙り込んでいた。

「わかりました」

杏美は時計を見て言う。

「現在、小牧山事件の捜査を行っている者は外し、緊急を要する仕事に従事していない者は全員、緊急配備と同じ態勢で取りかかるよう指示してください」

「え。そんな大袈裟《おおげさ》な」と刑安課長。

「駐在員にも全員、捜索に出るよう言ってください」

「駐在も？」今度は重森が戸惑う声を上げた。

杏美は頷いた。追跡している隣接署の捜査員と連絡を取りながら、現場を流動的に運用する。配備態勢も適宜様子を見ながら維持すればいい。すぐに捕まれば、すぐに解除する。もし取り逃がしてしまうようなら、二時間を目途に解除する。

「相手が必死で逃げているということが問題よ。自棄《やけ》になって無茶なことをされれば重大事案を招きかねない。そうなる前に手を打つのに、躊躇《ちゅうちょ》する必要はないと思います」

杏美の視線を受けた三人は、それぞれ違う表情を浮かべて、ひとまず頷いた。まず重森と小出が署長室を出て行きかける。それを後ろから念押しした。

「協議会には知らせないで。特に、久野部さんには」

二人は振り返り、もちろんだという風に首を振った。刑安課長は、捜査本部の花野らにも知らせておくと言って出て行った。

間もなく、庁内アナウンスが発せられた。

廊下や階段を勢いよく駆ける足音が、扉を閉めていても聞こえてきた。

26

町中が騒がしくなった。

無線で逃走犯が佐紋方向に向かったらしいことは聞いたが、間髪を容《い》れず署レベルの緊急配備が敷かれ、駐在員も全員出動になったのには驚いた。

「あら、それも着けるの」妻が見咎めて尋ねる。

伴藤弘敏は、活動帽を被《かぶ》ったあと、上着の上に厚い防刃《ぼうじん》ベストを身につけることにした。いつもの緊急配備と同じ検問に就くことになっているが、普段は横着して着けない。緊配でうまく捕まえられたことなど、これまで一度もないからだ。それがなんとなく身に着けようと考えたのは、今回の配備が佐紋署が独自で敷いたものだと知ったからかもしれない。当然、指示したのは田添杏美だろう。こんな大仰な真似をしたのも、赴任して間もない幹部ならではのパフォーマンスかと思う。そうなれば、自身で乗り込んで、検問場所を巡視するくらいはあり得る。ベストひとつでも、落ち度と咎められるのはご免だ。

「寒さしのぎになるしな」と言い訳して、伴藤は駐在を出た。

バイクを駆って、いつもの交差点へと向かった。先に到着していたパトカーの乗務員らと顔を合わせるなり、現場の様子と事案の内容、それから無駄話を始めた。

県道ではあるが、車の通行量はしれている。パトカーの主任も、まだ一台も通っていないと言う。午後の早い時間帯だからか、人の行き交う姿もまばらだ。

「被疑者は途中で車を乗り捨てたらしいな」と、伴藤より少し年下の主任に確認する。

「そうみたいですよ。県道でPCに挟まれ、動けなくなったからって走って逃げたらしい」

「走ってなら、そう遠くまではいけないですよね。すぐ捕まるんじゃないですか」と、運転担当の若い乗務員が気楽な顔で言う。

「どっかに隠れるかもしれんだろう」

「夜を待って、そのまんま逃走かもしれませんね」

「だろうな」

「お隣さん、ポカやったな」

「本部の生安もいたそうですよ」

「そりゃマズイな。ま、とにかくわしらは二時間、ここに突っ立ってりゃいいだけの話だが」

「あ、来た」

パトカーの乗務員が、目を向けた先で一台の車がこちらに走って来るのが見えた。

伴藤は、パトカーの主任と一緒に手を挙げ、止まるよう指示する。若い巡査は運転席に戻り、ハンドルを握った状態で待機する。

白いボックスタイプのワゴン車で、車体の横に南クリーニング店の表示があった。運転席には女性が一人いて、後部にはハンガーラックが並び、仕上がった洗濯物がビニール袋を被った姿でぶら下がっている。南クリーニングの車は、辰ノ巳駐在所の区域内でも見かける。確か、家族経営の小さな店で、夫婦と子どもが一人いる筈《はず》だ。

「やあ悪いね、配達中？」

はい、と小さく返事したのは、三十代くらいの女性で、恐らく店主の妻だろう。

「今日は、ボクは留守番かい？」

時どき、車の助手席に子どもを乗せて走っているのを見かけていた。小さく、はい、と返事した女の喉《のど》が鳴ったのが聞こえた。見つめ返すと青白い顔で、頰を微《かす》かに痙攣《けいれん》させている。伴藤はその顔を凝視した。

　客商売だからか、いつも愛想のいい笑顔を見せていた女性だ。顧客でもないのに、伴藤を見かけるとちゃんと挨拶をくれた。今、女の顔には笑みの片鱗《へんりん》も見えない。伴藤の心臓がどくんと跳ねた。唾《つば》を飲み込み、平常心を保とうと腹に力を入れ、なんとか普段通りの声を出す。

「荷物、ずい分、あるね。奥さん、急いでいるときに申し訳ない、ちょっと、ちょっとね、事件があってね」

　女は黙って微かに頷く。

「ここに来るまで、なにか妙なもの見たとかしなかったかい？」

　女の方を向いたまま、視線をすっと後ろのラックの方へと流す。仕上がったクリーニングがぎっしり積まれている。伴藤は、窓枠を握る手と反対の手を下ろして、後ろにいる乗務員に振って見せた。

「見てません。もう行っていいですか」と、女は震える声で言って、すぐに視線を落とす。

　伴藤は、女の目を捉《とら》え、声を出さずに、唇だけで言う。

う・し・ろ

女ははっと目を見開くと、小刻みに震え始め、いやという風に首を振る。

「ああ、そうだね。じゃあ、ちょっと免許証だけ見せてくれないか？ これも仕事なんでね」

伴藤が手を出すと、ぎこちなくズボンのポケットを探す。差し出した免許証を手元に引き寄せ、少しだけ車から離れた。

パトカーの主任と若い巡査が、運転席の女性の視野に入らないよう、ゆっくりバックドアへと近づく。それを横目で確認しながら、伴藤は暑くもないのに首から背中へと汗がつたい落ちるのを意識していた。

「どちらまで行くの？」

無理やり会話をしようとするが、女は動揺を抑えることに必死で、まともに口も利けない風だ。やっとの思いで絞り出したのが、「免許証、返して」だった。

伴藤は頷き、免許証を差し出す振りをして、そのままドアの把手《とって》を握る。同時に二人のパトカー乗務員がバックドアを引き開けようとした。

伴藤がドアを開けて、女性を強引に引っ張り出したが、悲鳴を上げて抵抗した。どうしてだろうと思ったとき、後部から短い呻《うめ》き声が聞こえた。見ているとパトカー乗務員らがよろめくように車から離れようとしている。

女が車から飛び出し、後ろへ回ろうとするのを必死で抑えた。やがてバックドアから、男が一人降りてくるのが見えた。その男の手のなかには、小さな男の子がいた。

「比呂貴《ひろき》ぃー　比呂ちゃぁんー」

母親が泣きながら駆け寄ろうとした。伴藤は両腕で女の体を抱え込む。

男は、左手で三歳くらいの男の子を抱え、右手にカッターナイフを握っていた。恐らく車内にあったものだろう。

「その子を離せっ」

パトカーの主任が怒鳴り、若い巡査が飛びつくように車に戻って無線発報する。伴藤は母親を引きずるようにしてあとずさる。

「もう逃げられないぞ。バカなことするなっ」

「うるさいっ。どけっ。このガキが死ぬぞっ」

悲鳴が上がる。

パトカー乗務員の二人が左右から囲むように両手を広げ、けん制する。伴藤はその後ろで母親と共に、男の子の首に当てられているカッターナイフの切っ先をじっと睨《にら》んだ。

後ろで急ブレーキの音がした。振り返ると一般乗用車だった。と思ったが、運転席側の窓から本署総務課の甲斐祥吾の顔が見えた。助手席にも同じ総務課員がいる。

恐らく緊配の応援で通りかかったのだろう。転げるように飛び出して来て、二人して絶句する。総務課員なら、こんな状況に遭遇することはない。また、逃走犯のための配備とわかっていても、やはり伴藤と同じく二時間立って終わりだという程度の気持ちで走行していただろう。一応、制服姿ではあるが、どうしたらいいのかわからない風におろおろと両手を揺らしている。

伴藤が怒鳴った。

「母親を車に乗せて出て来ないようにしてくれ」

「わかりました」

甲斐が飛びつくようにして母親の両肩を摑《つか》み、もう一人の総務課員と共に乗って来た車に押し込める。ロックをして扉の前に立ち、窓から大丈夫だと言葉を尽くして宥《なだ》め始めた。

すぐにサイレンのけたたましい音が響き渡った。どちらの方向からなのかわからないのは、四方から走り寄って来ていたからだ。

佐紋にあるパトカーの数はしれている。それ以外の捜査車両はみな、小牧山捜査に出払っている筈だが、その車も揃《そろ》って姿を現した。クリーニング店のワゴン車を囲むように五、六台もの車両が集まった。ドアを開けて出て来たのは、刑安課の見知った捜査員だけでなく、捜一の刑事らもいた。さすがに場慣れしているのか、落ち着いた様子で被疑者に近づいてゆく。

「落ち着け。もうこれ以上ヤバイことはするなよ。わかっているだろう」

男は、うるさいっ、と叫び、血走った目でカッターナイフを振り回した。刑事が、おっと、という風に両手を挙げ、少し下がる。

説得をするのは少し年長の捜一の刑事一人だ。他は、ゆっくり動いて男の視線を散らそうとする。男は子どもを抱えながら必死で首を振るから、そのたび小さな体が左右に揺れる。刑安課の刑事が伴藤らに声をかけ、野次馬をなんとかしてくれと言った。振り返るといつの間に来たのか主婦や老人、作業服を着たのまで集まっている。パトカーの乗務員や甲斐祥吾までもが一緒になって集まって来たのを押し戻している。

「あ、親父《おやじ》」

「なんだ、お前まで」

伴藤は、Tシャツに穴のあいたジーンズ姿の伴藤克弥を見て、大仰なほど顔を歪《ゆが》めた。面白半分で見に来るなバカッ、と小声で怒鳴るが、克弥はひょいと首をすくめただけだ。それを見て、「暇なら、お前も野次馬をどけろ」と思わず唾を飛ばした。知らん顔するかと思ったが、案外と素直に頷くと、後ろ向きになって手を広げ、住民らに声をかけ始めた。中堅漁師としてそれなりに知られているらしく、大人しく従う者もちらほらいる。

いきなり男が叫んだ。はっと伴藤や克弥が振り返る。周囲に異様なほどの緊張が走った。一瞬、その場の全てが静止したかのようだったが、すぐに落ち着いた低い声が呼びかける。

「なあ、どうしたらいい？　その子を返してくれるんなら、なんでもしてやるよ。どうだ、車か、金か。このまんまじゃ埒《らち》が明かんだろう」

男は歯を合わせてぎりぎりと嚙《か》みしめる。返す言葉がないのは、迷っているのか。サイレンを鳴らした捜査車両がまた一台やって来るのが見えた。少し離れたところで停まるとすぐに刑事らしい男らが走り出て来て、取り囲む輪を突っ切って最前列へと飛び出す。

「園田っ、なにしてんだ、てめぇ」

どうやら、男を取り逃がし、追跡していた隣の署の捜査員らしい。子どもを人質に取っている男は園田という名前なのだ。

事態が動く気配がして、伴藤は注視する。気づくと隣で克弥も野次馬相手の手を止め、首を伸ばして様子を窺《うかが》っていた。眉根《まゆね》を寄せ当惑したような表情を浮かべたのは、やはり自分も同じ年ごろの子どもを持つ父親だからだろう。すぐに見ていられないという風に背を返すと、再び野次馬らを追い払い始めた。

本部生安課員が、男を挟んで、捜一の捜査員の反対側から声をかける。

「園田、お前、こんなことするヤツじゃないだろう。薬や博打《ばくち》とは訳が違うぞ。万が一でも、その子を傷つけてみろ、お前、もう終わりだぞ。園田、今ならまだ間に合う。ほら、もういいから、そのカッターこっちに寄越せ。子どもを下ろせ」

「う、うるせぇっ」

声に先ほどまでの激烈さはなかった。男の顔面から異様なほどの汗が噴き出ている。目に迷いのような揺れがあった。自分でもどうしていいのかわからないかのように、カッターナイフを振りながら歩き出す。片腕に抱えられた子どもはぶらぶらと揺れ、涙で顔を光らせている。男が動くのに合わせて、取り囲む輪も動いてゆく。捜一の刑事と生安の刑事が、両脇《わき》から睨むようについて行った。

他の刑事らから、野次馬をどけろ、と声がかかる。伴藤らは慌てて住民らを押し返す。男と子どもの様子を見た野次馬のあいだから悲鳴や呻き声が立った。

男がパトカーへ近づいて行くのを見て取った捜査員らが、先回りして道を塞《ふさ》ぐ。苛《いら》立《だ》ったようにカッターナイフを振り回し、しまいにそれを男の子の首に押し当てた。

　大きな悲鳴が上がった。

「あ」とどこかで声がしたと思ったら、伴藤の眼前を女が転がるように走り抜けた。そのすぐ後ろを甲斐が追い駆ける。総務の車に乗せていた母親が、子どもの姿を見て動顚《どうてん》し、飛び出したのだ。気づいた甲斐が止めようと手を伸ばしたが届かない。そのまま走って刑事らのあいだから犯人の前へと駆け込んだ。一瞬のことで、近くにいた刑事らの手が遅れた。母親は勢いが止まらず、男の前で転んでしまった。驚いた男が、さっとカッターナイフを振り上げるのが見え、声のない叫びが一帯を覆った。反射的に刑事らが飛び込むが、その一歩、いや半歩だけ早く、甲斐が地面に倒れる母親の上に覆い被さった。

　カッターナイフが紺の背を切り裂くのが見えた、と伴藤は思った。即座に男の両側から刑事らが飛びかかり、一人が子どもを引きはがして抱えると、他の刑事らが横たわる甲斐と母親の足を摑んで引きずり始めた。すぐに伴藤やパトカー乗務員らが手助けする。

「甲斐さん、甲斐さん」

　安全なところまで避難し、呼びかける。一緒に来た総務課員は、腰が抜けたように地面に座り込んでいる。離れていた野次馬らも恐る恐る近づいて来た。

伴藤が無線機を握り、「救急車を呼ぼう」と言うと、乗務員の主任が止めた。そして、「甲斐、起きられるか」と問う。甲斐祥吾は青い顔をしたまま、こくっと頷き、上半身を起こした。

主任が振り返ってみなに教える。「上着の下に、防刃用のチョッキを着けている」

ああ、と大きな安堵の息が周囲から立ち上った。通常の防刃ベストと違って薄手にはなるが、シャツの上に直接チョッキタイプのものを着けることがある。

「そうか、防刃を着けていたか」と伴藤が笑うと、甲斐もようやく笑みを浮かべた。カッターナイフ程度のものなら、防刃用のチョッキでもなんとか防ぎ切れる。背中を見やると、斜めに上着の紺色の布が切り裂かれているが、その下のチョッキは微かな傷が斜めに流れているだけだ。

「脅かすなよな」とポンと伴藤が叩くと、甲斐の顔にようやく赤みがさした。取り囲む輪の後ろでは、子どもを抱きしめた母親が泣きながら頭を下げていた。

「おい、大丈夫か」

刑安課の捜査員らがばらばらと寄って来た。その向こうに、手錠を嵌《は》められた園田が両脇を抱えられ捜査車両へと歩いているのが見えた。

「はい、大丈夫です」

同僚の手を借りて、よろよろと起き上がる。同じ佐紋署の署員らも集まって来て、それぞれ甲斐の肩を叩いたり、背中を興味深げに覗《のぞ》いたりした。

隣に立つパトカー乗務員の主任が、伴藤さん、と声をかける。振り返ると満面の笑みで、「ここで抑えられたのは、伴藤主任のお手柄ですよ。さすがです」と言う。

伴藤は、弛《ゆる》みかけた唇を隠すように、片手で首筋を撫《な》でる。

「いやあ。たまたま行き当たっただけだろ」

警察官人生で初めての経験だったな。あと残すところ僅かなこの時期に、こういうこともあるのだなと、伴藤は遠ざかる捜査車両を見ながら思った。

野次馬が四方に散らばるなかに克弥の背があった。伴藤は反射的に駆け出した。

「克弥」

疎《うと》まし気に横顔だけが振り返る。克弥の左腕に視線を落とし、「お前、あの腕時計どうした。気に入りのヤツだったろう、失《な》くしたのか?」と訊いた。

「はぁ?」と嘲《あざけ》るような目を向ける。「こんなとき、なに言ってんだか。あれは田中と喧嘩《けんか》したときに壊れたっていっただろうが」

「ああ、今月の初めに乱闘になったときだったな」

「そうだよ。今、修理中。それよか、あの犯人、あんな真似したんだから罪重くなるんだろう？」

「うん？　それがどうした」

「いや、なんでもない。じゃあな」

背を向けて、妙に足取り軽く歩いて行く。その姿から、伴藤はいつまでも目が離せなかった。

警察無線で逃走犯確保の報を聞き、野上麻希はひとまず息を吐いた。

一緒に住宅街を徒歩警らしていた神田川巡査も、耳に当てた受令機のイヤホンを押さえながら、麻希と目を合わして小さく頷く。

イヤホンを抜き、コードを巻き取って胸ポケットに入れながら、「これからどうします？　無線機とか戻しに一旦《いったん》、本署に行きますか」と訊いた。麻希も肩にかけている無線機に目をやる。

「そうね。戻るにしてもせっかくここまで来たんだから、小牧山周辺を迂回《うかい》して行きましょう」

「小牧山？　例の衣笠鞠子の件ですか」

車を置かせてもらっていたガソリンスタンドに戻り、乗り込んでシートベルトを締める。

「小牧山の近くに行ったら大通りは外して、カメラのないような道を走ってくれる？」

「いいですけど」

車は神田川のマイカーで、そのまま運転席に着くと県道へとハンドルを切った。

「なに？」

「いや、あの事件に僕らはタッチしてないし」

「別にいいじゃない。事件に担当も部外者もないわ。同じ所轄管内で起きたのよ」

「そりゃ、そうですけど」

神田川は更に言いかけた口を閉じ、軽く肩をすくめる。

間もなく、紅葉の始まりかけた森が目の前に現れた。こんもりと丸みを帯びた低い山で、手入れもされず樹々《きぎ》が鬱蒼《うっそう》と繁《しげ》っている。たまに地元の人が山菜摘みに来るくらいで滅多に人の姿は見られない。

「捜査本部、進展してないようですね」

「そうなの？　参考人も挙がっていない？」

「らしいっすよ。カメラに映ってないんで困っているみたいっす」

「ふうん。現場周辺のカメラに映っていないってことは、車じゃなかったのかしらね」

「でも、人を殺して走って逃げますか」

「地元の人間ならあり得る」

「うーん」

「まあ、でも心理として、殺人現場と自分の生活圏は距離を取ると思うけど」

「ですよね」

信号を曲がって、細い道に入る。角には広い駐車場を持つコンビニがあった。

「あ。ちょっと待って」

「え。なんです」

「コンビニに入って」

「あ、はい」

車を駐車場に入れると、店の前で屯《たむろ》していた五、六人の男女が目を上げてこちらを見た。半分は学生服を着ているから高校生だろう。そのなかの一人が、ぱっと立ち上がり、身を返して駆け出そうとした。

その背に向かって、窓から麻希は大きく声を飛ばした。

「久保景人《くぼけいと》、止まりなさいっ。それともお母さんを訪ねようか？」

男子高校生は、大きく前後に揺れると観念したように止まった。地面に座り込んでいた仲間の男女が、ぽかんとその様子を眺めている。麻希と神田川が車から降り、店の前へ行く。久保景人がズボンに両手を入れたまま、とぼとぼと戻って来た。

なかの一人が、「誰？」と座ったまま、麻希らの顔を見上げる。景人が、「佐紋署の生安のお巡《まわ》りで、麻希ちゃん」というのに、麻希が頭を平手でぶった。神田川はぎょっとするが、景人は苦笑いして肩を揺らす。

「景人、学校は」

「腹が痛くて」

「あ、そう。お母さんに薬買ってもらうよう伝えておく」

「あー。またそういうこと言う。ゴメン、悪い、明日はきっと行くから」大袈裟な振りで両手を合わせる。麻希は無視して、座り込んでいる男女に目を向ける。

「初めて見るわね。どこの学校？　神田川巡査、この子らの名前と学校を聞いておいて」

えーっ、と声が上がるが神田川がメモを出すと、素直に肩を落とした。ひと通り持ち物を調べ、煙草《たばこ》があるのを見つけて、処分の許可を取って取り上げる。

麻希は生安係として未成年の補導にも携わっているから、管内の目ぼしい虞犯《ぐはん》少年は把握している。そのなかでも、久保景人はまだ大人しい方で、母子家庭のせいか、母親の言うことには一応、従う。時折、学校をさぼり、喫煙、飲酒、喧嘩する程度だが、未成年はいつどんな切っかけで深みに嵌り、悪質化しないとも限らない。目が離せないところもあるから、見かけたら声をかけるようにしている。説教をしたり、力ずくでなんとかしようとすると反発するタイプもいるから、その辺の匙《さじ》加減は難しい。

今日のところは目を瞑《つむ》ると言って解散させる。車に戻ろうとしたとき、景人が、麻希ちゃん、頼みがあんだけどと言ってきた。

「自転車?」

景人らが、今日のようにコンビニで管を巻いていたとき、仲間の一人の自転車が盗まれたと言う。鍵《かぎ》掛けねぇからだバカ、と言われている子は心底悔しそうな顔をしている。

「いつ、何時ごろ」

「えっと、あれだよな。小牧山で死体が見つかった日だよな」

「そうそう。なんか大騒ぎしてんなぁって、コンビニのなかから外眺めていたんだ」

「やたらお巡りさんがうろうろして、ヤバかった」

帰った方がいいと思って外に出たら、もう自転車がなかったと言った。

麻希と神田川は顔を見合わせる。

小牧山山中で、衣笠鞠子の遺体が発見された日に。偶然だろうか。

麻希は自転車の型式から、防犯登録の有無、色、傷の具合まで詳しく話を聞く。盗まれた自転車はその高校生のものではなく、姉の所有でちゃんと登録がしてあった。すぐに姉に連絡を入れさせ、番号を把握したのち、放置自転車管理事務所や生安係に照会をかけた。該当なし。

「その自転車は、事件の日の何時ごろから表に置いていたの」

えっと、と皆で顔を突き合わせ、二時過ぎには来たよなぁ、と言い合っている。他に、その時間に店に来た客や店の前を通った人物で気になった人はいないかと尋ねる。知った顔はなかったし、店のなかにいた時間もあったからよくわからないと言った。

麻希と神田川は、コンビニの店内に入り、レジ近くにある防犯カメラを確認した。奥にもいくつかある。レジにいる店員にバッジを見せて、「カメラはいくつありますか?」と尋ねた。店内に三か所、外に二か所あると言う。

「外に二か所? コンビニの駐車場にそんなに設置しているのは珍しいですね」

パートらしい中年女性は手を振り、一台はうちのじゃないと笑う。

「隣の家の塀にあるのが、こっちも映しているってだけなんですよ。ちょうど、塀際《へいぎわ》の路地からフェンスを通して、うちの駐車場が入っているから、店長がちょうどいいやって、勝手にうちのカメラって言ってるだけなんです」

「そう。お隣の」

麻希は神田川に店内の三台と表の一台のカメラの映像を確かめるよう言う。

「全部ですか。事件当日の？」

「そう。時間の幅を持たせて、できれば映像のコピーももらって」

「自転車一台にそこまで。まあ、いいですけど、え、野上さんはどこに行くんです？」

自動扉を出ながら、半分だけ振り返る。

「ちょっと外を見てみるわ」

コンビニの駐車場を見回し、周囲を囲む白いフェンスに沿って歩く。自転車が集めて置かれている一画に行き、その向こうにある細い路地を見やる。その路地沿いに延びる塀の端にカメラが見えた。

なんでもないかもしれない。

佐紋で起きる犯罪など自転車盗や万引きくらいだから、これもそのひとつに過ぎないのかもしれない。自転車盗の多くが未成年によるもので、麻希もたびたび見つけて検挙している。足代わりに持ち去るパターンが多く、自転車もゲーセンのある駅前や商店街の駐輪場などですぐに発見される。もし、そういうところで見つかっていたなら、ただの自転車盗と処理していた。だが、今も発見に至っていない。

どこか見つからない場所に捨てられたか、もっと遠いところへと運ばれて行ったか。

駐車場を出て、コンビニと民家のあいだにある路地に立つ。道の先に、こんもりとした低い山が見えた。

27

「それで？」

田添杏美は、副署長席のある一階受付の入ったオープンスペースで思わず怒鳴っていた。

「それで、受傷者は」

刑安課長が慌てて手を振り、「大丈夫です。誰一人、怪我《けが》を負った者はいません」

と言う。それを聞いて、崩れるように手近な椅子《いす》に座り込んだ。

みっともないと思ったが、肺いっぱいの息を吐き出すだけの時間が欲しい。一階の居残った署員らも刑安課長の言葉を聞いて杏美と同じように息を吐き、椅子の背に大きくもたれた。

杏美は少しだけ目を瞑り、ゆっくり開ける。

「緊急配備を解除し、全員、元の仕事に戻るようにしてください」

「はい」

階段を上がる刑安課長と入れ替わりに、花野司朗が下りて来た。杏美はすっくと椅子から立ち上がり、上着の乱れを直して待ち構える。

「大した騒動だな」

「一般市民に怪我がなくてなによりだったわ」

「佐紋がこんな賑《にぎ》やかな署だとは知らなかった」

杏美がむうと口を結ぶと、花野は、ちょっと話があると署長室へ顎《あご》を振った。杏美が先に立って歩き出す。

部屋のドアを閉め、小さな応接セットに座るよう示したが花野は立ったままだ。仕方なく杏美も立っている。

「お宅の警官を取り調べたい」

「はあ？」

いったい、誰を？　と尋ねると、花野が返事の代わりに書類を突き出した。杏美は受け取り、さっと目を通す。

「伴藤さん？」

そうひと言漏らして、また一から書類をめくる。これまで捜査員らが調べ尽くした内容が事細かに記載されている。

「伴藤弘敏にちょっと確認したいことがあるので、本署に呼ぼうと考えている」

杏美は署長席まで書類を持って行き、椅子に座って改めて目を通す。

「これによると、伴藤駐在員が事件当日、緊急配備の途中で抜け出したとあるけど、これは息子の喧嘩の仲裁に向かったということでしょう」

「息子である伴藤克弥がした喧嘩は三時過ぎの話だ。伴藤が港に向かい、克弥を連れ帰ったのがだいたい六時近く。伴藤克弥の話では、喧嘩は半時間ほどで片がついたということになっている。その克弥は喧嘩のあと、港から家に戻る途中でビールを食らって酔っぱらっていた。田中は克弥よりダメージが大きく、しばらく港から動けなかったらしい」

捜査員は直接会って田中から裏を取っていた。その怪我の程度も本人の言う通り、すぐには動けず、動けたとしても自宅に戻るのがやっとだろうと思わせるものだった。勤務先のＪＡも、田中から具合が悪いので直帰したいと連絡を受けていた。それが四時半ごろ。

「辰ノ巳駐在に通報が入ったのが、四時四十六分」

通報を受けた駐在員の妻は、今、伴藤は県道の方に出向いていてすぐには行けないが、必ず知らせて行かせると応えたらしい。

「奥さんから連絡を受けた伴藤さんが要点箇所から港に戻って捜し回っていたら、それくらいになるでしょう」

「遅過ぎる」

「え？」

「通報時間だ。普通、喧嘩が起きた、お巡りさんを呼ぼう、というのに、その喧嘩が終わって一時間近くも経ってから電話するかね。今は携帯電話があってどこからでもすぐに電話できる」

「それは、駐在所の番号がすぐにわからなかったから」

「わからないなら、１１０番すればいい。誰でも知っている番号だ」

「だから、伴藤さんの息子と知って大ごとにしたくないと思ったからでしょ」

「そこまで事情を汲《く》んでやろうとするだけ親近感を持つ人間が、なぜ名乗らないのか、なぜ駐在の番号がすぐわからないのか」

「それは」

杏美はさっと書類を繰る。捜査員は、ちゃんと伴藤の妻にも聴き取りをしている。そこには通報を受けた日時と相手が名乗らず、また妻の聞き覚えのない声だったと証言していることが記載されている。

「伴藤が配備の場所からいなくなっていたのに気づいたのは、解除の指令が出る前、小牧山の一報が入ったころだ。それまで姿が見えなくても、どうせ近くをうろうろしているくらいに思っていたらしい。田舎の署らしい、気楽な緊急配備だ」

ぎっと、杏美は目を剝《む》く。あえてなにも言わず、再び書類に目を落とし、ぺらぺらと頁《ページ》を前後させながら首を傾《かし》げた。

「だからなんなの。それより前に現場を離れたということを証明するものがあるの？」

「離れていなかったことを証明するものもない」

「伴藤さんが、緊急配備の現場を離れて小牧山に行き、衣笠鞠子を殺害したとでも？

そしてたまたま入った息子の喧嘩の通報で慌《あわ》てて小牧山から港に向かったけど、余計な時間がかかった、だから駐在への通報時間を誤魔化したとでも？」

通報があった電話の履歴もまだ調べていない。ぱたんと書類を閉じ、花野らしくないと杏美は睨みつける。

「動機はなに？　推測できる接点が伴藤さんと衣笠鞠子には見当たらない」

「伴藤に動機があるとは限らない」花野は、ふんと鼻息ひとつで跳ね返す。

え、と杏美は動きを止めた。そうか、とやっと気づく。

花野は、伴藤自身を実行犯と考えている訳ではないのだ。もちろん、その可能性もあるとしても、恐らく、誰か共犯者がいると考えている。いや、伴藤が共犯者なのだ。動機のある者が主犯。

花野は、周辺から攻めてゆくつもりなのだ。

それなら、伴藤が自分の身を危うくしてまでも手助けしようと考える主犯とは誰か。一番に考えられるのは家族だ。息子の克弥、そして妻。だが二人に鞠子を殺害するどんな動機があるというのだろう。克弥に関しては田中と港にいたというアリバイもある。港と小牧山は大きな県道を挟んで、車でも十五分はかかる。当時の県道には警察官だけでなく地元の有志もあちこちに姿を現していた。

それなら、他に考えられるのはと思ったとき、柳生漁業組合長の顔が浮かんだ。そして久野部の顔も。

柳生は、克弥が世話になっている上司で、伴藤も恩義を感じているのではないか。その柳生は、桜庭JA組合長と違って、この佐紋で長く暮らし、ずっと組合長として務めてきた。久野部とも親しい。苦しい状況の漁協をなんとかして欲しいと助けを求めているのかもしれない。

花野はその辺を狙《ねら》っているのだろうか。

恐らく今ここで問い詰めても応《こた》えてはくれないだろう。捜査会議を待つしかない。だが、その前に伴藤を取り調べたいというのだ。捜査本部副本部長であり、佐紋の署長代理である杏美に、一応の仁義を切ろうとしている。

「もう少し状況証拠を集めてからにして」

花野は眉を上げ、席に着く杏美を見下ろした。目の前に立たれると天井灯が消えたかのような影が覆う。

「どういうことです」

「いった通りの意味よ。せめて伴藤さんが、小牧山での犯行時刻に配置場所から抜け出たという、確実な証言がいるわ」

「伴藤を調べるのになにか差し障《さわ》りがあるとでも？」

「なにもありません」と書類を突き返す。花野が笑ったように見えた。「早過ぎる返事は」と言いかけて止《や》める。杏美は顔がかっと火照《ほて》るのを感じたが抑え切れない。ドアをノックする音がして、誤魔化すように大声で返事した。

小出が顔を出し、「今、例の逃走犯を連行して来ました。親子の拉致《らち》、脅迫があるのでその件の取り調べをまずうちでということですが」

「わかりました。刑安課に任せます。署員らは戻ってますか」

「はい。およそは」

「甲斐主任も？」

「はい」

「伴藤も来ているのか」と花野が横から口を出す。小出が戸惑うように花野を見、頷《うなず》きながら、「ええ、本署に来ていますが」と言った。

杏美は立ち上がるなり、足早に署長室を出た。

入り口から階段へと人が流れている。被疑者は既に二階へ連れて行かれたようで、佐紋の署員だけでなく、隣の署から来たらしい捜査員もぞろぞろ向かっている。玄関の戸から表の駐車場を窺うと制服姿が固まって見えた。甲斐だけでなくパトカーの乗務員らの姿もある。大挙して戻って来たため、一階受付周辺はたちまち人だかりとなった。

総務課員と連れだって入って来た甲斐祥吾を受付カウンターの前で出迎える。無茶なことではあったが、母親を身を挺《てい》して守ったのは紛れもない事実だ。

「甲斐主任、ご苦労でした。よくやってくれました」

声をかけると、甲斐は疲れた表情ながら頰を赤くし、直立すると室内の敬礼を返してきた。そのすぐ後ろに伴藤弘敏が立っているのを見て、杏美の表情は強張《こわば》った。背後に花野の近づいてくる気配があった。

「さあ、駐在員はすぐに戻って。不在のあいだに問題がなかったか、確認をお願いします」

目の端に伴藤が身じろぐのが見えた。正面に立つ甲斐や他の署員らも、怪訝《けげん》そうな顔をするのがわかった。杏美はさっと背を返すと署長室へと向かった。

28

なんだ、あの女は。

駐在所に戻っても、なかなか怒りが収まらなかった。奥から出て来た妻が、大変だったわね、と珍しく気遣った言葉をかけてくれたのも無視し、逆に、お茶を出せと強く言ってしまった。不満そうな妻の顔を見て、しまったと思ったがもう遅い。

伴藤は活動帽を取り、ベストと上着を脱いで、どっかと椅子に腰を下ろす。片肘《かたひじ》を事務机の上に突き、指先で頭を掻《か》きながら、やはりあの女は、昔、伴藤のしたことを知っていて、それを未《いま》だに根に持っているのだと思った。独身で警視にまでなったのがなによりの証拠だ。若いときの婚約破棄が尾を引き、独り身の寂しさを仕事にのめり込むことで誤魔化してきたのだ。そうして手に入れた階級であり、副署長という役職だ。

佐紋に来たのは偶然かもしれないが、ここに伴藤弘敏がいると知って、さあどうだ、という気持ちがあったのではないか。お前のせいで女の幸せは失ったが、同じ警察官としては、自分は堂々たる勝ち組となった、巡査部長止まりの伴藤とは所詮《しょせん》出来が違うのだと言っている。

だから。

めったにない事件だったのに。その場に居合わせ、逃走犯の存在に気づき、人質となった若い母親を救った。長い警察官人生でも、これほどの事件に出くわしたのは初めてだった。一気に血管が膨れ上がった気がした。恐怖も大きかったが、それ以上の強い使命感を感じた。生涯を警察官として生きた自分にも、そんな感情が全身を覆《おお》うときがあったのだと思い知った。

定年数か月前にして、こういう事件に遭遇したことはなにかの集大成のようにも思えた。パトカーの主任が言ってくれた、お手柄ですねという言葉が甘くいつまでも胸の奥で弾んだ。

それが、あの女は伴藤の顔を一顧だにせず、すぐ駐在に帰れとほざいたのだ。甲斐には相好を崩し、真っ先に出迎え、労《ねぎら》いの言葉をかけたのに。事件の詳細と共に、伴藤が犯罪の端緒を摑んだことは聞いていただろう。なのに言葉どころか、名前を呼ぶことすらなかった。掌《てのひら》を拳《こぶし》に変えて机を叩《たた》いた。膝《ひざ》が細かく上下する。

わかったぞ。それが田添杏美の本心か。そっちがそうなら、こちらも覚悟がある。

伴藤弘敏は手に力を込め、硬く目を瞑った。その目の裏に市場を映した防犯カメラの映像が浮かび上がる。

見てすぐに妙だと気づいた。不思議でしようがなかったが、ひょっとしてと思い至った。そのことを確かめるために、今日のあの騒ぎのなか見かけた克弥に、あえて声をかけたのだ。

報告すべきことだと思った。警察官として果たすべき務めだということは、ちゃんと頭では理解している。だが、感情が拒絶するのだ。もういい、田添杏美がそういう態度を取るなら、もうなにも言うまい、報告などしてやるものか。事件がどうなろうと知るものかと心のなかで毒づいた。

29

「お疲れさまです」

はっと振り返ると野上麻希巡査長が立っていた。自分が食堂の自動販売機の前でぼうっとしていたのだと気づいて、田添杏美は顔を赤くする。野上が財布を手にしているのを見て、邪魔をしていたことに気づいて更に焦《あせ》った。

「ごめんなさい、お先にどうぞ」

「え。いいえ、大丈夫です」

「コーヒーでいいの？　ブラック？」

「は？　ああ、はい」

杏美は自分のお金で買って、麻希に差し出した。たかが百円程度のものなのに、大《おお》袈裟《げさ》に礼を言われ、却《かえ》って決まりが悪い思いをする。

熱いコーヒーをひと口飲み、その後どうかと訊《き》いてみた。もちろん周防巡査の件だ。

麻希は紙コップを両手で握りながら、「田中光興を聴取しました」と言う。

田中？　一瞬、思い出せなかったがJA職員だと気づく。確か、うちの甲斐祥吾と親しく、事件当日、港で伴藤の息子と喧嘩した相手だ。

「そうなの。それで？」

「はい。概《おおむ》ね、伴藤克弥と証言は合致します。ただ」

「ただ？」

「喧嘩の理由なんですが、なんであんな大喧嘩になったのか、田中光興は今でもよくわからないと言っていました」

「喧嘩の理由？」

「はい。田中は当日、午後から農家さん宅を自転車で回っていたらしいんです。午後三時近くに港まで行って、そこで漁船の手入れをしていた伴藤克弥と出くわしたそうですが」

「うん」

「無視して通り過ぎようとしたのを呼び止められ、港を勝手に横切るなとか、まるでヤクザのような因縁をつけてきたそうです。最初から喧嘩をするつもりだったとしか思えないと田中は言っています」

「二人は今月の初めにも揉《も》めたのよね」

「はい。それは他のJA職員や漁師さんからも確認できています。今回は、港に誰もいない時間帯で、二人を止める者がいなかったのが災いして、双方酷《ひど》い怪我を負うことになったのですが、それにしても伴藤克弥の態度は腑《ふ》に落ちないです」

「そうなの」

声音に余計な感情が落ちたのではないかと、杏美はすぐに次の質問をした。

「それで、桜庭さんや柳生さんは、二人のことでなにか言っている？」

「いえ」と麻希はひと口、コーヒーを飲み、首を振った。「最初は、桜庭組合長が田中の怪我の酷さに驚いて、あんまりだから訴えたらどうだと進言したそうですが、田中は固辞したようです。一方の柳生漁業組合長は、伴藤克弥に注意くらいはしたようですが、特にお咎《とが》めもなく、一日休んだだけでまた漁に出ていると聞きました」

桜庭は、前の組合長である衣笠鞠子が事件を起こして、急遽《きゅうきょ》、赴任してきた男だ。出身も佐紋ではなく、ここで数年勤めたら、また別の組合支所に行くだろうと言われている。そういう点からしても、同じ組合長でも柳生と桜庭では色々な面での思い入れの強さに差がありそうだ。久野部もその辺はわかっていて、それぞれとは違う信頼度で接しているのは、杏美にも容易に知ることができた。

久野部には事件当時のアリバイがあった。捜査員らによってそれは確実なものとなった。そうなると、たとえ衣笠鞠子に恨みを抱いていたにしても犯人ではない。花野が示唆《しさ》するように共犯者がいれば別だが。

麻希の話を聞いていると、その疑いを抱かれる人間として、やはり伴藤親子が出て来る。麻希自身も、克弥になにがしかの疑惑を持っているようだ。まさか、衣笠鞠子の殺人までは考えていないにしても、港の喧嘩にはなにか別の思惑があったのではと疑っている。そこに周防康人巡査がどう関わってくるのか。

やはり、自分は軽率なことをしたのだろうか。

伴藤弘敏への取り調べを拒否した。口では、それに値するだけの容疑がないと言ったけれど、その実、どうだったのだろう。

昔、一緒に交番勤務に就いたとき、伴藤弘敏は巡査長で三十歳だった。確か、巡査部長試験の一次を通過し、論文試験も出来が良く手ごたえがあると言っていた。残るは面接だけだった。そんなときに、老女の落とし物を失念した事案が発生したのだった。黙っていてくれと必死に手を合わせる姿が、今も脳裏にある。あのとき、伴藤弘敏は杏美に手を合わせながら言ったのだ。

『財布を失くしたからといって、なにも夜中にうろうろすることなかっただろうに。朝になれば、ちゃんと財布を届けてやれたんだ。タイミングが悪かったんだよな』

当時の若い杏美は、その言葉が許せなかった。今なら、なんと未熟な考え方かと思う。二十六歳の若輩がなにを以《もっ》て、先輩警官の言動の良《よ》し悪《あ》しを測れるというのか。そんな後悔が今になって湧《わ》いたから、杏美は躊躇《ちゅうちょ》したのだろうか。

いや、そんなことはない、絶対ないと自身の胸に向かって叱咤《しった》の声を上げた。

「はい？」

野上麻希がゴミ箱に紙コップを捨てる手を止め、驚いたように振り向いた。

「なにかおっしゃいましたか」

「ううん、なんでもない。留め立てして悪かったわね。今から聞き込み？」

「あ、いえ。これから県警本部に行きます」

「本部へ？　なにしに？」

「防犯カメラです」

「ああ、ビルの角で周防巡査が映っているやつ？」

「それもですが、市場を映した漁協の映像も調べてもらおうと考えています。あと個人宅の防犯カメラ映像で鮮明化してもらいたいのがあるので一緒に。本部のサイバー犯罪対策課なら、どんな手を加えたものでも確実に喝破できると言われましたので」

「誰に？」

「花野班長です。周防巡査の件の調査について問われて、これまでのことを申し述べました。漁協で映像を確認したときの様子を話しましたら、一度、調べた方がいいと言われました」

「そうなの。花野さんが」

捜査本部から応援を出すことは承知してくれなかったが、まるで放ったらかしにしていた訳でもなかったのだ。野上や神田川の捜査も、捜査本部の一端と考えているのだろうか。

「車で行くのなら気をつけなさい。あなたが運転するの？」

「いえ。神田川巡査です」と言ったあと、短い躊躇《ためら》いを見せて、気の強そうな顔を上げた。「あの市場を映した映像に気にかかる点があると言ったのは、神田川巡査です」

麻希は室内の敬礼をし、背筋を伸ばして出て行った。

30

佐紋の町で遅くまで開いている店は少ない。

小さなスナックと居酒屋が数軒ぐらいで、コンビニも十時には閉店する。繁華な街からやって来た人間は物足りないと思うだろうが、仕事が終われば真っすぐ帰ることの多い甲斐祥吾にしてみれば、どっちでもいい話だった。

ただ、父親の介護ばかりだと気も塞ぐので、たまにヘルパーさんに無理をいって数時間程度、飲みに行ったり、映画を見たりするが、それも九時までがせいぜいだ。だから、田舎の健全さを退屈だとも不自由だとも思ったことはない。そんな制限のある飲み会に付き合ってくれるのが田中光興で、自分は遅くまで飲んでいられるだろうに、祥吾に合わせていつも八時とか八時半で締めにしてくれる。

今日、誘ってみたのは、田中が大怪我をしたことへの様子窺いもあったし、祥吾が遭遇した逃走事件の顚末を話したかったこともあった。

電話をすると、ちょっと遅れるかもしれないから、先に始めてくれと言われた。

いつも行く居酒屋の奥の二人席に座り、注文した生ビールが置かれたときに田中が戸口から顔を覗かせた。祥吾は、声をかけるつもりで持ち上げた冷たいジョッキを宙で止め、絶句した。田中は頭を掻きながらも、これでもだいぶんマシになったんだと笑う。

確かに、額や顎の傷はかさぶたができていて、絆創膏《ばんそうこう》もこめかみに付いている一枚切りになっていた。だが、目の下や頬から口の周囲にかけて、どす黒い青あざが広がり、まるでそれが元々の顔色なのかと思わせるほどの凄《すさ》まじさだった。

「病院は行ったのか？」

「ああ、行ったよ」と田中は向かいの席につき、ホールスタッフに手を挙げ、生中と叫ぶ。

お通しが来て、箸《はし》を割って一切れ口に入れるが、すぐに顔面の右半分を歪《ゆが》めた。

「痛むのか」

「まあね。痛みはそんうちとれよるが、この青あざはひと月くらいかかるやろうって言われたわ」

「なんとま、酷いことになったな」

「俺もここまで酷ぅなるとは思わんかった。港でのされて、しばらく動けんかったときには、ああ、もうこのまま死んでまうかなとは思うたけど」

「なんでそんな喧嘩になった？」

「わからんわ。俺にもさっぱりよ。あん野郎が、いきなり喧嘩をふっかけてきよったんや。そうとしか思えん」

「それで、どうするの」

「どうするって？」

「立派な傷害事件だよ。あんな乱暴な男をこのまま野放しにしていたら、いつかまたやられる。次は本当に命が危ないかもしれないぞ」

「ははは。桜庭組合長にも言われたわ、訴えろってな。弁護士紹介するとまで言われた」

「しないのか」

「せんよー」

ビールが来て、取りあえず乾杯とジョッキをぶつけ合う。口をつけてごくごく喉《のど》を鳴らすが、飲みながらも目の下をぴくぴく痙攣《けいれん》させている。

「なんでしないんだ」

「そりゃあ」と言って拳で口を拭《ぬぐ》う。「駐在さんの息子だからよ。ヘタなことして恨まれとうはないしな。お巡りさんとは仲ようしたい」と甲斐の顔を見てにんまり笑う。

「そんなことは関係ない。むしろ本官の身内だから、余計に厳格に対処しないと」

「そう言うてもよ、辰ノ巳では伴藤さんを慕っている人らが多かろう。俺らは山の方やからあんまし港とかには行かんけど、それでもうちの預金者や農家さんも近くにはおる訳やしな。そういう人らが伴藤さんの息子だってわかっとって俺が訴えた言うたら、なにを大人げねぇことしとるって言われるで」

「そんなことあるもんか」

「あるよ。そういう土地なんよ、ここは。入院でもしよったんなら別やけど、訴えて罰を受けさせるころには、こっちの怪我も治って、普段の姿で仕事をしとるとなるやろ？ そうすりゃ、地元のおじいちゃん、おばあちゃんは、どうもなっとらんのに大袈裟なこと言うたって、喧嘩両成敗やのに男らしゅうない、ってそう思う訳よ」

「だけど」

「いいんだって。今回は我慢する。そやけど、次になんかあったときは俺も考える。俺というよりは、ＪＡのほかの職員らに手を出すようなら俺も黙っとらん」

そうだなと祥吾はビールを手に取る。十月初めの騒動のときも、元はと言えばＪＡの同僚が漁師らと喧嘩になったところに、田中が止めに入って逆にやられたのだった。あやうく乱闘になりかけ、タイマンを張るように田中と伴藤克弥が殴り合いを始めたところに、駐在さんが血相を変えて走り込んで来たのだった。

「ところで、大変やったって聞いたぞ」

祥吾は目だけ向けて、うんと言う。そして、ぽつりぽつり、事件のことを話して聞かせた。

「すげえ、甲斐さん、ヒーローやん。南クリーニングやろ？　俺、知っとる知っとる、あそこの子ども、名前、なんつったけか、えーと、そうやヒロキやったか。その子が人質になったのを助けたんか」

ニュースやネットにも流れたが、個人名は伏されている。逮捕された園田某は、佐紋で取り調べを受けたあと、本部生活安全課に移送されることになっている。

「凄《すご》いなぁ。甲斐さん、もう刑事になっちゃえよ。総務より、その方が向いとるんやないの」

世辞でもそう言われると悪い気はしない。祥吾は笑いながら、そのあと花野に声をかけられたことを言おうかどうしようか、ジョッキに口をつけたまま思い迷った。

逃走犯確保ののち、刑安課の席を借りて状況報告書を書いていたときだ。書き終わってプリントアウトし、内容を確認していると戸口に巨体が現れた。

「おい、佐紋総務の人間」

祥吾は、はいっ、と飛び跳ねるようにして立ち上がった。刑安課にいた数人の捜査員らも、驚いたように一斉に目を向けた。

「名誉の負傷ってのを見せてくれ」と花野司朗は口元をにやけさせながら寄って来た。顔を赤くしながら突っ立っていると、花野が身軽く後ろに回って、祥吾の制服の背の破れをしげしげと眺める。

「わしの部下がこんな真似《まね》したら」

え、と花野の方へ首を回す。祥吾より頭ひとつ高い場所に、鋭い目をした捜査一課を率いる男の四角い顔がある。「どやしつけるところだ」

祥吾は慌てて目を伏せる。自分が軽率なことをしたのはわかっているが、どうしてそんなことをしたのか、自分でもわからないのだから言い訳のしようもない。

「恐《こわ》くはなかったのか。刑事経験はないと聞いているが」

「あ。はい、その、実は自分でもわからないのです。あの母親が倒れたのを見た瞬間、体が自然に」

「自然に？　自然に動いたのか」

ふうん、と花野は目を細めながら祥吾を睨《にら》んだ。本人は睨んでいるつもりはないのだろうが、叱責されているとしか思えない。頭を垂れ、目だけ上げると、花野は机の上にある報告書を手に取っていた。ぱらぱらめくって文字を追いながら更に言う。

「これまで刑事部門に関わらなかったのは、なにか理由があるのか。興味ないのか」

「え。いえ、そんなことは」

「ふん」と報告書を机の上に放り戻す。「刑事任用試験を受ける気があるなら、段取りをしてやる。その気になったらいつでも言え」

　そう言い終わると同時に背を向け、思いがけない身軽さで廊下へと出て行った。取り残された形の祥吾はしばらく動けなかった。思考が一時的にストップした感じだ。

　刑安課の人間が寄って来て、どうしたなにか言われたのか、具合が悪そうだぞと心配してくれる。言葉もなく首だけ振って応えた。ようやく呪縛《じゅばく》が解けたように力が抜け、すとんと椅子に腰を落とした。

　声をかけられた。捜一の班長に、直々に。はっ、と口から息を放出すると、一瞬で全身が熱を持ち、血流が激しい勢いで巡り出した。こういうことはよくあることなのだろうか。田舎の署員が珍しかっただけなのか。いや、と祥吾は鼻を膨らませる。花野は、容易《たやす》く人を誘う人間ではない気がする。どれほどの手柄を挙げても、花野の眼鏡にかなうのは難しいのではないだろうか。

　そんな捜一の班長に刑事にならないかと言われたのは、自慢していいことなのではないか。無性に誰かに問いかけたい気がした。大声で、こんなこと言われたと叫びたい思いが迸《ほとばし》る。たまたま近くに人はいなかったので、二人の話は二人だけにしか聞こえなかった。両手で顔を覆って、手のなかで笑みを漏らす。もちろん、誰にも話す気はない。定年でも迎えたら自慢話として話せばいい。それだけで充分だ。そう言い聞かせる。

祥吾は昼夜を問わず、被疑者を追って走り回る刑事の仕事はできないのだ。定時を待って真っすぐ帰宅し、ヘルパーさんに労いの言葉をかけ、その日の父親の状態を聞く。夕食を作って与え、体を拭《ふ》いてトイレに連れて行き、布団《ふとん》をかけて眠るのを待つ。それから二階の自分の部屋に行くのだが、夜中に何度か起きてトイレをさせねばならない。ぐずれば宥《なだ》め、熱を出せば冷たいタオルを当てる、調子がいいと勝手に歩き回るので熟睡することはない。

甲斐祥吾はそういう暮らしを続ける。そういう暮らしのなかで警察官として働くのだ。他にどうしようもないことなのだ。

目の前の田中光興が、どうした、と訊いてきた。

祥吾は口元だけ弛《ゆる》め、「いや、なんでもない」とジョッキのビールを呷《あお》った。

「ここんとこ、色々あるなぁ」と改めてのように、田中が顎に手を当てて言う。

確かに、十月に入ってから佐紋は不穏なことばかりが起きる。あの女性副署長がやって来てからだ。今は、署長が不在のためその役目も担《にな》っており、事件発生後は捜査本部にも席を置く。だからと言って忙しいとか疲れたとかいう素振りは微塵《みじん》も見せない。署長室にじっとしていることなく、小柄な体がやたら動き回るお蔭《かげ》で、総務課員は課長以下みなおちおちしていられないし、見ているだけで忙《せわ》しなく感じる。ただ、少々短気なところはあるが、理不尽なことは言わない。正しいと思うことは誰に遠慮することなく口にする。あの花野班長にも、物怖《ものお》じせず言いたいことを言うのは、佐紋にいる人間のなかでは田添杏美一人だ。

母親と二人暮らしなのを単身赴任で来ていると聞いた。祥吾の父親と年齢は近い筈《はず》だが、丈夫で頭もまだしっかりしているのだろう。そんなちょっとした運の良し悪しが、人の一生を左右するのだと思った。

居酒屋の戸が開き、知った顔が入って来た。田中が手を振ると、ＪＡの若い職員が破顔する。

「休み取って病院行ったのに、飲んどったら駄目やないですか」と笑う。祥吾が驚いた表情を浮かべると、田中はジョッキを運びながら、病院に行ったついでに用事も済ませたかったから半休取ったんだと笑う。

「おい、アルコールは怪我の治りを悪くするんだろ。もうそれくらいにしとけよ」

「ええの、ええの。それよか、甲斐さん、なんか話あったんやないん？」

「え。ああ、いいんだ。大したことじゃない。じゃあ、そろそろ引き上げよう」

「えー、いつもより早いやろが」

「その怪我じゃ、当分は控えた方がいいって。誘って悪かった」

「なーん、気にせんでくれな」

それでも祥吾が席を立つと、田中もついて来た。いつもは割り勘だが、今日は奢《おご》ると言うと、田中はスンマセンと出しかけた財布をセカンドバッグに戻す。酔っているのか、なかなか入らない様子で、赤い手帳が邪魔だとぶつぶつ言う。

外に出ると、まるで冬のような風が吹き抜けた。

昔は毎年のように結構な量の雪が積もったそうだが、祥吾が赴任して来てからは数日で溶けてしまう程度しか降らない。今年もそうだろうかと思いながら星の散る夜空を見上げた。

辰ノ巳海岸から少し離れたところに田畑が何枚かある。山の手と違って、この辺りの田畑の広さはたかがしれている。それでも年配者が細々と暮らすには充分の実りをもたらす。

31

尾西家もそんな一軒だが、主人夫婦はもう七十過ぎで子どもらはとっくに自立し、夫婦二人の暮らしが永かった。尾西佐代子は農作業はもう嫌だと夫一人に田畑の世話を任せ、自分は家でのんびりテレビを見たり、公民館で趣味や噂話《うわさばなし》に精を出している。

今日は、自宅の玄関先に中身の入ったペットボトルを捨てられるという悪戯《いたずら》をされ、そのせいで植木鉢が壊れたと、最寄りの辰ノ巳駐在に訴えて来たので伴藤弘敏が出向いたのだった。余程深刻な場合でない限り、概ね、事案のことより世間話の方が長くなる。慣れているとはいえ、伴藤もそろそろ切り上げようかと思っていたところに、ふと思い出したことがあった。確か、この家の姑《しゅうとめ》は三年ほど前に亡《な》くなったが、あの久野部アズと女学校の同級生だったのではなかったか。尋ねてみるとやはりそうで、嫁である佐代子は更に話題を見つけた嬉《うれ》しさからか、玄関の上り框《かまち》に座る伴藤へとにじり寄って来た。首を突き出すようにして、死んだ姑のあれこれを楽しげに喋《しゃべ》り出す。伴藤は腰かけたまま茶を啜《すす》った。

昔のことはよく覚えていて話は尽きない。だが、現役時代の姑の仕事振りや躾《しつけ》の厳しさばかりでなかなか久野部アズのことが出て来ないから、これは当てが外れたかなと思いかけていたところに、ひょっと金の話が出た。

「え。あのアズ婆《ばあ》さんが損をした？」

伴藤に驚かれて、年配の主婦ははっと口を閉じた。余計なことを言ったと思ったらしく、佐代子はちょっと細い肩を引っ込める。

「ああ、いや脅かしてスマン。なあ、その話、もうちょっと聞かせてくれんか」

片手で拝むようにすると、佐代子は渋々ながらも話してくれた。こういうときは長い付き合いを持つ駐在の力がものを言う。捜一や佐紋署の刑事らが訪れて同じことを訊いたとしても、すんなりとは教えてくれないだろう。

「アズさんがうちの姑に愚痴を言うたらしんやわ。ほら、奥入りの県道近くに荒地があったん駐在さん、覚えとらん？」

「ああ、あったな」よくわからなかったが、適当に相槌《あいづち》を打つ。

「あそこはアズさんの旦那《だんな》さんが死んで相続した土地やったらしいわ。ちょっとでもいい値で売ってやろうって」

「衣笠鞠子が持ちかけたってか」

「うーん、そうやったと思うよ。アズさんから、大した値にならんかったってうちの姑が聞いてきて、こんな田舎じゃ土地を持っててもしようがないのと気の毒がってたし」

「アズさんが、衣笠に権利証や印鑑やらを渡したいうことやな。それほど信頼していたのか」

「そうと違う？　あたしもそう詳しく聞いた訳やないし。まあ、アズさんにしてみれば、昔の鞠子さんとのことがあるから、強う断り切れんかったのかもしれんけど」

「昔の？　アズさんと衣笠鞠子がなんかあるのか」

主婦は、あららという風に頭に手を当てて俯《うつむ》き、首を傾げ、「いやなんも。間違うた、別の話とごっちゃになったわ」と言って、更に、「それでも、今はあんなビルやら店も建ってるから、そこそこの値ぇはしたやろうし、うちらと違って久野部の家にしてみれば大した金額やなかったいうことやね」と言った。

「店？　どこのこと」

「そやから、さっきも言うたやないの。ほら、奥入りの、県道沿いになんちゃら堂って大きな店があるやない」

伴藤はぎょっと目を剝く。何年か前、県道に沿った広大な土地が整備された。やがてドラッグストアやコンビニなどに加えて、若年層を取り込みたいためかデザイン住宅も建った。県道に近いことに加えて、新たな道も拡張されるという話もあって、隣県へと繫《つな》がるエリアが買い占められつつあるのが現況と聞いている。

そんな計画のある土地が安く売られる筈がない。

恐らく衣笠鞠子は久野部アズを言いくるめ、代理人として土地売買を行ったのではないか。そして売買代金を着服した。

久野部の土地は佐紋のあちこちに広がっており、息子である久野部達吉も把握し切れていなかったのではないか。土地が整備され、建物が建つ段になってようやく疑いを持ち、老母に問い質《ただ》したら、それこそ二束三文の金しか手元になかった。そういうことではないだろうか。

久野部にしてみれば九十を過ぎたアズを責める訳にもいかなかっただろう。なんといっても騙《だま》した衣笠鞠子が一番悪いし、殺したいほど面憎《つらにく》い。どうしてその時点で告訴するなりして、金を少しでも取り戻そうとしなかったのか。

地域の顔役であり、地元の名士。警察署協議会を実質率いる人物で、とにかく佐紋のためと骨惜しみせず働いてくれている人だ。そういう立場にいるからこそ、金を騙し取られたと人目もはばからず喚《わめ》く訳にはいかなかったのではないか。土地に根付く金持ちの考えることは、余人には知れないものがある。

伴藤は考える。そこの土地の売買契約書を見せてもらい、その金額と久野部アズが手にした金額の差を証拠として、衣笠の犯行であると証明できるのではないか。少なくとも、久野部は詐取されたことを認めざるを得ないのではないか。そうなれば衣笠鞠子に対し、強い動機を持つことになる。捜査本部がもしそのことに気づいていないのなら、これは大した手柄ではないか。

いっときは、小牧山の事件でなにかしらの情報や手がかりを上に挙げることができたなら、それは褒賞《ほうしょう》に繋がると考えた。だが、それも逃走犯による母子拉致事件の際の、杏美の余りに冷淡な対応に腹を立て、すっかりやる気を失してしまった。杏美を喜ばせるような真似はするまいと、一度は心に決めたのだ。だが不思議なことに、そう思い決めた途端にこんな貴重な情報が転がり込んで来る。その偶然に、伴藤の気持ちはまたも変わった。

もし、このことが切っかけで犯人逮捕に繋がれば、定年前の花道になるだろう。母親をいち早く救い出したときの高揚感と誇らしさが、今も胸の奥で熾火《おきび》のように燃えている。再びそんな思いができるかと思ったら、それもいいような気がしてきた。口元が弛みかけ、伴藤は隠すようにして湯飲みを運ぶ。口をつけたところで手が止まった。指の力がふいに抜けて、湯飲みが落ちた。

佐代子が、あららと言って布巾《ふきん》を取りに奥へと歩いて行った。

伴藤は、持ち上げたままの格好で息を止めていた。目が徐々に広がり、眼球がこぼれそうなほどまで広がった。目の奥の痛みと息苦しさで、ようやく手を下ろし息を吐いた。動悸《どうき》が激しくなって無意識に掌で胸を押さえる。

久野部アズが衣笠鞠子に騙されていたという事実を明らかにできる証言を得て、それによって鞠子を殺害する動機を持つ者を示すことができると考えた。そして、そのことと、漁協で見た防犯カメラの不自然な映像が、ここに至ってリンクしたのだ。

野上麻希に言われて、組合事務所で一緒に確認した事件当日の映像だ。警官が襲撃されたと思われた時間にはなにも映っていなかったが、遡《さかのぼ》って、衣笠鞠子が殺害されたと思われる時刻には、克弥と田中の喧嘩《けんか》の映像があった。二人の姿は見えたり隠れたりだったが、半時間ほど続いたのは間違いない。

だが、見た瞬間、伴藤はおかしいと思った。映像にある克弥の手首に腕時計があったからだ。気に入りの時計で、克弥はいつも肌身離さず身に着けていたが、十月の初めの喧嘩のときに壊れて修理に出したと聞いていた。妙だとずっと気になっていたので、逃走犯による母子拉致事件が起きた際、克弥に会ったのを幸いに強引に確かめた。間違いなかった。伴藤なりに考え、事件当日のものには映っていては困る映像があったから他の日のものと差し替えたのだろうと結論付けた。

そして尾西佐代子の言葉から、久野部が衣笠鞠子を恨んでいたのではという疑いを持った。七十六歳だが今も矍鑠《かくしゃく》としており、声にも張りがあって、その辺の若者よりは余程元気だし、力もある。けれど、あの男が自ら手を汚すとは思えない。だったら誰かにやらせる。久野部と久野部の腹心でもある柳生漁業組合長とが一本の糸で繋がり、その先に克弥の姿が現れた。

偽《にせ》の映像が、本来の映像を隠蔽《いんぺい》するためでなく、そこにいたことを証明するためのものとして差し替えられたのだとしたら？　だいたい、組合の事務所に入って映像を細工する真似など、できる人間は限られる。伴藤の背筋が凍った。

自分の息子だから、無意識に良くない可能性を排除していたけれど、冷静に考えれば、そちらの方が理由として腑に落ちる。二人が喧嘩をしたのは間違いないだろうが、それは真実、衣笠鞠子が殺害された時刻なのだろうか。その時間、本当に克弥は港にいたのだろうか。

ＪＡの田中は相当のダメージを受けていた。殴られたあとしばらく港で転がっていたというから、恐らく失神したのだろう。それなら時間の記憶もあいまいになっているのではないか。喧嘩をしたのはもっと早い時間で、気を失った田中を見て克弥はすぐに小牧山に向かったのではないか。田中をアリバイに利用しようとしたのはたまたまだったかもしれないが、以前の喧嘩のときのカメラ映像があることは克弥なら覚えていただろう。

伴藤は上り框から立ち上がり、玄関を飛び出し駆け出した。

まさか、そんな筈はない。いくらあんなバカ息子でも、人に頼まれたからといってそんな重大犯罪に手を貸すなどあり得ない。曲りなりにも警察官の息子なのだ。妻も子もいる三十過ぎの大人なのだ。そう思いながらも、背中を流れ落ちる汗の不快さに、気がおかしくなりそうだった。

バイクにまたがってエンジンを掛けるのももどかしく、なにかから逃れるかのように振り返ることなく駆けた。遠くから主婦の、駐在さん？と問う声が、風に乗って聞こえてきたが、伴藤は歯を食いしばってグリップをいっぱいに回した。

32

署の裏口から外に出て、思いのほか強い風に、木崎亜津子は思わず片目を瞑《つむ》った。もうすぐまた次の季節がやって来る。ここ数年は積雪量が減っているから、過ごしやすい冬となっている。

内勤勤務が主の亜津子には外勤の辛《つら》さはない。それでも、鼻の頭を赤くした交通指導係や事故係の係員が交通課の部屋に戻って来ると、身に纏《まと》った冷気のせいで室温が下がり、外気の冷たさを肌で感じる。

手にバインダーを持って、署の裏手の敷地の隅にある倉庫へ近づいた。鍵《かぎ》を開けてなかに一歩踏み入る。必要な物品や機材のリストを見ながら、備品を照合する。カラーコーン、白線引き、マイクとスピーカー、メジャー、テープ、人型の看板、佐紋町のキャラクターサモモンの着ぐるみ。全《すべ》て揃《そろ》っていて問題ない。亜津子はサモモンを棚から出して、手前に置いた。丸い達磨《だるま》のような姿に両手両足が生え、右手に稲を左手に魚を持って麦わら帽子を被《かぶ》っている。堀尾病院から寄付されたものだから、今回は使うことになるだろう。

堀尾からまた無理な話を振られた。

亜津子の娘も通う保育園で、交通安全教室を行ってくれというのだ。

数日前、保育園へ子どもを迎えに来た母親が、交差点で車と接触して怪我《けが》を負った。交通事故係に聞くと、母親は自転車で信号のない四つ角に左右の確認をしないで進入したものだとわかった。その母親が堀尾病院の看護師であったことから、堀尾は対策を講じなくてはならないと言い出した。医師や看護師らに向けた、雇用者としてのパフォーマンスだろう。

佐紋署では、毎年四月と九月にある交通安全運動の際に各地で安全教室を行う。それ以外にも随時開いたりするが、それらはみな何か月も前から計画し、決裁を得た上で実施するものだ。だから、いきなり明日明後日《あさって》やってくれと言われてもできるものではない。来年春に実施されるからと言っても聞かず、なんとかやり繰りして欲しいと亜津子に迫った。

仕方なく、警察署協議会メンバーの堀尾からの要望だといって係長に進言し、交通課長の許可を得た。安全教育担当である亜津子は、他の仕事を置いて取り組まねばならなくなった。

反則切符のもみ消しよりは罪の意識も薄いが、それが余計に腹立たしい。ただでさえ大変な状況にある佐紋署に、こういうことを平気で言ってくる堀尾の態度が亜津子には不快であり脅威でもあった。

平手でサモモンの頭を叩く。これを自分が着るのだろうか。娘の未亜は、きっと喜ぶだろう。なぜか、今の亜津子には、それがとてつもない苦行のように感じられる。できれば誰かに替わってもらいたい。交通安全運動中のときは、交通指導係の女性警官が応援に来てくれるが、今は難しいだろう。

ふと一人の女性の顔が浮かんだ。佐紋署は女性職員が少ない。だから、小学校のような多人数相手の場所で行うときには、交通課だけでは間に合わないからと、生安係の野上麻希に手伝ってもらうことがある。いつだったか、他の人の手が空かず、麻希がサモモンを着る役回りとなった。あからさまに嫌な顔をしたが、渋々頭から被った。子どもに囲まれ、ぎこちなく身振り手振りをする姿が気の毒でもあり、おかしくもあった。

そんな野上麻希とさっき署内ですれ違った。

亜津子は、堀尾の無茶ぶりに腹を立てていたから、まともに挨拶《あいさつ》することもしなかった。目礼だけして足早に通り過ぎようとしたとき、麻希はまじまじと亜津子の顔を見、大きな声で、お疲れさまですと頭を下げたのだった。

麻希は刑安課生安係の女性捜査員として、男性に混じって活躍している。周囲に気を遣いながら、唯々諾々《いいだくだく》と言われた仕事をするだけの亜津子のことなど気にかけたこともないだろうに。一体、どういう風の吹き回しだろうと首を傾《かし》げた。

室内灯を消して、倉庫を出て鍵をかけた。また強い風が吹きすさび、亜津子の首筋を冷たく撫《な》でていった。

33

捜査会議で久野部達吉の母親の件が取り沙汰《ざた》された。

久野部アズが衣笠鞠子の詐欺《さぎ》に遭ったと疑われたが、それを証明することができず、久野部にも強固に否定されたことから、周辺から物証を得ることにしていた。

ようやくそれが現実のものとなりつつあった。

アズが親しくしていた友人仲間、ケアマネ、アズの入所する施設で担当している職員、それらから細かに丁寧に証言を集め、証言から更に別の証言を引き出し、かなり以前から衣笠鞠子に金を託していた事実を突き止めた。そして令状を取って、アズ名義の預貯金を調べ、振替伝票を集め、銀行員や証券会社の職員らからも聴取した。以前、アズの亡夫の持ち物であった土地が売られたが、かなりの高額の取引きであったことが判明した。そこから遡って調べると、土地の売買に衣笠鞠子が代理として来ていたことがようやく証言として取れた。久野部アズが騙取《へんしゅ》された金額は、三億円を超えると知れた。

花野の指示で久野部達吉を任意同行し、追及することが決まった。同時に、親しい付き合いのあった柳生組合長と堀尾医師にも聴取する。

「衣笠鞠子がこの佐紋に戻って来た理由だが」

花野はホワイトボードを背に、捜査員に目を向ける。

「金だろう」

四年前、衣笠鞠子の犯罪が発覚した当時、判明した限りでは詐取した金額は六千万余りだった。だが、担当した捜査二課は、もっとあったのではと考えた。ただ、六千万円分以外の被害届が出されなかったこと、そして鞠子が詐取横領した金額と遊興などで費消したらしい金額とが概ね一致したため、他にはなかったものと判断され、起訴されたのだ。

だが、もし久野部アズから奪い取った金三億円が手つかずであるとしたら、そしてそれがこの佐紋のどこかに隠されていたのだとしたら、衣笠鞠子は出所を待って取りに来ただろう。誰かに見られる可能性もあっただろうし、そのせいで泥棒と罵《のの》しられ恨みをぶつけられることも考えられた。だが、それでもここに戻って来る理由として、三億もの金の存在があったのなら少しの不思議もない。

保護観察中の身の上ではすぐにパスポートは手に入れられない。たとえ海外に逃げずとも、日本のどこかで身を潜め、潜めながらも優雅に暮らすことはできる。

「そうなると、疑うべきは共犯者だ。出所した鞠子に身仕度をさせ、佐紋に戻る手引きをした人間がいる。それが四年前の事件に関わる人物なのか、あるいは出所後に手を組んだ鞠子の新たな共犯者なのか、若《も》しくは脅迫を受け、協力を強要された人間かはわからない。ともかく、早急に鞠子の身辺を洗い、小牧山付近の目撃情報と照らし合わせてその人物を特定するんだ」

はい、と手が挙がった。花野はなんだという風に目を向ける。杏美も、会議室の一番奥に座る姿を、腰を浮かして見やった。

「佐紋、刑安課生活安全係の野上です」と立ち上がった。「事件当日の港付近の防犯カメラについて報告します」

花野は黙っている。杏美は、県警本部サイバー犯罪対策課に解析してもらうと言った麻希を見送ったが、戻ってからの話は聞いていなかった。花野の顔つきからして、既に結果は聞いているようだ。杏美にとって野上麻希は自分の部下だが、捜査本部のなかでは、花野司朗の手札として動くことになる。花野がどう使うかは杏美の関知するところではない。それは順当なことで命令系統をなんら逸脱するものではない。警察組織では上からの命令は下へ秩序を乱すことなく厳密に伝えられ、下の意見は上部へ偏見なく伝えられなくてはならない。杏美はそのことを愚直に守るだけだ。

麻希の声が高くもなく低くもなく、明瞭《めいりょう》に響き渡る。

「防犯カメラにあった犯行時刻前後の映像はダミーであることが判明しました」

僅《わず》かの沈黙が落ちて、すぐに小さな波のような戸惑いが広がる。どういうことかわからないと杏美も首を傾げる。麻希が顔を赤くしながら説明を始めた。

終わったあと、花野が他の捜査員を代表して問う。

「つまり、その伴藤克弥と田中光興の喧嘩が、犯行時刻に起きたものではないということか」

「はい。あの映像はそれよりもずっと前に撮られたものでした」

「それの意味することは？」

「まず、本来の映像には見られてはまずいものが映っていたことが考えられます」

佐紋の顔見知りの捜査員から質問が飛んだ。

「それは例の、うちの警備課員が襲撃された件じゃないのか。その犯人が映っていたとか？」

「そうかもしれません。実際、周防巡査が襲撃されたのがその港から少し離れた突堤でもありますから。映像を差し替えた犯人は三時過ぎごろ、田中光興と伴藤克弥が喧嘩をしていることを知って、それに似た日の映像を探して差し替えたということになりますが、それには色々無理な点があります」

「例えば」

「例えば、両名が喧嘩をしたということを知ってすぐにあの映像に細工を施すのは時間的に難しいということです。これは本部サイバー課で伺いました。以前の映像を加工し、事件当日の時刻を差し入れる、それを数時間程度でこなすにはかなりの技能を持っていないと不可能だろうということです」

「だが、君らが映像を確認したのは、当日、深夜を過ぎてからと聞いているが」

花野がすかさず訊く。

「はい。確かに、その点からすれば全く否定はできないかもしれません。ですが、漁業組合の事務所に侵入し、映像を入れ替えたり、過去に二人が喧嘩をしていることを知っていて、咄嗟《とっさ》にその映像を使おうと考えることと合わせると、かなり難しいと思います」

「つまり？」

「はい。カメラの偽装は、実際の映像を隠そうというのではなく、アリバイの証明として使用されたと考える方がより現実的と考えます。そのため、事前に用意されていた」

「田中と伴藤、そのどちらかが、若しくは両名が小牧山に行き、犯行をなし、そのアリバイのために喧嘩をしていた映像を作ったということか」

「その可能性を視野に入れていいかと思います。小牧山から港まで、車でも十五分以上はかかります。三時過ぎから、港で喧嘩をしたということであればアリバイは成立すると言っていいでしょう」

「アリバイ工作か」花野が呟《つぶや》くと、さっと捜一の捜査員から手が挙がり、麻希の方を見ずに強い口調で疑問を呈した。

「だが、犯行現場から港に至るどのルートからも、それらしい目撃情報は上がっていない。カメラにも不審な映像は捉えられておらず、少なくとも車での逃走は考えられない」

別の捜査員が座ったまま言葉を足す。

「車でなく徒歩で港に戻ったとすればかなりの時間がかかる。いくらカメラのない路地や私道でも、必死で走る人間がいれば目につく」

その点はどうだ、と花野が目を向けた。麻希は頷《うなず》き、「小牧山近くにあるコンビニから、正確に言うと、コンビニの隣にある個人宅ですが、そこの防犯カメラの映像を入手しました」と告げた。

皆が一斉に首を向ける。

「それにはフェンス越しにコンビニの駐車場隅に停めてある自転車が何台か映っています。映像を鮮明にしてもらった結果、事件当日の午後四時ごろ、田中と思《おぼ》しき人物がそのうちの一台に乗って行く姿が僅かに捉えられていました。更に、そのコンビニから自転車が一台盗まれたとの被害届を受理しております。田中本人は、事件の日、農家さん宅を訪問するのにＪＡの自転車を使ったと言っていますが、職員の一人から終業後の点検では自転車は全てあったとの供述を得ています。田中は港で喧嘩後、自宅に直帰したと述べており、自転車だけ返しに行ったとは考えられません」

低くも大きなどよめきが湧いた。麻希は強い目で花野を見つめた。

「また、本職と刑事係の神田川巡査は、佐紋署警備課の周防康人巡査が受傷したことが、そのこととなんらかの形で関与しているものと考えます」

報告し終わった野上は席に着くと、隣にいる神田川に小さく頷いて見せた。

会議室にいる全員が手元の資料を慌ただしくめくる。杏美は、二人の名がこれまで一度として上がっていなかったことに思い至る。犯行時刻前後、小牧山から離れた港で喧嘩をし、両名の怪我が本物であることからも早々にアリバイ確定とされていた。

花野が音もなく立ち上がり、捜査員全員の顔を睥睨《へいげい》する。

「田中光興、伴藤克弥の両名を調べ尽くせ。特に、田中と衣笠鞠子には大きな接点がある。二人は同じＪＡで共に働いていた。四年前、いやそれ以前に遡って、上司と部下という関係性以外のものを必ず見つけ出せ」

慌ただしく飛び出て行く捜査員を見つめた。一番に出て行ったのは、野上、神田川ペアだ。杏美は手元の資料に再び目を落とし、くしゃりと音を立てるほど強く握りしめた。

花野はそこまで気づいていたのだろうか。だから、伴藤弘敏巡査部長を聴取したいと言ったのだろうか。まさか、と思う。まだ、そこまでの予想はしていなかっただろう。だけど、ここにいる誰よりも永く、刑事畑ひと筋でやってきた花野司朗の、あの眼光が研ぎ澄まされるだけのものをあの男は経験してきているのだ。

一方の杏美は、自分の部下を傷つけることへの抵抗と、加えて伴藤との過去の因縁から、それを拒否した。誤った判断だったと言うほかない。

全身の力が抜けそうになる。ぐっと踏ん張り、資料の皺《しわ》を丁寧に伸ばす。

間違ったなら、それを認めて正しく修正する。そしてもう二度と、誤った判断はなさない。なにがあってもだ。

34

取調室の隣にある、監視部屋で太田警部は腕を組んでじっと立っていた。

杏美がなかに入ると太田が目で挨拶をしてきた。頷き返してから、杏美も同じように窓の側に寄って黙ってなかを見つめる。

ガラスの向こうでは、久野部達吉が赤い顔をして声を荒げていた。

警察に呼び出された久野部は、事件解決に協力するのは協議会メンバーとして当然だと機嫌良くやって来たが、取調室に入れられたとわかると途端に顔色を変えた。どういうことだと怒鳴り出し、自分は警察署協議会のメンバーだと息巻き、しまいに上を出せ、町長を呼べと言い散らかした。

本部捜査一課の班長である花野が入った。協議会のメンバーであることを軽んじていないと久野部にわかってもらうための登場らしい。捜査責任者の顔を見て、さすがの久野部も仕方ない風に腰を下ろす。頰杖《ほおづえ》を突き、問われるままに応《こた》え始めた。だが、当たり障《さわ》りのない話には応じても、いざ肝心な点となると不機嫌そうに供述をはぐらかす。若い捜査員は業《ごう》を煮やし、久野部にいいようにあしらわれていることに腹を立て始めた。つい強い口調で責めるようなことを言うと、久野部は目を剝《む》いて怒鳴り返し、しまいには腕を組んで黙り込んだ。

花野がようやく動いた。久野部に並ぶようにパイプ椅子《いす》を置き、そこに腰かける。まるで肩を組むかのような仕草で体を寄せ、穏やかな声で呼びかけた。

「久野部さん、あなたは母親のアズさんを大層思いやっておられるそうですな。佐紋の署員も有名な話だと、みんな知っておりましたよ」

久野部は、なんのことだとじろりと花野を睨む。

「そうは言っても、母親というのはなかなかに厄介ですな。わしにもおりますが、どれほど年老いて弱ろうとも、寝たきりになろうとも痴呆《ちほう》になろうとも母親は母親ですから、いざとなると頭が上がらない。代替わりして、今や自分の代だというのに横から口を出されたら無下にもできない。頭を撫でられたら、みっともない、やめてくれと思いつつも、好きにさせるしかないと我慢する」

「花野さん、あんたなにが言いたいのや。つまらん話をするくらいなら帰らせてもらう。事件のことで協力して欲しい言うから、わざわざ出向いてきたのに。それが取調室とはどういうことかね」

「まあまあ。もう少し付き合ってもらえませんかね、久野部さん」

「なにをや。言いたいことがあるんなら、手っ取り早よう言うてくれ。わしはこれでも忙しいのや」

「そうですか。それでは手っ取り早く」

花野は、にっと不気味に笑う。久野部がぎょっと目を開くのが見えた。

「久野部さん、衣笠鞠子とは深いお付き合いがあったそうですね」

なっ、と声を出して息を飲んだのは窓のこちら側、杏美だった。当の久野部は口を開けたまま言葉を失い、顔を赤くし、やがて青くしていった。

「うちの捜査員が古い話を拾ってきましてね。お若いころ、久野部さんが三十過ぎくらいでしたか、衣笠鞠子が十八？　まだ高校生でしょう」

久野部の額からぽつぽつと汗の玉が噴き出る。目がどんどん釣り上がってゆく。

「な、なにをつまらんことを言うかと思えば。そんな根も葉もない話をしよって、なにが言いたい。わしを貶《おとし》めようと企《たくら》んどるのか」

「企む？　まさか。わしらは刑事ですよ。真実を突き止め、それを確認するだけです」

「な、なにが真実なもんかっ。そんな出鱈目《でたらめ》言いよって」

「ほう。出鱈目ですか。澄川斗司夫《としお》さんは出鱈目を言う人には見えませんでしたが

ね」

なにっ、久野部の目がもっと開いた。

「ご存知ですな。衣笠鞠子を受け持った高校の先生。ずい分、説教されたらしいじゃ

ないですか。うちの捜査員が、わざわざ他県の施設に入っておられるのを捜して、面

会して来ましたよ。さすがは教師ですな。まだまだ矍鑠としておられ、昔のこともよ

く覚えておられましたよ」

久野部の顔が風船のように膨らんでゆく。

当時、一人寂しくしていることの多かった衣笠鞠子に、独身の久野部がちょっかい

を出した。恋愛に不慣れな鞠子はのめり込み、意外だったのは、当の久野部までもが

本気になったことだった。二人は結婚まで考えた。だが、三十過ぎの分別盛りの男が、

女子高生と深い関係になり挙句に結婚したいなどと言って、はいそうですかと許され

る筈がない。久野部家は、佐紋では知らない者のない旧家で資産家なのだ。当然、母

親のアズから強く反対され、澄川の話では、久野部は殴られ蹴《け》られ、恥知らずとまで罵られたらしい。夫を早くに失《な》くして久野部家を一人で切り盛りしていた女傑だ。どれほど体が大きかろうが息子一人を御すのに、なんら難しいことはなかった。

結局、母親に逆らえない久野部はあっさり鞠子を、それこそ紙屑《かみくず》をゴミ箱に入れるように捨てた。澄川は当時、鞠子は妊娠していたかもしれないと言った。だとしても、アズが強引に堕胎させただろうが、とも付け足した。

二人のことを隠したいアズは、澄川に大金を払って口止めをした。鞠子にも同じようにしたが、鞠子は若い分、純粋なところもあって、金で縁を切ろうとした久野部を恨んだまま、県外の大学へと追い出されるようにして佐紋から姿を消した。

「久野部さん、ずい分経《た》って、鞠子さんと再会したときはどんなお気持ちでしたか。少しは負い目を感じておられましたかな」

「バ、バカなことを。そんなこと思う訳がない。わしと鞠子のあいだにはなにもないんやからな」

「そうですか？　ＪＡと漁協が揉《も》めていても、ＪＡの肩を持つことが多かったと周囲の人は見ておられましたよ。もちろん、衣笠鞠子が組合長をしていたころの話ですがねぇ。警察署協議会メンバーへの話もあったのに、久野部さんが駄目だと言ったそうですな。

　ヘタに身近に置いて顔を合わせることが続けば、余計な素振りから周囲に気づかれると案じましたか。そのせいで、逆にお二人のあいだにはなにかあると勘繰られていたようですがね。これは、同じ警察署協議会のメンバーの方から伺った話です」

「し、知らん、知らん」

「あんたは思った筈だ。鞠子があんたの母親から大金を騙し取ったのは、そのときの恨みからじゃないかと。違うかっ」

　久野部は黒目を左右に激しく揺らす。花野は太い声で突き刺す。

「鞠子は、年寄り相手に詐欺を働いて大金を奪っていた。あなたの母親は一番のターゲットだった。町一番の金持ちだが、年老いて頭も鈍くなっていた。昔の因縁を笑い話にして近づく鞠子の手練が見抜けないほどの老母となった。あんたはそんなことは認めたくないだろうが、鞠子にしてみればあんたの母親を騙すなんてのは朝飯前だったろう。そうと知って、あんたはどうしたっ」

「い、いや、わしは知らんかった」

「鞠子がそんな女だとは知らなかったんだな。じゃあ、佐紋ＪＡの職員として数十年振りに再会したとき、どう思った？　昔、惚《ほ》れて結婚しようと考えた相手だからな。

鞠子と思い出話でもして楽しく酒でも酌《く》み交わしたか。あんたが、何度か鞠子と飲んでいるところは目撃されている。狭い町だからな」

花野は久野部の肩に優しく手を置き、顔を近づけ、低い声でゆっくり子どもに諭すように囁《ささや》いた。

「だが、その鞠子は若いホストに狂っていて、オイボレのあんたなんかに興味などなかった。愛想良くしていたのは、単にあんたの母親を狙《ねら》っていたからだ。そうとわかってどう思った？　母親が騙され、衣笠鞠子に金を奪われ、いいようにあしらわれていたと知ったとき、殺したいほど憎んだんじゃないのか」

久野部はすっかり毒気を抜かれ、老犬のように弱弱しい目つきで顔を青ざめさせた。やがてがっくりと首を垂れると、殺してなんかいない、話すからちゃんと聞いてくれと言ったのだった。

普段の威勢からは想像もできない久野部達吉の姿を見て、杏美は低く呻《うめ》いた。長く隠され、口を噤《つぐ》まれてきた久野部家の醜聞が明らかにされたのだ。いや、本当に隠されていたのだろうかと杏美は思う。地元で暮らすしかない人々が、その土地を子どもらに引き継ぎ、平穏な暮らしを続けるために人々は進んで自ら口を噤んだのではないか。久野部家に逆らって、いいことなどひとつもないからだ。佐紋という土地では、根を張ることで親密な共同体が生まれ、それによって強い絆《きずな》や結束が得られる。

窓の向こうでは久野部が背を曲げ、教師を前にした生徒のように小さな声で応えている。

太田はしょげた表情を作りながらも目をぎらつかせていた。杏美も続く。

「さすがですな、花野は。この僅かのあいだに、久野部をきっちり追い込み白状させるとは、だてに一課三係班長に抜擢《ばってき》された訳じゃあないなぁ」

刑安課の部屋に入って、県警本部捜査二課の太田警部は、自分で椅子を引いて草臥《くたび》れたようにどっかと腰を下ろした。

少しの間を置いて花野が取調室を出て来た。入れ替わりにベテランの捜査員がなかに入ってゆく。花野は太田の座る前に椅子を持って来て、同じように座り込んだ。

結局、久野部の母親である久野部アズは三億円以上の金を衣笠鞠子に詐取されていたことがわかった。金を奪われてようやく久野部は、鞠子に恨まれていたのだと気づいた。衣笠鞠子は自分を貶めた久野部親子を憎んだ。そしてそんな親子に気を遣い、僅か十八歳の女子高生が佐紋を追い出されてゆくのを見て見ぬ振りをした佐紋の人々を、佐紋という土地そのものを憎んでいたのだ。

久野部は騙されていたとわかって激しいショックを受けた。そのせいで、捜査員らがお宅も被害はありませんかと問い合わせに来たとき、昔の醜聞が表沙汰になることを恐れる気持ちもあって、ないと言ってしまった。鞠子が、騙した相手として久野部アズの名を上げていないことを知って、知らぬ存ぜぬで押し通すことを決めた。バカバカしいような話だが、自分の立場と今後の佐紋での暮らしを思えば黙っている方がいいと考えた。怒りと後悔に身を捩《よじ》りながら、悶々《もんもん》とし続けてはいたらしいが。

太田が負け惜しみのように言う。

「確かに、被害は認めただろうが、それはあくまでも動機の存否を明らかにしたに過ぎない。改めて被害届を出すことは、やっぱり承知しそうにないじゃないか」

「そうだ。こっちは、動機があることを証明できればいい。今さら、被害に遭いましたと届けようが届けまいがどちらでもいいことだ」

「ちぇっ。そういうこと言うか。久野部が落ちそうだと聞いたから、わざわざ駆けつけたのに、二課の案件はどうでもいいってか」

「そうは言わんが、今はこっちが優先する。ただ、当時の被害金額に三億円を上乗せできれば、衣笠はまだ刑務所にいただろう、ということは、ちょっとは考えたがな」

太田が、大仰に両手を天に伸ばし、首を仰《の》け反《ぞ》らせる。

「悪かったよ、ああ、俺らがしくじりました。詰めが甘くてスミマセン」

杏美が立っているのに気づくと、自分の椅子を譲って、太田は頭を掻《か》きながら部屋のなかを歩き出した。

「もし、衣笠鞠子が刑務所にいたら殺されることはなかったのかな」

花野は椅子に座ったまま、腕を組み替えた。

「確かに、鞠子がもっと長くムショに入っていたなら、事件の様相は変っていたかもしれん」

「え。どういうことだ」と太田は足を止める。

杏美もじっと花野の顔を見つめた。花野はそれ以上、なにも言う気はないという風にどっと背もたれに大きな体を預けた。椅子が嫌な音を立てる。

太田の表情はしばらく動かなかったが、やがて諦《あきら》めたように首を振ると、すいと杏美の方を向いて背を伸ばした。

「このあいだは園田逮捕にご協力いただき、ありがとうございました」と上半身を曲げた。その礼を言うためもあって、わざわざ佐紋までやって来たらしい。

「まあ、そのお返しというのではないですが」

「はい？」

隣で花野もぎっと椅子を鳴らして身を起こした。

「実は、賭博《とばく》開帳の主犯の一人である園田の尋問をうちの課でも行いまして。もしかしたら振り込め詐欺の方にも加担している可能性があったものですから。その聴取のなかで、こちらの参考になるのではと思える供述が出たのでお知らせしておこうかと」

「先にそれを言え」と花野が吼《ほ》える。

　太田は軽く肩をすくめる。

「それで」杏美が促す。

「はい」と太田は姿勢を正す。「園田らは、佐紋と隣接する署管内にある、閉店した店舗内で開帳していました。そこに出入りする人間は、およそ素行のよろしくない人間ばかりですが、なかには外国人を含む素人衆《しろうとしゅう》もいまして、大した繁盛《はんじょう》振りだったようです」

「素人？　一般人ということ？」

「はい。園田が言うには、そのなかに佐紋の人間も混じっていたそうです。なにかの組合関係の人間らしく、ごつい体の男はやたら魚臭かったと言っていました」

　がたんと音を立てて杏美は立ち上がる。

　花野は座ったまま、指を振って近くにいた捜査員を呼び寄せて言った。

「写真を持って行って、園田に確認させろ」

35

急ブレーキを掛けたせいで、後輪が滑ってあやうく転倒しかける。なんとか堪《こら》えてスタンドを起こす間も惜しく、玄関ドアを開けながらおとないの声を上げた。

廊下の奥から出て来たのは翔真で、伴藤の顔を見て両手を広げる。仕方なく抱きかかえ、克弥の名を呼んだ。すぐに嫁が手を拭《ふ》きながら出て来て、あらお義父《とう》さん、と目を丸くする。

「克弥はいるか」

「え。あっと、車でホームセンターに包丁を買いに行くって言ってましたから、もうじき戻るかと」

翔真を渡して、すぐに飛び出る。

伴藤克弥の家は中古の小さなものだが、一応、一軒家だ。車も軽四車だが新車で、どちらもまだローンはたっぷり残っていた。漁師としての生活がこの先どうなるかわからないとなれば、そういった掛かりが克弥の大きな負担となるだろう。愚かな息子ではあるが、目の前にいる妻や子どものことを思えばなんでもしようとするのではないか。

もしや、恩や義理よりも金が絡《から》んでいるのかと伴藤は更に汗を滴《したた》らせる。バイクにまたがりかけたとき、角を曲がって見知った車がやって来るのが見えた。すぐに飛び出し、両手を振って止める。

窓から克弥が首を出し、鬱陶《うっとう》しそうな目を向けた。構うことなく助手席のドアを開け、乗り込んで車を出せと叫んだ。色黒の漁師の眉《まゆ》がさっと逆立ち、苛《いら》立《だ》った表情が浮かび上がるが、伴藤は怒鳴り声で塞《ふさ》ぐ。

「カメラに細工したことはわかっているんだぞ」

「えっ」

すぐにアクセルを踏んで走り出す。その慌《あわ》てた横顔を見て、伴藤は自分の想像が外れていないことを知り、自分を取り巻く世界が瞬時に色を失っていくのを感じた。

黙って走り続けることに不安を拭《ぬぐ》えない克弥は、ちろちろと視線を投げる。伴藤は顔をひと拭いすると、どこか静かな場所で車を停めろと指示した。

住宅用に整地されたエリアが小高い斜面に広がる。県道に近いこともあって分譲住宅を建設するつもりが、基礎工事の始まる前に中断し、そのまま放たらかしにされている。Iターン組や田舎暮らしを望む若い家族を当て込んだが、不動産会社の経営が思わしくなく計画倒れとなったものだ。家から海も山も見えるということが売りではあったが、その程度のものでは大した宣伝効果とならなかったのだろう。

エンジンを切ると、海からの風音だけが寂しく響いた。

堪え切れずに克弥が問う。「カメラってなんのことだよ」

「バカかっ」伴藤が拳《こぶし》を振り上げたのを、克弥は咄嗟に摑《つか》む。なにすんだよ、と怒鳴り返すのを見て、伴藤は振り払い、そのまま両手で頭を抱えた。

「事件のとき、お前どこにいた」

「事件？　なんの」

「小牧山だ。衣笠鞠子のことだ」

「なに言ってんだよ。港で喧嘩したのを親父《おやじ》が仲裁に来たじゃないか」

「仲裁なんかしてない。お前が缶ビールを飲みながら転がっているのを見つけただけだ」

「だから、それが喧嘩のあとだって」

「うるさいっ。この期《ご》に及んでまだ御託を並べる気か」

克弥が愚かな弁明を始めないよう、伴藤はそうと気づいた理由を早口でまくしたてた。そして、肝心なことを訊《き》く。

「お前、衣笠鞠子を殺したのか」

克弥は顔色こそ変えたが、案外と落ち着いた目の色をして首を振った。

「俺はしてねぇよ」

その顔をじっと見つめ、傾げるように首を垂れた。自分の息子が嘘《うそ》を吐《つ》いているかどうかが見分けられない。余程、他人の顔色を窺《うかが》う方が楽だと思った。どうして、自分の子どもとこんな大きな隔てを持つことになったのか、どうしてこんな風に正直さを失い、それを恥とも思わぬ人間になってしまったのか。わからないとまた首を振る。

克弥が嘘を言っているかどうかは、自分が捜査本部に連れて行けばわかることだ。

だが。

「どうしてこんな真似《まね》をした。頼まれたのか」

克弥の黒い目が激しく泳いだ。

「久野部か。柳生か」

「え」

「どちらかに頼まれたんじゃないのか。金でも積まれたか」

克弥の横顔が戸惑ったように揺れ、やがて目を瞬《しばた》かせた。

「ま、そんなとこ」

そして、開けた窓から腕を垂らし、海の方へと顔を向ける。日に焼けて、肩から腕にかけて筋肉が盛り上がっている。力はあるが頭は良くない。人に言われたことをそのまますることはできても、自分でなにかを仕組んだり、器用に段取りをする真似はできない。そんな人間が思案するように目を瞬かせ、挙句に口にした返事が、『そんなとこ』だ。

嘘だ。愚かな親でも、これくらいは見分けられる。伴藤が言った言葉に咄嗟に嘘を吐いて誤魔化そうとした。一体、なにを誤魔化そうとした。

伴藤は反対の窓から山の方を見る。そして考える。

本来なら克弥に自首を勧めるべきだろう。警察官として、親として。けれど、この息子が素直に応じるとも思えない。それに、と田添杏美の顔を思い浮かべる。あの女に全てを知られることになる。

伴藤弘敏の息子が、重大な犯罪に加担していると知ってどう思うだろう。やはり三十年前のあのとき、交番で伴藤の頼みを聞かないで良かったと、巡査部長が限度の、田舎の駐在が似合いのその程度の人間と思うだろうか。

克弥が言う。

「俺、自首とかしねえから。俺を売るっていうんなら売れよ。けどどんなことしてでも逃げてやる。ムショなんか真っ平だ」

「お前」

伴藤は胸の奥で小さななにかが消えるのを感じた。頭に手をやって、無帽であることに気づいた。ヘルメットを克弥の家に置いてきて、そのままバイクに積んでいる活動帽を取らずに来たのだ。制服姿に帽子もなく、冷たい風の吹く午後に、汗だくになって途方に暮れている。なんと、みっともない姿なのだろう。

笑いがこみ上げる。

運転席から息子が気味悪そうに眺めていた。

「戻ろう」

「え?」

「もういい。わしは、カメラのことは誰にも言わん。お前も言うな」

「いいのか、親父」

「早く出せ。翔真が待ってる」

「ああ」克弥はそう言ってシートベルトを装着した。

36

「確保しましたっ」

「確保ーっ」

捜査本部に響き渡った。

雛壇《ひなだん》に座る杏美は大きく息を吸い込む。捜査員の一人が駆け寄り、花野と杏美の眼前で直立した。

「××空港で搭乗する直前、職質。逃走しようとしたため、公妨で午後四時三十一分、田中光興を逮捕しました」

公務執行妨害で現行犯逮捕。

甲斐祥吾は、そんな言葉を初めて間近で聞いたと思った。こういうことを言い慣れている捜一の刑事らには日常茶飯のことで、冷静沈着な態度でいるものと思っていたが、自分や杏美と同じように興奮し、目も口も頰も緊張で引きつらせていた。

視線を感じて顔を上げると花野が見ていた。

慌てて椅子から立ち、頭を下げる。どうしてそんな真似をしたのか自分でもわからなかったが、思わずしてしまった。

捜査本部に呼ばれて、杏美と花野から田中の居場所に心当たりはないかと問われたのが、およそ一時間前のこと。

ＪＡに問い合わせると今日は休みを取っていて、自宅にも付近にも見当たらない。田中は佐紋出身だから、親戚《しんせき》や友人らは今もこの地に多くいるが、そのどこにも姿を現していないと言う。

捜一だけでなく、佐紋の刑安課の人間が町中を走り回って捜索していた。花野に睨《にら》まれ、杏美に問われながら、どういうことだろうかと考えた。二人の後ろにあるホワイトボードに目をやった。そこに田中光興と伴藤克弥の名前が二つ並んで書き込まれていた。

防犯カメラの偽装工作。小牧山の麓《ふもと》に車が長く放置されていたらしいこと。犯行時刻、近くのコンビニで自転車が一台、盗まれたこと。そのコンビニの防犯カメラの映像に、田中らしい男の姿が僅かに映り込んでいたこと。そして田中の経歴として、佐紋の出身、国立大学卒。卒業後、ＩＴ関連の会社でＷＥＢ広告や映像バグ修正などの業務に従事。上司と反りが合わず独立起業するが、失敗。地元佐紋に戻ってＪＡに再就職。その二年後、妻と離婚などなどがボード一面に書き記されていた。

更に交友関係の欄を見て、唾《つば》を飲み込んだ。

ＪＡ関係者、中学、高校の地元の友人の他に、佐紋署総務課甲斐祥吾巡査部長。

「小牧山の事件にあなたが加担していないことは、既に捜査本部では確証を得ている。わたしもそう信じている。だけど、あなたと田中が親しいのはみなが知っていること。甲斐主任、田中が立ち寄りそうな場所、逃げ込みそうなところに心当たりはありませんか」

田添杏美に問われて甲斐は絶句した。

隣では花野司朗が大きな体をパイプ椅子に沈めて、顎《あご》に手を当てて余所《よそ》を見ていた。甲斐は目を伏せ、唇を噛《か》んだ。

田中との友情が偽りであったとか、警察官だったから利用されていただけとか、そういうことは今はどうでもいい。そんなことを考えている場合ではないのだと言い聞かせた。目を瞑《つむ》り、一心に考えた。あらゆる場面を思い出し、田中が言った全《すべ》ての言葉を思い返した。

「あの」

杏美が目を開き、花野が顎から手を離した。

「田中はＪＡを半日休んだときがありました。本人は病院に行ったついでに用事を済ませたと言いました。その日の田中の持つセカンドバッグに赤い手帳が見えました」

「赤い手帳？」

「それまで、田中がそんな手帳を持っていたのを見たことはありません。今のわたしには、それがパスポートであるとしか思えません」

花野が座ったまま怒声を上げる。すぐ隣に立っていた杏美の上半身が反動で揺れたように見えた。

「佐紋に一番近い空港から順に探せ。管轄《かんかつ》の警察署、交番に連絡を取れ」

返事する声がひとつになって返ってくる。それに押されるようにして、甲斐は近くのパイプ椅子に崩れるように座り込んだ。

「田中が」

そうひと言呟くと、全身から力が抜け落ちた。雛壇の近くの椅子に座り込んだまま、息を詰めながら甲斐は待った。

それから約一時間後、東京への路線を持つ空港の搭乗ゲート付近で、田中光興が捕らえられたとの知らせが入ったのだ。田中は成田経由で中東へ渡るチケットを持っていた。

杏美は甲斐祥吾を見つめ、再びホワイトボードへと目を向けた。

県警本部捜査二課の太田警部がもたらした情報は、捜査を大きく前進させた。太田は言った。

『組合関係の――。ごつい体の男は魚臭かった――』

わざわざごつい体の男は、と言ったのだ。つまり、ごつくない体の男もいたということだ。その男は魚臭くなかったのだ。

そして、市場を映した防犯カメラの映像が細工されたものであることが判明した。最初、本来映っていたものを隠すために差し替えられたものかと考えられたが、太田の言葉から、映像に映っている二人の人間こそが、映ることによって隠されるべきものだと確信した。

全てが一変した。

田中光興と伴藤克弥が犬猿の仲で、会えば喧嘩《けんか》をしていたという事実がもろくも崩れ落ちた。十月の初めに起こした喧嘩も、あれも全て二人の仲の悪さを見せつけるための仕組まれたものかと思うと、さすがの杏美も怖気《おぞけ》を感じた。ずい分前から計画されたことだったのだ。最初から衣笠鞠子を殺害するつもりで、二人の関係を悪化させ、防犯カメラの映像を作り込んでいた。

花野が言う。

「恐らく主犯は田中だろう。克弥にこんな計画を練ったり、映像を細工することなどできん。田中が計画し、伴藤克弥をアリバイ工作に使った。二人の関係は、大方賭博の借金辺りだろう」

捜査員が、賭博開帳と母子拉致《らち》容疑で逮捕された園田に面会し、写真を確認させた。園田は伴藤克弥を見て、魚臭い野郎と言い、田中光興を見て、一緒につるんでいたヤツだ、魚野郎の兄貴分のように振る舞っていたと証言した。更に二人は、特に魚臭い方はかなりの借金を抱えていたとも言った。

「一見、粗暴で短絡的な克弥より、頭脳明晰《めいせき》な上に冷徹さのある田中が主導するのは当然の成り行きだ」

「田中が伴藤克弥を巻き込んだ」杏美がそう残念そうに言うと、

「巻き込まれようが、強いられようが、犯罪に加担した時点で同じ悪党だ」と、花野は吐き捨てるように言った。

37

「お前は衣笠鞠子とは面識がなかっただろう。よく引き受けたな」

　伴藤弘敏が、疲れたように背をもたせかけ、フロントガラスの向こうを見つめて言った。

「金を、分け前をくれるって言うから」

「田中がか？」

　克弥が頷きかけて慌てて止めた。その様子を横目で見て、やっぱりと肩を落とした。克弥を操り、衣笠鞠子を殺害したのは田中光興なのだ。単純な話だ。防犯カメラの映像にあったのは、克弥と田中の二人。喧嘩が嘘の話なら、あの映像は田中のアリバイを証明するためのものにもなる。そう言うと、克弥は開き直ったように顎を引いて薄ら笑いを浮かべた。

　伴藤は残った気力を振り絞るようにして訊く。

「衣笠鞠子は、ここ佐紋に金を隠し持っていたんだな」

「……らしいな。田中さんも隠し場所は知らなかったらしく、鞠子に手を貸す振りをして隙《すき》を見つけて奪ってやるつもりだと言っていた。でもまさか」

「まさかなんだ。まさか、殺すとは思わなかったって言うのか」

「そうだよ。なんかあったときのために、一応、疑われたくないからカメラ映像の差し替えをしてくれって頼まれたんだ。映像は田中さんが前から作っていたのを預かっていて、それをあの日、組合事務所に出向いて交換した。そのあと田中さんと合流して、互いに喧嘩の痕跡《こんせき》をつける計画だった」

「ところが周防巡査に見つかったんだな」

「まさか、あんな格好したお巡りがいるとは思わないじゃないか。遅れて港にやって来た田中さんが、電話で尾《つ》けられているぞって俺に教えてくれて。そのまま、突堤に向かえって言うのでその通りにしたら、いきなり殴りつけるから、びっくりした。まさか、ああいうことするとは」

「まさか、まさか、って。そんな言い種《ぐさ》が通ると思っているのか。お前、少しも恐ろしいとは思わなかったのか」

怒鳴りたいのを必死で堪える。眉間《みけん》が激しく痛み出し、思わず指で摘《つ》まんだ。

「別に。だって俺の役割は、大したもんじゃなかったし。それがあの緊急配備っての？　あれで予定が狂ったんだ」

そうだろう、と伴藤は眉間から額へと広がる痛みに顔を歪《ゆが》ませる。

あの緊急配備のお蔭《かげ》で、町中にはいつも以上の人出があった。車で鞠子をあの小屋に運んだ田中は、殺害後、その車で港まで戻る筈《はず》だった。だが、緊配のせいでそれができなくなった。恐らく、別の方法で戻ったのだろうが、予定よりずい分と遅れてしまった筈だ。

やっと港に来てみれば、克弥の後ろを周防巡査が尾行していた。どうして周防が克弥を尾け回していたのかわからないが、田中は咄嗟に、このままにはしておけないと思った。誰であれ、夕方に、克弥が普通の姿でいるのを見られてはならないからだ。克弥はその時間、喧嘩を終えて傷だらけになっていなくてはならなかった。焦った田中は短絡的な行動に出た。

ガタン、と車が大きく上下した。克弥が舌打ちする。道にある窪《くぼ》みに気づかなかったのだ。窓から外を窺おうとしたとき、伴藤はふと気づいた。

無線機がやけに静かであることに。

たとえ大したことがなくとも、胸にある無線機からは、始終なにかしらの報告なり、応答する声が発せられているものだ。通常は本署と繫《つな》がる署活系に合わせている。それが、かなりのあいだ沈黙していた。もしかスイッチが入っていないのかと思って確かめたが異常はなかった。どうしたのだろう、と考えているといきなり携帯電話が鳴って、思わず肩が跳ねた。

ダッシュボードの上のホルダーにセットしていた携帯電話に、克弥が応答する。映像と共に翔真の声が響いた。後ろに嫁の顔も覗《のぞ》く。

「パパどこ？」

心配してかけてきたのだろう。克弥が伴藤の前に体を伸ばし、笑みを浮かべながら応答する。そのやり取りを見ているうち、伴藤は言い知れぬ不安が全身を覆《おお》うのを感じた。

この家族は、犯罪を犯した父親とこれから先も暮らすことになるのか。幼い翔真は、この男を父親と慕い、頼りにするのか。翔真が成長し、困難に突き当たったとき、不正や不道徳を目にしたとき、父親である克弥はなにを言うのだろう。

指先が細かに震え出し、それが腕へと広がり、肩が揺れて、上半身が揺れ出した。克弥がぎょっとしたように見る。

無線機は沈黙したままだ。もう、明らかになったのだ。

伴藤弘敏は電話が終わるのを待って言った。

「克弥、悪いが途中、ちょっと本署に寄ってくれないか」

「え。なんで」

「わしの荷物をみな引き上げようと思う。本署のロッカーに色々置いてあるから、車があると助かるんだ」

「荷物？　なんで」

「どうせ、来年勇退だし、少し早めに辞めてもどうってことない。身辺整理だ」

「警察辞めるのか」

「ああ、もういい。これ以上勤める気がなくなった。駐在勤務も飽き飽きだ」

「ふうん」

ハンドルを切りながら、克弥はまるで他人を見るような目で伴藤を見た。

「本当に、それだけだろうな」

38

ホワイトボードには田中光興に並んで伴藤克弥の名があった。

漁師。漁業組合の組合員。妻と子有り。父親は辰ノ巳駐在勤務の伴藤弘敏巡査部長。

警察官の身内だから慎重に行わなくてはならない。当然、署活系の警察無線は使えない。捜査員や外勤の警察官、他の駐在員とのやり取りは携帯電話となる。

杏美には到底考えられなかったが、捜査本部のなかには伴藤駐在員も共犯ではないかという意見も少なくなかった。伴藤をどう扱おうかと思案している最中、田中光興が行方をくらましたことが発覚し、ほとんどの捜査員がそちらへと集中した。田中確保の報で一旦《いったん》は落ち着きを取り戻した捜査本部で、改めてそのことを検討する。

「克弥は共犯という立場を弁《わきま》え、それ以上の関わりは持たないようにしているだろう。恐らく、鞠子を殺害したのは田中光興だ。克弥はあくまでもアリバイ工作に手を貸したというスタンスだから、差し迫った危険性も、追われているという認識も、田中ほどは抱いていない」と花野は自信有りげに語る。

「それに父親の存在があると？」と杏美。

「ない筈はない。父親は警察官だ。ここに来て十年にもなる伴藤弘敏は、住民らから信頼と尊敬を寄せられている。そのことを承知している克弥にしてみれば、なにがしかの助けになると考えるだろうし、いざとなれば頼るかもしれん。現時点で伴藤が息子のしたことをどこまで知っているのか、それはわからんが親子だ。隠蔽《いんぺい》に手を貸してもおかしくない」

「隠蔽」杏美は呻くように漏らし、そのまま視線を遠くへと流す。「まさか。伴藤さんがそんなこと」

自分の役目は部下を信じることだ。そう言い聞かせながらも溢《あふ》れ出そうになる不安がある。そんな杏美を見て、花野が反応した。

「伴藤のことを以前からご存知のようだが」

少しの躊躇《ためら》いのあと、「ずい分前だけど、一緒に勤務したことがあるわ」と言った。

花野が不思議そうな顔をする。

「そうですか。ま、ともかく手元にある履歴を見た限り、特別手柄を挙げた訳でも、職務熱心だという評価もないようだ。上昇志向が強かった割には巡査部長止まりだし」

「それは昔の話でしょう。以前はどうであれ、今は違う。永く、辰ノ巳駐在で地域住民に寄り添い、治安を守ってきたのよ」

「そのことに満足しているかどうかは、本人以外、誰にもわからない。人間の性《さが》というヤツは根底ではそうそう変わることがない」

「わたしはそうは思わない。人は経験や人との出会いによって変化し、進化するわ。悔い改めることができるから、人は人でいられる、人になれる」

「人になれる？　ずい分、センチメンタルなおっしゃりようだ。早くも佐紋の風土に馴染《なじ》まれましたか」

　これまでなら、瞬時に目を吊《つ》り上げただろうが、今の杏美には花野の戯言《ざれごと》も重くのしかかる。自分で言っておきながら、自分の言葉にすがろうとしている。

「克弥は、田中が逃亡したことにまだ気づいていない。家族を持っている男に思い切った真似は容易にできまいが、早急に確保しよう」

「むしろ、克弥の方が恐《こわ》いかもしれないわ」と杏美は声を低くして呟《つぶや》いた。

「恐い？　なぜ」

「家族がいるから、警察官の身内だから、ということがよ。そういうことが逆に、人の心が裂けるときの切っ先になることもあるわ」

「克弥のような男にはない気がするがね」

　杏美も克弥を直接知っている訳ではない。父親である伴藤弘敏を知るだけだ。それも三十年も前の僅《わず》かの期間だけの姿をだ。

　間もなく捜査員が、克弥が伴藤と一緒に車で出かけたらしいことを聞き込んできた。どういうことだろうと杏美は考える。周囲の話では仲の良い親子という印象ではなかったが、車内で二人きりでなにを話しているのだろう。気になった。

　それは花野も同じらしく、珍しく身じろぐと残った捜査員を呼び集めるように指示した。伴藤もろとも任意同行をかけるつもりらしい。

杏美はそうと察して会議室を出た。

間もなく田中が搬送されて来る。そこに伴藤親子も顔を合わせることになる。花野にしてみれば、田中と克弥と同時に取り調べを始め、二人の共犯関係の繋がりの脆《もろ》さを突いて、一気に自白を得ようというのだ。

やがて、この佐紋に大きな嵐《あらし》が巻き起こる。そのことに怯《ひる》む気持ちはないが、署長代理として最後まで毅然《きぜん》と、そして冷静に対応しようと言い聞かせた。

階段を降りて一階のカウンターへと近づく。

奥の廊下から、木崎巡査部長が両手になにやら雑多なものを抱え、よろめきながら歩いて来るのが見えた。

杏美に気づくと立ち止まり、無理な体勢ながらも室内の敬礼をくれる。

「なにがあるの？」

「今から保育園で安全教室を行います」

「ああ、その準備」

裏の倉庫から安教用の備品を運び、表の駐車場に停めている車に乗せるのだろう。他に手伝う姿がないのを見ると、亜津子一人に任された仕事らしい。

「ご苦労さま」

「失礼します」

玄関のガラス扉を開けて、亜津子が出て行くのを見送った。

小出がそんな杏美を目ざとく見つけ、駆け寄って来る。今から決裁書類を確認しますと言うと、ほっとしたように笑みを浮かべた。

＊

木崎亜津子は、正面玄関前の一般駐車場に停めている車のハッチバックドアを開けた。

交通課に与えられている車はミニパトと事故係用のワゴンタイプのパトカーだけだ。交通規制係用というものはなく、必要な際は交通指導係のミニパトを借りる。だが、今は捜査本部に吸い上げられているから、代わりに総務課の車両を借り受ける手筈にしていた。

グレーの平凡な乗用車で、俗にいう署長車でもある。白線引きやカラーコーン、サモモンの着ぐるみなどを押し込み、ドアを下ろした。

時計を見て、予定時刻まであと三十分程度であるのを確認し、一旦、部屋に戻って身支度を整えることにする。

玄関に向かって歩き出したとき、一台の軽四車が駐車場に入って来た。何気なく目をやると、助手席に紺色の制服が見えた気がして立ち止まった。

駐車スペースに停まったが、なぜかエンジンを掛けたまま、シートベルトを外している。フロントガラス越しに、それが辰ノ巳駐在の伴藤巡査部長であることがわかった。

妙だと思った。活動服姿なのに無帽だ。ヘルメットも活動帽も被《かぶ》っていない。亜津子は首だけ回していたのを、体ごと車に向けた。

やがて、隣の運転席に座る若い男と伴藤がなにか言い合いを始め、男が窓の向こうへと視線を向けたとき、伴藤がいきなり手錠を取り出した。そして、若い男の左手首にかけたと思ったら、もう一方をハンドルにかけようとしたのを男の拳によって妨げられた。若い男が、伴藤駐在員を殴りながら車外に押し出そうとした。

「なにしているのっ」

亜津子は叫びながら走り寄った。若い男が亜津子を認め、ぎょっと血相を変えた。

伴藤が車から出ようとしないのに諦めたのか、シートベルトを外して転がり出る。それを見た伴藤もすぐに飛び降り、走り出す男の腰にしがみついて一緒に倒れ込んだ。

「伴藤さん、どうしたんですかっ」

　男は狂ったように暴れ、足を蹴《け》り出す。そのどれかが伴藤の腹に当たったらしく、呻き声を上げて手を離した。男は汗を滴らせ、涎《よだれ》を垂らしながら大声で喚《わめ》く。両目が瞬《まばた》きを忘れたように大きく広がり、真っ赤に染まる。そのまま逃げるかと思ったら、どういうつもりか車の後部座席のドアを開け、半身を入れるとすぐに体を起こした。

　手に、長い刺身包丁があった。

「あっ」

　亜津子の全身が硬直した。研ぎ澄まされた銀色の反射光が、目にいっぱい飛び込んで来る。刺されたら死ぬという感覚だけがせり上がる。きっと死んでしまう。経験したことのない怯懦《きょうだ》が亜津子の全身を痺《しび》れさせる。頭のなかを未亜の顔が凄《すさ》まじい速さで過《よぎ》った。自分が死んだら、未亜が。

　あ、あ、と口から洩《も》れる言葉。動かない体。

　そのあいだに若い男は包丁を、倒れている伴藤に向かって振り上げた。伴藤が気づき、咄嗟《とっさ》に上半身を反転させ、逃れようとした。だが、筋肉質で敏捷《びんしょう》な体は伴藤の動きを逃さない。

「うぐぁ」

細長い刃の三分の一ほどが、伴藤の背の肩甲骨《けんこうこつ》の下辺りにめり込む。そのままどうとうつ伏せになる。男が紺色の活動服の上に屈《かが》み込むようにして、包丁を抜いた。血しぶきが噴く。伴藤は伏したまま、それでも両手で地面を掻くようにして、男から逃れようとした。

手に赤く濡《ぬ》れた刃先の包丁を持ったまま、男はそんな伴藤をまるで虫か蛇でも見るような目つきで見下ろした。その口元に小さな歪みが見えた、と亜津子は思った。

男の左手にある手錠が鈍い音を立てて揺れる。再び、包丁を振り上げた。

＊

二階から捜査員と花野司朗が下りて来て、一階のカウンター前に杏美がいるのを見て足を止めた。

「どうしたの」

「うちのが耳寄りな話を聞いてきた」と花野が、後ろに控える捜査員を顎で示す。花野が自分で言えと目で指示するので、捜査員が杏美へと一歩近づいた。

「隣町のホテルで、四年前まで衣笠鞠子と田中光興が何度も密会していたことが判明しました」

「……」

どういうこと？　と花野に目を向ける。花野は唇の片端を歪めた。

「そういうことだ。二人はできていた。衣笠鞠子が田中の言葉にのこのこ誘い出されたのも、そういう曰《いわ》くがあったからだろう。だが、鞠子はそう簡単に人を信用しない。恐らく、三億の金の在《あ》り処《か》は田中にも言わなかった。とはいえ、所詮《しょせん》は六十過ぎの女だ、ムショに入って感覚が鈍くなったのもあっただろう、金をチラつかせれば、また以前のようになんでもいいなりになると勘違いした」

「だけど、田中には最初から暴力に訴えてでも隠し場所を吐かせる意図があった」

「そうだ。田中にしてみれば、金のために鞠子の相手をさせられたという忌々《いまいま》しさもあって、その恨みが余計に暴力に拍車をかけた。また」

うん？　と花野が言葉を切った。杏美にもなにかが聞こえた気がしたが、玄関扉は閉まったままだ。なんでもないだろうと気を取り直し、話を続ける。

「調べるほどに、鞠子の犯罪事実に違和感を覚える」

「横領ね」

「そうだ。ＪＡの金をちまちま盗み取っていたなど、およそ鞠子のやり口とは思えない」

「じゃあ、田中光興が」

「たぶんな。田中は鞠子にそのことを気づかれ、弱みを握られた。もし、刑期を七年ほど務めていたなら、田中の横領は時効になっただろう。だが、鞠子は四年で出て来た。今、警察に訴えられれば、今度は自分がムショに行く羽目になる。だから、鞠子を始末したいと思っ」

今度ははっきり聞こえた。

杏美も花野も、側に立つ捜査員も同時に顔を玄関のガラス扉へと向けた。捜査員がバネのようになって飛び出して行く。杏美も花野もあとを追う。一階にいる小出係長や他の署員も、なにごとかという風に伸びあがり、慌てて出て来る。

署の表から悲鳴のような声が上がった。

杏美には、それが、「伴藤」と聞こえた気がした。

＊

反射的に腰に手を回したが、めったに外に出ることのない亜津子は、帯革をすることがない。子どもら相手の安全教室にも必要ないからいつも丸腰で行く。それでも無意識に手をふらふらさせた。そのあいだに、男は伴藤に止《とど》めを刺そうと足を踏み出した。

亜津子は、大声を上げながら地面を蹴った。

＊

杏美らがガラス扉から外に飛び出した。正面玄関の短い階段の先に駐車場がある。そこに総務の車が置かれ、向かい側に軽四車。駐車場にはその二台しかなかった。二台の車のあいだで、三人の人間が固まっていた。すぐにはなにをしているのかわからなかった。かろうじて紺の制服姿が二名、確認できる。捜査員がその三人に向かって突進し、花野が大声を上げながら駆けた。杏美の目が大きく開いた。

地面に血痕が見えた。

若い男の右手に細長く銀色に光るものがあった。そして左手にはなぜか手錠がぶら下がっている。

「伴藤さん、木崎っ」

杏美の声は悲鳴となった。

＊

どうして、こんな真似をしたのか自分でもわからない。頭のなかも、体の隅々まで未亜のことでいっぱいなのに。長い刃先を見た瞬間、心も体も強張《こわば》って微塵《みじん》も動くことができなかったのに。

目の前で、自分と同じ紺の制服が血に染まった。このままだと死んでしまうかもしれないと思った。きっと死んでしまうと思った。その瞬間、大声を上げていた。

恐怖に目を瞑ってまでも、やらなくてはならない――。その感覚だけが、亜津子の背を突き飛ばすように押し出した。

両足にしがみついたつもりだったが、うまくかわされ、右足だけしか摑めなかった。そのせいで左足で横腹に蹴りを入れられる。歯を食いしばって我慢し、なおも動きを止めようとしたが、女の体の重さなぞ大したことないと片足だけで簡単に振り払われる。

だが、そのお蔭で伴藤からは少し離れてくれた。

亜津子は地面に四つん這《ば》いになりながら、男の顔を睨み上げる。地面が揺れていると思ったのは、自分の両手両足が震えているからとわかった。

滴る汗が目に入る。痛みにも瞬くことはせず、視線だけを横へ動かした。うつ伏せに倒れている伴藤の様子を窺う。背を刺されたが、意識はしっかりしているらしく、肘《ひじ》を突いて顔を上げていた。亜津子はその青ざめた顔から、じっとこちらに注いでくる視線を受け取る。はっと、息を止めた。

伴藤が左手を探りながら、腰の帯革にあるホルダーから特殊警棒を取り出そうとしている。それを亜津子に投げようとしているのだ。そうと気づいて、亜津子は男の動きを少しでも鈍らせようと叱責《しっせき》の声を投げつけた。若い男がぎっと亜津子を睨む。顔に飛び散った血痕が、充血した目からこぼれ出た雫《しずく》のように見えた。

伴藤の吠《ほ》えるような叫びが聞こえたと思った瞬間、黒い棒が亜津子の方へと投げられた。

若い男は一旦は伴藤を見返ったが、すぐに怒りの舌打ちを放つと包丁を握る手に力を込め、亜津子へと体の向きを変えた。亜津子は地を這い、手を伸ばして警棒を拾うと、襲いかかる男の気配を感じて反転し、仰向《あおむ》けになった。そこに男が覆い被さって来て、亜津子は右手を振り、その反動で警棒を伸長させた。

首に熱い痛みが走った。

木崎と誰かに呼ばれた気がした。

＊

捜査員は間に合わなかった。誰よりも早く、飛ぶように現場に辿《たど》り着いたのに、あと少しで間に合わなかった。

杏美は絶望を感じ、その場に座り込みそうになる。

＊

包丁は首に近い鎖骨の上部に突き刺さり、同時に警棒の先をまともに鳩尾《みぞおち》に食らった伴藤克弥は、声もなく動きを止めた。

二人が上下に重なるように見えたのは僅かの間のことで、すぐに捜査員が横跳びに克弥に体当たりして地面に転がした。

あとから出て来た署員らが制圧に加わる。

小出が伴藤に取りつく。花野が側で膝《ひざ》を突き、怪我《けが》の様子を見ている。杏美は真っすぐ木崎亜津子に駆け寄った。

肩から血が溢れ出ていた。制服の上着を脱ぎ、傷口に当てる。体重をかけて押さえるが、じわじわと黒い滲《にじ》みが広がってゆく。

「木崎っ、木崎っ」

細く目を開いた。杏美とわかったのか、失われつつある顔色のなか、小さな口を開ける。

「黙って。喋《しゃべ》らないで。すぐに病院に運ぶから、心配ないからっ」

「署長だい……」

「なに？　あとにしなさい」

「わたし……申し上げる、こと」

「え？　なにも、い」と言いかけて、杏美は口を閉じた。木崎亜津子がじっと見つめ返す。

「わたしに、報告すべきことがあるのね」

その言葉を聞くと亜津子は微《かす》かに頷《うなず》いた。そして、「未亜」と呟くなり、意識を失った。

39

田中光興は、衣笠鞠子を憎んでいた。

ＪＡの金を少しずつ盗み出すことを覚えたのは、違法賭博《とばく》を知ってからだった。ネットの裏サイトで見つけて、好奇心から顔を出したらたちまちはまってしまった。

国立大学を出て、東京で起業したまでは良かったが、すぐに倒産し借金だけが残った。地元に戻って、中・高時代、バカにしていた同級生らと毎日のように顔を合わせ、地域のどうでもいいような話に相槌《あいづち》を打ちながら、組合員に愛想を振りまく生活が始まった。そんな暮らしに倦《う》みを感じるのに一年もかからなかった。

妻とうまくいかなくなったのはそのせいなのか。それとも、賭博を知って、金が必要になってとうとうＪＡの金に手を付け、そのことを組合長であった衣笠鞠子に気づかれたからか。

たぶん、あれからだなと田中は笑った。

業務上横領に目を瞑る代わりに、鞠子の愛人に、いや下僕にされてからだ。妻は、田中の浮気に感づいて、早々に佐紋を出て行った。ＪＡの事務所の隅でひっそりと仕事をこなす鞠子が、夜になると人が変わったようにホスト遊びに狂い、ブランド服や宝石にうつつを抜かす変態女だとは、佐紋にいる人間は誰も知らなかった。

そんな鞠子から合図を送られると、田中は終業後、隣町のホテルに向かわねばならなかった。そしてルームサービスを頼み、シャワーを浴びて鞠子が来るのを待つのだ。そんな関係が何年も続いたが、鞠子は自分が組合員を相手に詐欺《さぎ》を働いていることはいっさい田中には教えなかった。ただ、異様な金遣いからなにかあるとは気づいていたが、こっそり調べようとすると横領のことを暴露すると脅され、挙句に鞠子との関係を世間に知らしめるとまで言われた。

田中にとってなによりも恐れるべきは、鞠子とのことだった。この田舎町の佐紋を出て、一度は東京で旗を上げた。地元でくすぶる田舎者とは違う、ＪＡの職員になって戻って来ても、未《いま》だにそんな自負を持ち続ける田中が、五十過ぎの鞠子にいいようにされていたなど、断じて知られたくなかったのだ。

「伴藤克弥を誘ったのはどうしてだ」

ふいに捜査員に問われて、話の腰を折られたことにむっとする。後ろに立つ、熊《くま》のようにでかい男が睨みつけるので、慌《あわ》てて口を開いた。

「そりゃあ、癪《しゃく》に障《さわ》ったからに決まってる。あの、大学もまともに出とらん余所もんが、駐在の息子いうことを鼻にかけよって。人手を失《な》くして潰《つぶ》れかかっとる漁協にたまたま拾われたくらいで、生意気にもこの俺に説教しやがった」

「どんな風に？」

「奥さんをはよう見つけろよとか、ぬかしやがってよ。俺、もう離婚しとったからな。家庭を持ってこそ男は一人前よ、なーんて訳のわからんこと言いよるから、こりゃあ、駄目だ、こんなバカはとことん潰してやらんとなぁと思った訳よ」

それから言葉巧みに違法賭博に誘い、借金がかさんでゆくのをほくそ笑んで見ていたと言った。

間もなく、衣笠鞠子が詐欺・横領で逮捕された。警察の動きを察知した鞠子が、連行される直前、田中に連絡をしてきたのだ。業務上横領のことも自分がしたこととして罪を被ってやろうと鞠子は言った。田中は驚いたが、鞠子は詐欺にちっぽけな横領が加わったところで大差ない、その代わり、刑期を終えて戻ったときは力になれと声を低くして命じたのだ。どういうことかと問い詰めると、どうやら詐欺をして得た金のほとんどを宝石に替え、この佐紋のどこかに隠したから、出所後、回収するときは協力をしろということらしい。そうすれば田中の業務上横領は警察には黙っている、金も少しは分け前をやってもいいと、そういう話だった。田中は、わかったと応《こた》えるしかなかった。

その後、鞠子の刑期が僅か五年と決まったことに、自分の運の悪さを呪《のろ》ったと言った。もし七年以上刑務所に入ってくれたなら、田中の横領は時効となり、弱みが消えることになっただろう。四年後、鞠子は仮出所し、田中に連絡をしてきた。

それから先は警察でも把握しているだろうと、疲れたように紙コップの水を飲み干した。

田中光興は、鞠子から宝石の隠し場所が小牧山の山中だと知らされ、この計画を練った。自分の車で密《ひそ》かに鞠子をホテルから連れ出し、使われていない納屋《なや》へと連れて行った。

案の定、鞠子は田中を信用せず、小牧山に着くと車を置いて先に戻れと言った。回収するところを襲われては困る、無事、宝石を手に入れ、安全な場所まで行ったら連絡するから待てと偉そうに指図した。しかも、以前のようにホテルでシャワーを浴びていい子で待っていればご褒美《ほうび》を沢山あげると、六十過ぎのババァが気色の悪い笑い声を上げたのだ。

その顔を見て、田中は逆上した。鞠子を言いくるめて宝石を出させようなどという悠長な考えは霧散し、憤激のまま死ぬほど痛めつけた。縋《すが》って命乞《いのちご》いしたが、隠し場所を白状させるまで打擲《ちょうちゃく》したあと、あっさり殺した。それから克弥に連絡を取り、予定通りアリバイ用の映像をセットさせ、人目につかないよう港で待てと指示した。合流したあとは喧嘩をしたように互いを傷つけ合い、近所の誰かを証人にする手筈だった。

その段取りが壊れた。

あの日、田中が小牧山にいた時間帯に緊急配備がかかったからだ。そのため、車での移動は諦《あきら》めなくてはならなくなった。徒歩では時間がかかり過ぎるから、コンビニに置いてあった自転車を盗み、裏道を通り、うろうろする町民を避けてなんとか港に辿り着いたら、そこに妙な男の姿を見つけた。

克弥を密かに尾けているように見えた。まさかお巡りとは思わなかったが、喧嘩をした様子のない克弥の姿を見られた以上、放ってはおけなかった。だからといって深く思案している暇もなかった。既に辰ノ巳交番に通報して、伴藤駐在員を呼び寄せていたからだ。伴藤は県道にいて、すぐには来られないとわかっていたがそれでも急がねばならなかった。克弥を突堤に向かわせ、殺すつもりで後ろから殴りつけた。克弥には離れた場所で伴藤と合流するよう言い含めた。もちろん、互いを殴りつけ、喧嘩のあとをつけるのも忘れない。焦ったせいもあって克弥のバカは加減を間違え、田中にかなりのダメージを与えたのは予定外だったが。

そんな風に計画が微妙にずれ、そのせいで徐々にほころびが広がっていった。だが、予定が狂った最大の事態はパスポートが切れていたことだった。

捜査が始まり、間もなく突堤で殴った男が警察官だとわかった。事故で片付けられることもなく、佐紋の警察官が市場の防犯カメラを調べていると克弥から知らされ、これはヤバイと感じた。すぐに宝石を隠し持って逃げる算段を始めたが、まだ先だと思っていたパスポートの期限が過ぎていたのだ。すぐに申請をし、新しいのを手に入れ、飛行機を予約した。成功まであとちょっとのところだった。

水をひと口飲んで、「なかなか計画通りにいかないもんやね。そやが一番予定外やったんは、克弥やなぁ」と田中は捜査員を上目遣いで見た。

「あのバカ克弥が、まさか刃物を振り回してお巡り二人も襲うとは思わんかった。しかも一人は親父《おやじ》さんやろう?　あ、でも俺も突堤でお巡りさんを殴ったか。いやあ、佐紋署満身創痍《まんしんそうい》やね」

田中の頭上に影が落ちた。顔を上げると、熊のような男がのしかかるように体を寄せて来た。思わず身を引き、防御するように両腕を持ち上げる。

熊はなにも言わず、そのまま取調室を出て行き、田中光輿はほっと息を吐いたのだった。

40

被疑者は逮捕ののち、四十八時間を経て送検された。

杏美は渡された調書を読み終わり、席を立った。署長室から出ると、重森課長と花野司朗が総務課の席で立ち話をしていた。側にいた小出係長が近づいて来て、ひと足早く班長が本部に戻られるのでそのご挨拶《あいさつ》です、と告げる。

杏美は、花野にコーヒーでもどうかと誘う。

片方の眉《まゆ》を上げると、大きな体を揺らして先に歩き出した。小出が、喫茶店のを取り寄せるというのを断り、二人で食堂への廊下を辿る。

「ここの署長の復帰の見通しは？」

自販機の前で、財布を出す花野を制して、杏美が小銭を入れた。

「それが、術後は順調に回復されていたんだけど、今回の事件のことを聞かれてからまた具合を悪くされたみたい」

「なるほど。今しばらくは、署長代理で」と花野はブラックコーヒーのボタンを押す。

「そうね。少なくとも、この件がすっかり片付くまでは、わたしもここにいられると思う」

ちらりと視線をくれたが、花野はなにも言わず、紙コップを持ったまま食堂の奥へと入る。杏美も紙コップを持ってあとに続いた。花野は小さな丸椅子《まるいす》を二つ引き寄せ腰を下ろし、杏美はその向かいに腰かけた。

ふうと息をかけ、熱いのをひと口飲んだ。

克弥が逮捕されたのを確認してから、杏美はすぐに病院に駆けつけた。

ちょうど木崎亜津子の手術が終わったところだった。首の頸動脈《けいどうみゃく》をかろうじて逸《そ》れていたのは、凶器が細長い刺身包丁だったからかもしれないと医者に言われた。これがもし厚さのある出刃包丁とかであれば頸動脈を傷つけ、取り返しのつかないことになっていただろうと。

冷たい汗が流れた。

亜津子が個室に入ったのを見届けたあと、小出係長を伴なって、同じ階にある周防巡査の病室を覗いた。ようやく意識を取り戻し、ＩＣＵから一般病棟に移されていると聞いていた。

ドアを開けるとベッドの側には婚約者である女性がいて、杏美の姿を見て立ち上がった。会釈《えしゃく》して近づくが、周防は眠りのなからしく浅い息を繰り返していた。

小林主任から、周防が供述した内容の報告は受けていた。事件当日、なぜ伴藤克弥を追尾していたのか、克弥が人目を避け、漁協の事務所に忍び入るのを見たことなど、捜査の裏付けとなる話を擦《かす》れた声ながらもはっきり述べたということだった。

それから杏美らは、周防と木崎のいる病室階から階段を上がり、廊下の端にある白い扉をノックして開いた。

病室には家族である妻や嫁の姿は見えず、伴藤弘敏が一人でベッドに横たわっていた。伴藤家としては大変な事態で、付き添っている場合ではないかもしれないが、一人取り残されて小さな目を天井に向けている駐在員の顔が、十も二十も老《ふ》けて見えた。

こちらは、後ろから肩甲骨の下に刺身包丁の突きを受けてかなりの出血を見たが、命に別条もなく、意識もずっと維持できていた。

小出がそっと声をかけると、伴藤は視線をゆっくり下ろし、杏美を捉《とら》えて瞬いた。労《いたわ》りの言葉をかけるより先に、伴藤が乾いた唇から弱弱しい声を上げた。

『わしは酷《ひど》いことをした』

『えっ？』

『そのことに、ようやく気づけたのは――孫の翔真が生まれたときです』

『伴藤さん？』

杏美は後ろに控えている小出を見、小出も首を傾《かし》げたまま、伴藤から杏美へと視線を移す。

『あなたの結婚を台無しにしたのはわしだ。つまらんことを根に持ち続け、わしは、あなたが孫どころか子どもを持つ機会までも潰した』

そういって硬く目を瞑《つむ》り、短く咳《せ》き込んだ。

杏美は伴藤の言葉を頭のなかで反芻《はんすう》した。皺《しわ》だらけの顔を眺めているうちに肩の強張りがほぐれてゆくのを感じた。伴藤の胸の奥には小さくも暗いしこりがあった。それを見て見ぬ振りしてきたのは自分も同じなのだと思った。そんな過去の因縁などなかったことにして杏美は懸命に仕事に励み、伴藤は田舎の駐在で働き続けた。

それが、警視と巡査部長という形で再会することになった。伴藤にしてみれば、自分のしたことがツケとなってこんな風になったと、そう思ったのではないだろうか。落ち着きを失い、感情の迸《ほとばし》りを抑えることができなくなった。ただ、それでも。

それでも、伴藤弘敏は最後まで紺の制服を身に着ける者であり続けようとしたのだ。自分の分身でもある息子に、手錠をかけることになろうとも。

杏美は一歩ベッドに近づき、身を屈めると小出に聞こえないよう耳元で囁《ささや》いた。

『わたしは、これでもモテたんです。いくらでもその機会はありましたけれど、結局、こんな道を選んだ。自分で選んだんです』

伴藤が目を開け、赤い目でゆっくり瞬きした。その伴藤に向かって告げた。

『わたしは佐紋署副署長兼署長代理として、あなたのような部下を持てたことを誇りに思います』

杏美は背筋を伸ばし、直立すると室内の敬礼を送った。

花野はコーヒーを一気に飲み干すと、それでどうされるんで、と尋ねてきた。

なにが？　という顔をして見せると、「あの、交通課員の始末は」と言う。

食堂には杏美と花野しかいない。廊下には行き交う足音がし、話し声が微かに流れて来る。

意識を取り戻した木崎亜津子から全《すべ》てを打ち明けられたのは昨日のことだ。反則切符の見逃し、報告書の改ざん、その他もろもろの便宜供与。

同行していた交通課長と交通規制係長は顔色を変えたが、取りあえずはここだけの話にするよう指示した。それが、どうして県警本部の捜査班長の耳に入っているのか。捜一の、いや花野の手腕というのか本能というのか、今さらながら呆《あき》れるも空恐ろしさを感じる。

木崎亜津子が犯したことごとくが、全て堀尾からの依頼だと知ったそのタイミングで、堀尾院長が看護師を連れて病室に入って来た。気づくと堀尾の襟首を摑《つか》んで壁に何度もぶち当て、その馬面《うまづら》に向かって唾《つば》を飛ばしていた。

『よくもうちの部下をっ』

課長や係長に引きはがされ、両脇《わき》を抱えられながら病室をあとにしたのだが、さすがにそこまでは知られていないようでほっとする。いや、知っていてあえて言わないのか。

病院から署に戻ると、木崎亜津子のデスクを密かに調べさせた。

亜津子はこれまで握り潰した全ての反則切符や便宜の記録を事細かに残していた。こんなところにまで几帳面《きちょうめん》な性格を反映させていることに驚きながらも、もしか、いつかこんな日が来ることを覚悟していたのではと感じた。

杏美はその詳細な、懺悔《ざんげ》のような記録を受け取ると、長いあいだ署長室に籠《こも》って思案し、あちこちに連絡を取った。

コーヒーをまたひと口飲む。そして花野を真正面に見つめ、口調を強くして応えた。

「今からでも交通反則切符を再交付し、違反者にはきっちり責任を取ってもらう。いくつかは難しいのもあるでしょうけど、なんとかする」

「なんとかね。そういうのお嫌いかと思ってましたが」

思わず喉《のど》の奥が鳴った。それは誰に言われなくてもわかっている。三十三年ものあいだ警察に奉職し、公僕として勤めてきた。清廉《せいれん》潔白であったとは言わないが、少なくとも自分自身を貶《おとし》めるような真似だけは、してこなかったつもりだ。だけど。

杏美が目を伏せたのは僅かのあいだで、すぐにすっくと顔を上げる。

「なんと言われようとも、木崎は辞めさせない」

花野の目が細くなり、鼻からひとつ息が漏れた。「それは」どんな嫌味が飛んでくるかと、杏美は身構えるように紙コップをくるむ両手に力を入れる。

「賢明なご判断ですな。珍しく」

思いがけない花野の賛意の言葉と、加えての余計なひと言に一瞬、どう反応すべきかわからず、目鼻をくしゃりと歪めて見せた。そんな杏美にちらりと視線をくれると、熊は凝った太い首をほぐしながら声を低くして言った。

「優秀な警察官はどこの警察でも必要だが、それほど多くはいない」

花野の言葉に頷きかけた杏美は、かろうじて止《や》める。そして、コーヒーを飲み干すと、笑みを作った。

「それと、あの佐紋ゲートボールクラブは解散させるわ。新たなメンバーが決まるまで保留よ」

花野は、ふんふんと頷きながら立ち上がる。そして、どういう気の迷いが生じたのか、「なにか手伝えることがあるならいつでも声をかけてください」と宣《のたま》った。啞然《あぜん》と巨体を見上げていると、更に言う。

「その代わりでもないが、ちょっとやってもらいたいことがある」

41

窓を開けるとここまで潮の匂《にお》いがするのだと、田添杏美は思った。佐紋の秋は県内ではどこよりも早く訪れ、いち早く駆け抜ける。今朝は、下草にうっすら白い粉のようなものが乗っているのを見かけた。霜だろうか。

二階の会議室の窓から体をせり出し、海へと目を凝らすが、さすがにここからでは見えない。微かな香りだけが漂って来る。空は薄墨色で、まるで雪雲のようだった。実際、降るとしても年が明けてからですと小出係長は言っていた。

冷たく強い風が吹き込む。首を縮ませ、窓を閉めた。

振り返って室内を見ると、捜査本部は全て撤収され、元のようにロの字型にテーブルと椅子が整然と並べられている。正面のホワイトボードは、まっさらのように拭《ぬぐ》われていた。

そのボードの前に野上麻希が立っている。

呼ばれてやって来たが、なにも言われないまま、杏美が窓を開けて外を眺め出したのを見て困惑しているようだ。

「悪いわね。もう一人呼んでいるのよ。いっぺんに済ませたいから」

「はい。大丈夫です」

野上は佇立《ちょりつ》したまま、黙って待つ。

ドアがノックされ、返事と同時に開いて、甲斐祥吾が慌てて入って来た。

「申し訳ありません、遅くなりました」

「いいのよ。こっちに来て」

杏美が手招くとばたばたと麻希の隣に立った。そして二人、お互いにどうしてあながが、という表情を一瞬だけ浮かべ、すぐに揃《そろ》って背筋を伸ばした。

杏美は、一人一人顔を見つめ、「甲斐祥吾巡査部長、野上麻希巡査長」と呼びかける。

「はい」

「はい」

「あなた達二人に、わたしから刑事講習への推薦を出します。受講後は刑事任用試験を受けてもらうことになる。受講するかどうかは、小出係長に伝えておくように」

二人の顔に浮かんだものは全く対照的だった。

麻希の顔はぱっと花開いたように喜びと興奮に染まり、一方の祥吾は驚きから困惑へと変容していった。

「言う必要はないと言われたけど、伝えておく。これは、県警本部捜査一課三係花野司朗警部からの申し送りよ」

だからといって有難いとか無理してでもという風に思うことはない、嫌なら断ってもらって構わない、と付け足す。なぜかこのときばかりは二人の表情は同じになった。顔を赤くし、まるでくすぐったさを堪《こら》えるように唇を引き結んだ。

二人は室内の敬礼をし、部屋を出て行く。

「甲斐主任」と呼び止めた。

祥吾がすぐに元の場所へと戻り、再び、直立する。

「お父様の具合はどう？」

「は。あ、はい。相変わらずです」

「そう。あなたはこれからも、一人でお世話をするつもり？」

「は？　え、まあ」

「そろそろお父様に相応《ふさわ》しい施設を探すべきじゃないかしら」

祥吾は口を開けたまま、杏美の顔を見つめる。

「甲斐祥吾が、甲斐祥吾の人生を全うすることに、なんらの引け目も感じることはないと思う。だってそれは今、あなたにしかできないことなんだから」

それだけ言うと杏美は、テーブルのあいだをすり抜け、戸口へと向かった。ドアの把手《とって》を握ったまま振り返って、「堀尾院長に相談するといいわ。きっと県内の良い施設を全力で探してくれる筈《はず》よ」とだけ言い置いた。

部屋に一人取り残された祥吾は、なぜか背中に感じたあの衝撃を思い出していた。常軌を逸した被疑者の容貌《ようぼう》、振り下ろされるだろう凶器の気配、その混乱のなかで背に落ちてきた初めての感覚。

そして、救い出されたときの喜び。子どもを抱きかかえた母親の泣き濡れた顔。

甲斐祥吾は握り拳《こぶし》を作り、ゆっくりと窓の向こうへと視線を向けた。

42

捜査一課の部屋の窓際《まどぎわ》の席で、花野司朗は調書類を確認していた。

午後から検察に行って打ち合わせをしなくてはならない。まだ、事件の収束には時間がかかる。

ひと息入れようと立ち上がり、部屋の隅にある給湯コーナーへと向かう。刑事の一人が、コーヒーですかと立ち上がりかけるのを手で制し、自分でカップに注いだ。

それを持ったまま、自席の後ろの窓辺に立って外を眺めた。

晴れた空の下、街路樹が鮮やかに色づき、晩秋の穏やかな景色が広がる。青天に浮かぶ白い雲の流れを見ながら、今ごろ海の町の上にはどんな色の空が覆《おお》い被さっているのだろうかと思いを馳《は》せた。

煮詰まったコーヒーをひと口飲む。その苦さに口端を歪め、狭い食堂の隅で飲んだコーヒーの方がうまかったなと、心のうちで笑った。

小さな椅子に背を丸めて座り、杏美と向き合うように飲んだ。そのあと、花野は県警本部に戻るため玄関前に待たせていた車へと向かったのだった。

後部座席に乗り込もうとしたとき、いきなり玄関口にあの女が現れて大声で呼ばわった。運転役の捜査員は呆気《あっけ》に取られた顔で見返っていた。

『花野班長っ』

田添杏美はハイトーンボイスの声で一語一語はっきりと、まるで子どもに諭すように告げた。

『優秀な、警察官はね、警察に、必要なんじゃなくって、国民全てに、必要なものなのよ』

そこのところ間違えれば道を誤るわよ、と捨てゼリフまで吐いた。

花野は無視して、そのまま車に乗り込んだ。

駐車場を出ようとしたところで、バックミラーを覗《のぞ》くと、そのなかに、両手を上げて伸びをし、そのまま空を仰ぐ田添杏美の姿が映った。

灰色のくすんだ建物を背にする紺の制服は、少しも小さく見えなかった。

解説

西上心太

警察小説の人気が一向に衰えを見せないのは一ファンとしても嬉《うれ》しい限りであるが、各作家たちの創意と工夫によって支えられていることを忘れてはならないだろう。警視庁（県警）捜査一課や所轄《しょかつ》署の刑事課が殺人など強行事件の捜査に当たるという、オーソドックスな警察小説のフォーマットは、いまとなってはむしろ少数派かもしれない。

市井《しせい》で起きた事件を警察が解決する従来の警察小説に代わり、警察内部で浮かび上がるさまざまな問題や、人間関係の軋轢《あつれき》を描いた一連の作品で注目を浴びたのが横山秀夫《ひでお》だった。横山秀夫の登場によって警察小説の枠組みや可能性が一気に広がったのだ。このことに異論をはさむ者はいないだろう。それから二十年あまり。横山作品で描かれた内勤の警察官に加え、刑事部（課）以外の警察官たち——駐在、少年課、盗犯課、鑑識、機動捜査隊——など、署長から交番のお巡《まわ》りさんまで、あらゆる部署の警察官が作品の中で広く取り上げられるようになり、警察小説というジャンルがより豊かになったのだ。

そのような状況の中、松嶋智左はこの〈女副署長〉シリーズで独自の世界を構築することに成功したのではないだろうか。本書の主人公である田添杏美《たぞえあずみ》警視が初登場したのが二〇二〇年に新潮文庫から書下ろしで刊行された『女副署長』である。実に面白い作品だったが、作品の根幹となるアイデアの組合わせに新味があったことを見逃してはならないだろう。なお本書の後にこの一作目を読んでも差し支《つか》えないことを先に記しておく。

『女副署長』で描かれるのが、台風が襲来した一夜に起きた事件である。田添は県警初の女性副署長として、県郊外に位置する日見坂署という小さな所轄署に赴任した。それから数ヶ月後の八月三日夜。この地方に大型台風が接近し、署長室に台風被害対策本部が設置される。夜が更《ふ》けるにつれ、全署員を招集する非常参集の発令が間近に迫っていた。そのような非常時に、署の駐車場で警察官の刺殺体が発見されるのである。

遺体は防犯カメラの死角にあったが、他のカメラにも怪しい人物は映っておらず、署内に侵入した不審人物もいなかった。警察署内部の人間による犯行が濃厚になったのである。

なんとも読書意欲をそそられる舞台設定ではないか。作者はこの作品において、所轄署を舞台にした群像小説に、〈広義の密室〉という趣向を組合わせてみせたのだ。被害者も容疑者も所轄の人間という状況に、大型台風という自然による脅威も加わるのである。台風によって県内の交通は麻痺《まひ》し、幸か不幸か県警の捜査一課が来るまでには時間がかかる。その時間を利用して、田添は署内の人間関係の軋轢に悩まされながらも、所轄の名誉のために自力で事件の解決を図ろうと奮闘する。群像小説、本格ミステリー、災害パニックもの、タイムリミットサスペンス。細かく分類すればこれだけの趣向を警察小説という器に盛り込んでみせたのだ。

本書はその第二弾であるが前作に勝るとも劣らない作品となった。

事件の解決に貢献したものの、所轄署で起きた不祥事であることに変わりはなく、その責めを負わされた田添杏美は日見坂署から、より小規模な佐紋警察署の副署長に異動させられてしまう。懲罰人事による左遷《させん》である。佐紋町は県の中心から車で三時間もかかる小さな町だ。農業と漁業以外にほとんど産業はなく過疎化が進行している。署員も少なく、刑事課と生活安全課が合併して刑安課となっているように、大きな事件がほとんど起きない土地なのである。

だが彼女の着任から間もなく、大事件が出来《しゅったい》する。山間部の使われていない納屋《なや》の中から女性の遺体が発見されたのだ。おりしも隣の管内でバイクによるひったくり事件が発生し、緊急配備が発せられていた最中だった。そして同じころ、海岸ではもう一つの事件が起きていた。警備課所属の若手巡査がテトラポッドの上で意識不明の状態で発見されたのだ……。

嵐を呼ぶ女。

田添杏美警視にはそんな通り名がつくかもしれない。先述したように、前作で彼女は台風襲来の夜に署内で起きた殺人事件に挑むはめになった。今回は着任早々に管内で十八年ぶりに発生した殺人事件と、警察官が意識不明で発見されるという事件に直面するのである。しかも田添は署長の急な入院によって署長代理も務めなくてはならなくなっている。逆にいえば、正規の署長がいなくても務まるだろうと県警上層部が思うような土地の所轄署でもあるのだ。

本書では前作と異なり自然災害やタイムリミットのような派手な仕掛けはないが、それに代わる魅力が用意されている。

まず群像劇としての魅力が増していることだ。幼子を抱えている弱みから、つい手を染めてしまった不正行為に心がざわめくシングルマザーの交通課警察官。老父の介護のため結婚も諦《あきら》め、事件の少ない佐紋署で内勤を務める総務係の男性巡査部長。生活安全係で少年の非行問題などに真摯《しんし》に取り組みながら、刑事係の男性刑事から一段低く見られることに屈託のある女性警察官。事件をきっかけに現状を打破して成長する彼らの姿が克明に描かれることで物語に厚みが出たのである。

そして十年ほど前に佐紋署の駐在になった定年間際《まぎわ》の巡査部長・伴藤が重要な脇役《わきやく》として登場する。彼は田添杏美と三十年来の因縁がある人物だ。伴藤は田添が交番勤務時代の先輩だった。だが伴藤が犯したミスを正義感あふれる田添が上司に告げてしまい、結果的に伴藤の出世が遅れてしまったのだ。それを恨んだ伴藤は田添にパワハラを行い、部署が変わった後にも卑劣な噂《うわさ》を流し、彼女の運命を変える遠因も作り出してしまう。

そんな因縁を持つ二人が、副署長の警視と一介の駐在警官である巡査部長という立場になって三十年ぶりに交わることになる。再会した二人は、埋《うず》み火《び》のように消えていない恨みやわだかまりがあることに気づく。

さらに佐紋町が典型的な田舎町であることもこの物語を構成する大きな要素だ。有力者の集まりである警察署協議会が幅を利《き》かしており、なにかと警察の仕事に対して口を挟むのである。古手の総務課長などはそんな状況に慣れてしまっていて、穏便な対応を求めるが田添は当然ながらそれに反発する。

　田添杏美は気が強く、思ったことがつい口に出てしまうタイプの人間なのだ。さらに赴任から間もないため、署員を把握しているとは言い難く、上意下達の組織とはいえ、ある意味アウトサイダー的な立場にある。だがそのような立場は地元有力者の力が強く及ぶ因習的な土地では強みにもなる。このあたりの彼女の微妙な立位置も読みどころの一つになっている。

　また忘れてはならない人物とも再会できるのが嬉しい。花野警部である。日見坂署の刑事課長だった花野は、田添とは逆に県警捜査一課に栄転になったのである。そして捜査一課三係班長として、佐紋署に設置された殺人事件の捜査本部に乗り込んでくるのだ。田添杏美が「グリズリー」と揶揄《やゆ》する強面《こわもて》巨漢の凄腕《すごうで》刑事。かつて激しくぶつかり合いながら難事件を解決した二人が、違う立場で再び向かい合うのである。

　本書の作者松嶋智左は元警察官。しかも日本初の女性白バイ隊員であったという。警察を退職後に小説の執筆を始め、二〇〇五年に「あははの辻《つじ》」で第三十九回北日本文学賞入賞（松嶋ちえ名義）、二〇〇六年に「眠れぬ川」で第二十二回織田作之助賞受賞（同名義）、二〇一七年に『魔手』（松嶋チエ名義）で第十回ばらのまち福山ミステリー文学新人賞を受賞した。この作品は松嶋智左『虚《うつろ》の聖域　梓凪子《あずさなぎこ》の調査報告書』（二〇一八年、講談社）として刊行され、待望の単行本デビューを果たすことになった。主人公は元警察官の私立探偵で、第二弾の『貌《かお》のない貌　梓凪子の捜査報告書』（二〇一九年、講談社）も刊行されている。

所轄署の女性副署長となり、アウトサイダー的な立場でその所轄署にとっては未曾《みぞ》有《う》の事件に挑む。そして署内の人間模様をたっぷりと描きながら、彼らの事情やその土地の特殊性も大きく事件と関わってくる。それが松嶋智左の〈女副署長〉シリーズの特徴であり魅力である。はたして松嶋智左はこの枠組みを深めていくのか、あるいは新たな構造を作り上げていくのか。次作以降が楽しみでならない。

（令和三年四月、文芸評論家）

本書は新潮文庫のために書下ろされた。
本作品はフィクションであり、実在の人物や団体とは無関係です。

松本清張著
張込み　傑作短編集㈤
平凡な主婦の秘められた過去を、殺人犯を張込み中の刑事の眼でとらえて、推理小説界に新風を吹きこんだ表題作など8編を収める。

松本清張著
駅路　傑作短編集㈥
これまでの平凡な人生から解放されたい……。停年後を愛人と送るために失踪した男の悲しい結末を描く表題作など、10編の推理小説集。

松本清張著
砂の器（上・下）
東京・蒲田駅操車場で発見された扼殺死体！新進芸術家として栄光の座をねらう青年の過去を執拗に追う老練刑事の艱難辛苦を描く。

松本清張著
点と線
一見ありふれた心中事件に隠された奸計！列車時刻表を駆使してリアリスティックな状況を設定し、推理小説界に新風を送った秀作。

松本清張著
渡された場面
四国と九州の二つの殺人事件が、小さな同人雑誌に発表された小説の一場面によって結びついた時、予期せぬ真相が……。推理長編。

松本清張著
ゼロの焦点
新婚一週間で失踪した夫の行方を求めて、北陸の灰色の空の下を尋ね歩く禎子がまき込まれた連続殺人！『点と線』と並ぶ代表作品。

古野まほろ著 新任巡査（上・下）

上原頼音《ライト》、22歳。職業、今日から警察官。新任巡査の目を通して警察組織と、組織で働く人間の哀感を描いた究極のお仕事ミステリ。

古野まほろ著 新任刑事（上・下）

時効完成目前の警察官殺しの女を、若き新任刑事が追う。強行刑事のリアルを知悉した元刑事の著者にのみ描ける本格警察ミステリ。

須賀しのぶ著 紺碧の果てを見よ

海空のかなたで、ただ想った。大切な人を。戦争の正義を信じきれぬまま、自分らしく生きたいと願った若者たちの青春を描く傑作。

須賀しのぶ著 夏の祈りは

文武両道の県立高校の野球部を舞台に、それぞれの夏を生きる高校生たちの汗と泥の世界を繊細な感覚で紡ぎだす、青春小説の傑作！

吉田修一著 さよなら渓谷

緑豊かな渓谷を震撼させる幼児殺害事件。容疑者は母親？　呪わしい過去が結ぶ男女の罪と償いから、極限の愛を問う渾身の長編小説。

帚木蓬生著 逃亡（上・下）

柴田錬三郎賞受賞

戦争中は憲兵として国に尽くし、敗戦後は戦犯として国に追われる。彼の戦争は終わっていなかった——。「国家と個人」を問う意欲作。

女副署長《おんなふくしょちょう》　緊急配備《きんきゅうはいび》

新潮文庫　ま－58－2

令和三年六月一日発行

著者　松《まつ》嶋《しま》智《ち》左《さ》

発行者　佐藤隆信

発行所　株式会社新潮社

郵便番号　一六二―八七一一
東京都新宿区矢来町七一
電話　編集部(〇三)三二六六―五四四〇
　　　読者係(〇三)三二六六―五一一一
https://www.shinchosha.co.jp

価格はカバーに表示してあります。

乱丁・落丁本は、ご面倒ですが小社読者係宛ご送付ください。送料小社負担にてお取替えいたします。

印刷・株式会社光邦　製本・株式会社大進堂

ISBN978-4-10-102072-3 C0193